EHEGLÜCK UND EHELEID

Ein weiterer John Pickett Krimi

und

AUS DER SCHULE GEPLAUDERT

Eine John Pickett Kurzgeschichte

Sheri Cobb South

Übersetzt von Susanne Doering

1

Eine Geschichte von zwei Ehen

Ein Gentleman schritt die Curzon Street entlang, ein Gentleman, der offensichtlich von starken Emotionen aufgewühlt wurde, wie das schnelle Tempo seiner Schritte sowie die an seinem Kinn zuckenden Muskeln und die aufgerollte Zeitung in seiner Hand zeigten, mit der er rhythmisch gegen die feinen Reithosen aus Wildleder, die seine Schenkel umhüllten, trommelte. Als er an Nummer 22 ankam, trat er auf die vordere Eingangsstufe, ignorierte den Messingklopfer und schlug mit der Faust an die Tür.

„Rogers", wandte er sich an den Butler, der auf sein Klopfen die Tür öffnete, und nickte dem Mann schroff zu. „Ich möchte mit Lady Fieldhurst sprechen, bitte."

„Sehr wohl, Euer Lordschaft", antwortete der Butler hölzern. „Ich werde fragen, ob Mylady – ähm, ob Madame empfängt."

„Den Teufel werdet Ihr!" Lord Rupert Latham drückte Rogers Hut und Handschuhe in die Hand und drängte sich an ihm vorbei in das mit Marmor gefliese Foyer. „Ich melde mich selbst an."

Er überhörte den schwachen Protestlaut des Butlers, durchquerte das Foyer mit der Geradlinigkeit eines Mannes, der seit Langem mit dem Haus und seiner wichtigsten Bewohnerin vertraut war, direkt in Richtung des Salons. Wie er erwartete hatte, saß eine Lady darin, eine schöne, hellhaarige Frau, die mit erschrockenen blauen Augen bei seinem Eintreten aufsah.

„Oh, Rupert! Was bringt Euch her?"

„Das könnt Ihr wohl fragen!", gab er zurück. „Habt Ihr dies gesehen?" Er öffnete das Zeitungsblatt mit einer Bewegung seines Handgelenks und hielt es ihr hin.

Sie legte das Buch, in dem sie gelesen hatte, beiseite und griff nach der Klingelschnur. „Ja, Rogers, schon gut", sagte sie dem Butler, als er auf ihr Klingeln den Raum betrat. „Ich dachte schon, dass es nicht lange dauern würde, bis ich das Vergnügen von Lord Ruperts Gesellschaft haben würde. Ihr könnt dann bitte den Tee servieren."

Erst als der Butler gegangen war, um seinen Auftrag zu erledigen, nahm sie das Zeitungsblatt aus der zitternden Hand seiner Lordschaft. „*Tante Mildreds Salon*", las sie laut. „Aber Rupert, ich wusste nicht, dass Ihr Tante

Mildreds Kolumnen lest."

„Das tue ich nicht", teilte er ihr unverblümt mit. „Aber wie es scheint, ist das auch nicht nötig. Nicht weniger als drei Mitglieder meines Clubs waren so freundlich, mich auf diesen kleinen Leckerbissen aufmerksam zu machen, nachdem ihre Frauen sie darauf hingewiesen hatten."

Sie machte keinen Kommentar, denn sie las schweigend die Kolumne durch, die ihren Lesern die Information zur Kenntnis brachte, dass Lady F., deren Ehemann erst im vergangenen Frühjahr gewaltsam zu Tode gebracht worden war, anscheinend nicht lange um seinen Verlust getrauert hatte, bevor sie eine Ehe mit der Person eingegangen war, die am meisten dazu beigetragen hatte, den Mörder ihres ersten Mannes vor Gericht zu bringen; folglich war die Lady nun unter dem weniger erhabenen Titel von Mrs. P. bekannt. Nach kurzen Flitterwochen in der Drury Lane (ausgerechnet!), gefolgt von einer Reise ins West Country, um den Bräutigam ihrer Familie vorzustellen (eigentlich wäre man gern eine Fliege an der Wand gewesen!) hatte das glückliche Paar sich im Haus der Braut in der C-Street niedergelassen. Nachdem sie am Ende dieses Klatsches angekommen war, gab sie seiner Lordschaft das Papier zurück.

„Nun, Rupert, was ist damit?"

„Was damit ist?", wiederholte er ungläubig. „Wie,

das ist eine Beleidigung! Ich bin beim Verlag in der Fleet Street vorbeigegangen und habe verlangt, dass sie einen Widerruf drucken, aber der Herausgeber hat dies rundweg abgelehnt! An Eurer Stelle …"

Hier war er gezwungen, abzubrechen, da Rogers mit dem Teetablett zurückkam, gefolgt von Thomas, dem Diener, der ein zweites, mit Kuchen gefülltes Tablett trug. Lord Rupert sah sich veranlasst, schweigend abzuwarten, seine Ungeduld war an dem Zucken um sein Kinn abzulesen. Sobald sich die Tür hinter ihnen schloss, verlor er jedoch keine Zeit, dort weiterzumachen, wo er aufgehört hatte.

„An Eurer Stelle, Julia, würde ich das Lord Fieldhurst übergeben. Ja, ich weiß, dass Ihr Euch mit dem Erben Eures verstorbenen Mannes nicht gut steht, aber seid so gerecht, dass er diese Beleidigung des Familiennamens nicht einfach schlucken wird. Verlasst Euch darauf, dass sein Anwalt ,Tante Mildred', ganz gleich, wer sie ist, mit einer Verleumdungsklage auf die Finger klopfen wird, bevor sie weiß, wie ihr geschieht."

„Oh, darauf könnten wir uns sicher verlassen", stimmte sie ironisch zu. „Trotzdem glaube ich nicht, dass eine Notwendigkeit besteht …"

Sie unterbrach sich abrupt und ihr Gesicht leuchtete mit einem strahlenden Lächeln in Richtung eines Punktes hinter der linken Schulter ihres Besuchers auf. Lord Rupert drehte sich um und sah, dass ein anderer Mann den Raum betreten hatte – diesmal weder der Butler noch der Diener, sondern ein großer junger Mann von ungefähr fünfundzwanzig Jahren mit lockigen braunen Haaren, die im Nacken zu einem altmodischen Zopf zusammengebunden waren.

„Na, ist das eine Überraschung!", rief Julia aus, und in ihrer Stimme lag ein Unterton, der, zusammen mit dem Lächeln, Lord Rupert veranlasste, die Augenbrauen zu einem nachdenklichen Stirnrunzeln zusammenzuziehen. „Ich hatte nicht erwartet, dich zu dieser Stunde zu sehen."

„Ich war wegen eines Falles in Mayfair und dachte, ich könnte vorbeikommen, um zu sehen, ob du für einen hungrigen Mann eine Brotkruste übrig hättest." Der Blick des Neuankömmlings fiel auf das Kuchentablett. „Sind das die mit den Himbeeren?" Ohne auf eine Antwort zu warten, schnappte er sich ein Stück von dem Kuchen und versenkte seine Zähne darin. Im nächsten Moment bemerkte er, dass Lord Rupert ihn finster ansah. „Euer Lordschaft", sagte er mit vollem Mund und begrüßte ihn mit einem Nicken.

„Mr. Pickett", sagte Lord Rupert kühl und erwiderte das Nicken. „Ihr scheint Euch recht freizügig an der Gastfreundschaft Myladys zu bedienen."

Pickett hörte auf zu kauen. „Gibt es einen Grund, warum ich das nicht tun sollte?"

Inzwischen war Julia durch das Zimmer gekommen, um ihn zu begrüßen, und legte jetzt eine Hand auf den Ärmel seines braunen Sergerocks. „Lord Rupert war so freundlich, mir die letzte Ausgabe von *Tante Mildreds Salon* zu bringen", sagte sie und reichte Pickett das Zeitungsblatt. „Es scheint, dass man uns mehr als nur eine Erwähnung gegönnt hat. Ich hoffe, es stört dich nicht."

„Ich schätze, das war zu erwarten", sagte er mit einem zerknirschten Lächeln. „Stört es dich?"

Sie schüttelte den Kopf. „Nicht so sehr. Wenn ohnehin über mich geklatscht wird, ist es mir weit lieber, dass es wegen einer Heirat ist als wegen eines Mordes."

Lord Rupert war vage durch das Lächeln gestört worden, mit dem sie den Besucher begrüßt hatte, und das aufkommende Gefühl, dass er selbst irgendwie unsichtbar geworden war, trug zu seinem Unbehagen bei. Jetzt lauschte er ungläubig diesem Wortwechsel. „Liebe Güte!", rief er aus. „Wollt Ihr mir sagen, dass das stimmt?"

Julia blinzelte ihn an, als ob sie sich erst in diesem Moment wieder seiner Anwesenheit erinnerte. „Aber natürlich ist das wahr! Ihr wisst doch schon seit – oh, seit Monaten davon!"

„Ich wusste, dass Ihr versehentlich in Schottland eine Ehe durch Erklärung geschlossen hattet, aber ich hatte es so verstanden, dass Ihr das Verfahren zur Annullierung eingeleitet hättet."

„Nun, ja, wir haben unsere Meinung geändert." Ihr Blick traf John Picketts und wenn Lord Rupert noch Zweifel an ihrer Beziehung gehabt hätte, würde dieser Blick sie ausgeräumt haben.

„Aber der Kerl ist impotent!", rief Seine Lordschaft mit einer schwungvollen Geste in Richtung von Picketts Unterleib.

„Oh, ist er nicht", sagte Julia mit unverhohlener Verachtung.

„Und ich sage Euch, er ist es", beharrte Lord Rupert. „Er hat es im November so gut wie zugegeben."

„Müssen wir darüber reden?", warf Pickett ein, der tief errötet war.

„Er war bereit, meinen Anwalt das behaupten zu lassen, das gebe ich zu", bestätigte Julia. „Aber der liebe Mann versuchte nur, mich aus einer Ehe zu befreien, von der er überzeugt war, dass ich sie nicht wollte. Seine Potenz stand jedoch nie wirklich infrage."

Lord Rupert war nicht überzeugt und drängte weiter. „Das Wort Eures Anwalts hätte nicht ausgereicht, ganz gleich, wie edel Mr. Picketts Motive sein mochten. Ich habe vor ein paar Jahren Recht studiert, Julia, und ich kann mich genau erinnern, dass für eine Annullierung der Beweis der Impotenz erbracht werden muss, in Form einer Bestätigung durch einen Arzt."

„So?" Julia warf einen Blick auf das rote Gesicht

ihres Ehemannes und dann wieder auf seinen besiegten Rivalen. „Ich wage zu behaupten, dass George einen Arzt bestochen hat – wie Ihr selbst sagt, ist er sehr empfindlich, wenn es um die Ehre seiner Familie geht – doch Ihr müsst in diesem speziellen Fall zugeben, dass ich besser in der Lage bin, es zu wissen, als irgendwelche Ärzte."

„Julia …", protestierte Pickett schwach.

„Unerfahrenheit ist überhaupt nicht dasselbe wie Unfähigkeit, solltet Ihr wissen", schloss sie mit unangreifbarer Logik.

„Das ist nicht hilfreich, Julia", sagte Pickett.

„Euch ist doch natürlich klar, dass Lord Fieldhurst das niemals dulden wird", wandte Lord Rupert ein. „Wenn er nicht versucht, diese Ehe vor Gericht anzufechten, würde mich das sehr erstaunen."

Julia nickte. „Ja, das dachten wir auch, weshalb wir alles ordentlich wiederholt haben, mit Sonderlizenz, sobald das arrangiert werden konnte."

„Verstehe." Lord Rupert, der anscheinend seine Niederlage erkannte, sah von Julia zu ihrem Ehemann und wieder zurück. „Nun, Julia …"

„Mrs. Pickett, wenn ich bitten darf", berichtigte sie ihn.

„Mrs. Pickett, Ihr habt anscheinend Eure Wahl getroffen", sagte er äußerst würdevoll. „Ich wünsche Euch viel Vergnügen dabei. Doch wenn Ihr Euch plötzlich als gesellschaftlicher Paria wiederfindet – und das werdet Ihr, da habe ich keinen Zweifel – erwartet nicht, dass ich einen Finger hebe, um Euch den Weg zu ebnen."

„Das würde ich mir nicht träumen lassen", versicherte sie ihm zuckersüß. Sie zog an der Klingelschnur und als der Butler daraufhin kam, sagte sie: „Rogers, ich glaube, Seine Lordschaft möchte uns jetzt verlassen. Seid so gut, ihn hinauszubegleiten."

Mit zusammengepressten Lippen und verwundetem Stolz wandte Lord Rupert sich auf dem Absatz um und verließ den Raum, ohne sich zu verabschieden. Pickett, mit seiner jungen Frau allein, legte seinen halb gegessenen Kuchen auf das Tablett zurück.

„Es tut mir leid", begann er. „Ich wusste nicht – ich hätte nicht kommen sollen – es war ein ungünstiger Moment …"

„Unsinn!" Sie trat um den Teetisch herum, der zwischen ihnen stand, und legte ihre Arme um seine Taille. „Du brauchst niemandes Erlaubnis – am allerwenigsten Lord Ruperts – um in dein eigenes Heim zu kommen. Ich bin entzückt, dass du vorbeigekommen bist, denn ich hatte nicht erwartet, dich vor dem Diner zu sehen."

Sie hob ihr Gesicht, um sich küssen zu lassen, und er erfüllte ihr diesen Wunsch nur zu gern. Nach Abschluss dieser angenehmen Übung zog sie sich aus seinen Armen zurück, setzte sich auf das Sofa und klopfte auf den Platz neben sich.

„Also dann, setz dich und lass mich dir Tee eingießen, dann kannst du mir erzählen, was dich nach Mayfair bringt. Was ist das für ein neuer Fall, mit dem du beschäftigt bist?"

„Ich weiß es noch nicht", gestand er und nahm die Tasse aus ihrer Hand entgegen. „Ich weiß nur, dass Lady Washbourn eine Nachricht an das Amt in der Bow Street geschickt hat, in der sie ausdrücklich nach mir fragte und darum bat, dass ich sie ‚in einer Angelegenheit von äußerster Diskretion' aufsuchen möchte."

„Das klingt spannend", bemerkte Julia und reichte ihm einen kleinen Teller mit zwei weiteren Himbeerkuchen, von denen sie herausgefunden hatte, dass er sie am liebsten mochte.

„Nicht unbedingt. Jeder Fall, in den die Aristokratie involviert ist, ist eine Angelegenheit äußerster Diskretion, zumindest ihrer eigenen Meinung nach. Aber vielleicht kannst du mir wenigstens eine Vorstellung davon vermitteln, auf was ich mich einlasse. Weißt du etwas über Lady Washbourn?"

„Washbourn, Washbourn", murmelte sie, ihre glatte Stirn runzelte sich nachdenklich. „Der Name kommt mir bekannt vor, aber ich – oh, warte! Jetzt erinnere ich mich! Lord Washbourn hat sie vor zwei Jahren geheiratet – oder waren es drei? Es war so ungefähr *das* Ereignis der Saison, denn sie war eine bloße Miss Eliza Mucklow damals, und die Tochter eines Brauers. Ihr Vater war enorm reich und jeder wusste, dass die Washbourns seit Generationen am *point non plus* standen. Ihre Mitgift sollte Gerüchten zufolge um die fünfzigtausend Pfund betragen haben, alles in Fonds. Natürlich hatte ‚Tante Mildred' etwas höchst Unschmeichelhaftes über diese Ehe zu sagen – und wer auch immer sie ist, sie kann ziemlich giftig sein, wenn sie es wünscht; tatsächlich sind wir bei ihr ziemlich gut weggekommen, wenn man es recht bedenkt. Aber im Fall von Lord und Lady Washbourn sagte Tante Mildred nichts, was der Rest der *feinen Gesellschaft* noch nicht gedacht hätte: Diese Ehe hatte mehr mit der Schönheit des Geldes als mit zarter Leidenschaft zu tun."

Pickett zog sein Berichtsheft aus der Innentasche seines Rocks und machte sich eine kurze Notiz. „Das zu wissen könnte nützlich sein. Trotzdem muss ich betonen, dass nicht jeder arme Mann, der eine reiche Frau heiratet, nur hinter ihrem Geld her ist", fügte er mit einem solch sprechenden Blick hinzu, dass es ihr nicht schwerfiel zu verstehen, an welchen armen Mann er dachte.

„Sehr wahr – und ich hoffe nur, dass Lady Washbourn mit ihrem mittellosen Mann ebenso glücklich ist wie ich es mit meinem bin." Sie stellte ihre leere Tasse weg, erhob sich vom Sofa und hielt ihm die Hand hin. „Hast du ausgetrunken? Wenn du mit mir nach oben kommen würdest, ich habe etwas für dich."

Er sah sie mit bestürztem Gesichtsausdruck an. „Julia, ich – ich kann nicht –" stammelte er. „Ich arbeite an einem Fall …"

„Nicht das", versicherte sie ihm hastig, „obwohl ich davon ausgehe, dass es interessant wäre, wenn du versuchen müsstest, deinem Richter deine Verspätung bei der Rückkehr in die Bow Street zu erklären. In der Tat wusste ich nichts von deinem fünfundzwanzigsten Geburtstag, bis du ihn bei der Untersuchung in Somersetshire erwähntest. Ich habe ein Geburtstagsgeschenk für dich."

„Oh", sagte Pickett, nicht ganz sicher, ob er sich entschuldigen oder froh sein sollte. „Dann freue ich mich darauf, es nach dem Diner zu bekommen – das, und das andere auch", fügte er mit einem verschmitzten Schmunzeln hinzu. Er nahm ihre ausgestreckte Hand und erlaubte ihr, ihn auf die Füße zu ziehen, gab ihr dann einen langen Kuss, bevor er seinen Hut und die Handschuhe von Rogers entgegennahm und sich auf den Weg zum Hause der Washbourns am Grosvenor Square machte.

Wie so viele Häuser in Mayfair erwies sich dieses als hohes, schmales Gebäude, das auf beiden Seiten an seine Nachbarn stieß. Pickett hob den Klopfer und ließ ihn fallen, und einen Moment später öffnete der Butler die Tür, eine glatzköpfige Person, so kurz und stämmig wie das

Haus groß und schmal war, der Picketts braunen Sergerock mit einem schiefen Blick bedachte und sich nach der Art seines Geschäfts erkundigte. Pickett fragte sich, wie es dem Mann angesichts der Tatsache, dass er selbst um einen Kopf größer war, immer noch gelang, ihn von oben herab zu mustern.

„John Pickett, von …" Er machte eine Pause und erinnerte sich an Lady Washbourns Nachricht mit ihrer stark unterstrichenen Bitte um äußerste Diskretion. „John Pickett, ich möchte Lady Washbourn sprechen. Ich denke, ich werde erwartet", fügte er hinzu, als er im Gesicht des Butlers erkannte, dass dieser nicht geneigt war, dem Besucher Einlass zu gewähren.

„Ich frage nach", sagte der Butler und ließ diese einfache Feststellung eher wie eine Drohung klingen. Einen Moment später kehrte er mit der Information zurück, dass Lady Washbourn ihn empfangen würde, und Pickett hatte den Eindruck, dass der Butler ziemlich enttäuscht schien, dies zugeben zu müssen. Er reichte ihm Hut und Handschuhe, folgte dann dem Mann durch einen gefliesten Gang zu einem elegant eingerichteten Salon, dessen Fenster auf den beliebten Platz hinaussahen. Eine Lady saß auf einem purpurroten Brokatsofa und wartete darauf, ihn zu empfangen, und obwohl sie kaum der üblichen Vorstellung einer Gräfin entsprach, wurden alle Zweifel, die Pickett noch an ihrer Identität hätte haben können, von dem großen, goldgerahmten Porträt über dem Kaminsims ausgeräumt, denn hier war dieselbe Dame in allem Schmuck des Adels porträtiert. Pickett war sicherlich kein Experte für Kunst, aber selbst Augen, die weit weniger sachkundig waren als die seinen, hätten die Detailfülle des Gemäldes nicht übersehen können. Der dunkelblaue Satin des Hofkleides der Abgebildeten sammelte sich zu ihren Füßen in Falten, die aussahen, als ob sie unter der Berührung des Betrachters weich sein müssten, und Pickett nahm an, wenn er ein paar Schritte näher treten würde, hätte er die Perlen in ihrem Diadem in der Form von Erdbeerblättern zählen können.

Die Lady selbst wirkte im Gegensatz dazu eher gewöhnlich, eine junge Frau, deren mausbraunes Haar und eher untersetzte Figur durch intelligente graue Augen und einen rosigen, makellosen Teint wie der eines Milchmädchens wettgemacht wurden.

„Mr. Pickett", sagte sie und stand auf, um ihn zu begrüßen. „Danke, dass Ihr so schnell gekommen seid."

Lady Washbourn entließ den Butler und lud Pickett ein, sich auf das purpurrote Brokatsofa zu setzen. Sie setzte sich auf den Stuhl ihm gegenüber, und warf ihm dann einen Blick zu, der nicht weniger neugierig war als der, mit dem er sie betrachtet hatte. „Ich muss sagen, Ihr seid ein bisschen jünger als ich erwartet hatte", bemerkte sie.

„Ich bin fünfundzwanzig", sagte Pickett und

unterdrückte einen Seufzer über die nur allzu vertraute Bemerkung über sein Alter oder dessen Mangel. „Aber ich bin seit meinem neunzehnten Lebensjahr in der Bow Street, also bin ich nicht ohne Erfahrung."

„Ja, und Ihr habt den Fieldhurst-Mord im letzten Frühjahr aufgeklärt, nicht wahr? Und vor Kurzem die Witwe seiner Lordschaft geheiratet, wenn das Gerücht nicht lügt." Sie warf einen Blick auf ein Zeitungsblatt, das auf einem Beistelltisch lag, und Pickett musste nicht erraten, dass Tante Mildred einen weiteren Gast in ihrem Salon hatte.

„Ja", bestätigte er mit einem Nicken. „Aber Ihr habt mich sicher nicht hergebeten, um über meine Ehe zu sprechen."

„Nein, ich habe Euch hergebeten, um über meine zu reden." Sie holte tief Luft. „Mr. Pickett, ich glaube mein Mann versucht, mich zu töten."

2

*Das die traurige Geschichte
von Lord und Lady Washbourn erzählt*

Äußerste Diskretion", dachte Pickett und zog sein Berichtsheft aus seiner Rocktasche. „Versucht, Euch zu töten?", wiederholte er laut. „Was bringt Euch dazu, so etwas zu sagen?"

„Es gab – Unfälle", sagte die Lady und wählte ihre Worte mit Sorgfalt. „Und es könnten durchaus nichts anderes als Unfälle gewesen sein, aber alles zusammengenommen – nun, ich kann nicht umhin, mir Fragen zu stellen."

„Ich denke, Ihr beginnt am besten von vorn", sagte Pickett und setzte sich bequemer auf dem Sofa zurecht, den Stift bereithaltend, um ihre Worte niederzuschreiben.

Sie hob die Augen und ihr Blick wanderte an ihm vorbei zum Fenster, obwohl er bezweifelte, dass sie von irgendetwas, das sie auf dem Grosvenor Square sah, so gefesselt wäre. „Ich nehme an, es begann mit unserem ersten Treffen, im April '07. Zwei Monate später, im Juni, heirateten wir."

„Eine stürmische Werbung", bemerkte Pickett.

„Wohl kaum, Mr. Pickett." In ihrer Stimme lag ein schwacher Hauch von Bitterkeit. „In der Tat hatte Washbourn Lady – einer anderen jungen Lady, einer, in die er ernsthaft verliebt war, wie ich glaube – den Hof gemacht. Doch sein Besitz war stark belastet und Papa war eifrig darauf bedacht, adlige Enkel zu bekommen, daher vereinbarten sie die Ehe zwischen uns. Dennoch konnte ich mich nicht beklagen, oder das dachte ich wenigstens. Wir waren glücklich genug, wie es so geht, und wenn Washbourn mir untreu war, dann war er doch so diskret, dass ich nie davon erfuhr und nie zum Objekt von Spott wurde – jedenfalls nicht mehr als jede andere Brauerstochter, die versucht, eine Gräfin zu sein. Und ich will so gerecht sein zuzugeben, dass er sich letztes Jahr ehrlich über die Geburt unseres Kindes gefreut hat, obwohl es ein Mädchen und nicht der von ihm erhoffte Erbe war."

Das klang kaum wie eheliches Glück für Pickett, aber er erinnerte sich daran, dass Julias erste Ehe anscheinend wesentlich schlimmer gewesen war. „Was veränderte sich danach?", fragte er.

Sie seufzte. „Mein Vater starb letztes Jahr, und da ich Papas einziges Kind und Mama einige Jahre zuvor gestorben war, kam die Brauerei in meinen Besitz. Meine Mitgift war groß, aber mein Erbe übertraf sie bei Weitem."

„Aber wenn ich das englische Recht richtig verstehe, wird alles, was eine verheiratete Frau besitzt, Eigentum ihres Mannes", widersprach Pickett. In der Tat war es der einzige Fleck auf seinem eigenen Glück, dass er sich durch die Heirat mit der Viscountess Fieldhurst auf ihre Kosten erheblich bereichert hatte. „Was hätte Lord Washbourn zu gewinnen, wenn er – äh – versuchte, Euch loszuwerden?"

„Das könnt Ihr durchaus fragen! Zufällig hatte Lady – die junge Lady, die er gern geheiratet hätte – zwei Wochen nach unserer eigenen Hochzeit einen anderen geheiratet, doch ihr Ehemann wurde im letzten Jahr auf der Quorn-Jagd von seinem Pferd abgeworfen und starb an seinen Verletzungen. Wenn also Washbourn nur einen Weg fände, mich loszuwerden, stünde einer Heirat mit der Lady, die er schon immer begehrte, nichts mehr im Wege."

Pickett kritzelte eine weitere Notiz, murmelte etwas in sich hinein darüber, den Kuchen zu essen und trotzdem zu behalten.

„Genau das", stimmte sie bitter zu. „Und es war kurz nach Ende der Trauerzeit um Papa, dass diese Unfälle anfingen. Sagt mir, Mr. Pickett, riecht Ihr die frische Farbe? Der Ballsaal musste gestern neu gestrichen werden, weil vor drei Tagen der Kronleuchter von der Decke fiel. Die Kerzen setzten den Teppich in Brand, und obwohl die

Flammen nicht groß waren, waren die Wände stark verraucht." Sie atmete tief ein, als rieche sie noch den scharfen Duft. „Wenn der Kronleuchter nur Sekunden früher herabgefallen wäre, wäre ich erschlagen worden, denn ich hätte direkt darunter gestanden."

„Darf ich das Zimmer sehen?", fragte Pickett.

„Natürlich."

Sie stand auf, schüttelte ihre Röcke aus und ging dann den Weg nach oben voran, wo der Ballsaal eine ganze Seite des Hauses einnahm. Der Geruch von Farbe war hier stärker, und der beschädigte Teppich war entfernt worden, sodass nur nackte Dielen unter einem massiven vergoldeten Kronleuchter blieben, der durch den Sturz etwas ramponiert schien. Pickett ging in die Mitte des Raumes, bis er direkt unter ihm stand, und blickte nach oben.

„Der Kronleuchter kann abgesenkt werden, um die Kerzen zu wechseln", sagte die Lady und zeigte auf das Seil, das vom Kronleuchter in der Mitte des Raumes zur Wand führte, wo es sich mithilfe einer Riemenscheibe in der Ecke drehte und diskret hinter den blauen Samtvorhängen verschwand, die das Fenster umrahmten. Pickett marschierte durch den Raum zum Fenster, zog den Vorhang zurück und fand das Ende des Seils um einen Metallstollen gewickelt, der in der Wand eingelassen war.

„Das Seil wurde nach dem – dem Unfall

ausgetauscht", sagte Lady Washbourn und stolperte leicht über das Wort. „Das alte war gerissen, oder es ist durchgeschnitten worden."

„War Lord Washbourn zu diesem Zeitpunkt zu Hause?", fragte er.

„Nein, er war in seinem Club."

„Es scheint eine ziemlich seltsame Art zu sein, jemanden zu töten", bemerkte Pickett. „Der Mörder hätte den Vorteil, dass er nirgendwo in der Nähe des Tatorts wäre, aber er müsste dies gegen die Wahrscheinlichkeit abwägen, dass sich sein beabsichtigtes Opfer in einem anderen Raum – oder ganz aus dem Haus – befindet, wenn die Axt fällt." Er verzog über seine eigene Wortwahl das Gesicht. „Verzeihung, Mylady; Ihr wisst, was ich meine."

„Ja, und ich hatte auch darüber nachgedacht. Doch ich bin in der letzten Woche jeden Tag ständig in diesem Raum ein und aus gegangen, was Washbourn auch bewusst war. Wir veranstalten in drei Tagen einen Kostümball, und ich war mit den Vorbereitungen beschäftigt – Treffen mit den Musikern, Beratung mit dem Floristen über die Blumen und Anweisungen an die Lakaien für ihre Aufstellung …" Sie zuckte mit den Achseln. „Außerdem hätte der Schlag selbst nicht tödlich sein müssen. Selbst, wenn ich nur nahe genug gestanden hätte, dass Glasscherben mich treffen konnten, hätten diese sich in die Haut bohren und dort eitern können."

„Was zu einem langsamen, qualvollen Tod durch Entzündung führen könnte", schloss Pickett und nickte verständnisvoll. „Ein charmanter Mann, Euer Ehemann!"

Ihr Ausdruck wurde wehmütig. „Das kann er gelegentlich durchaus sein."

„Ich würde gern einen Blick auf das Seil werfen, wenn ich darf", sagte Pickett. „Habt Ihr es noch?"

Sie schüttelte den Kopf. „Leider nein. Ich konnte mir keine Ausrede ausdenken, um es zu behalten, die kein Misstrauen erweckt hätte. Ich habe es mir jedoch gut angesehen und muss zugeben, dass es nicht wirkte, als wäre es durchgeschnitten worden. Es war ausgefranst, seht Ihr – kein glattes Ende, das man erwarten würde, wenn es mit einem Messer zerschnitten worden wäre."

„Und doch könnte man daran herumsäbeln, um es ausgefranst aussehen zu lassen, wenn man einen Mordversuch wie einen Unfall aussehen lassen möchte", sagte Pickett mit einem nachdenklichen Stirnrunzeln.

„Genau meine Gedanken!" Sie klang fast erfreut über diese Feststellung, und Pickett erkannte, dass sie wahrscheinlich halb erwartet hatte, dass er ihre Befürchtungen als die wilde Einbildung einer hysterischen Frau abtun würde.

„Ich glaube, Ihr sagtet, dass es andere solcher Unfälle gegeben hat?"

„Einen weiteren", sagte sie. „Ich ging eines Morgens

nach unten, als ich auf etwas auf der Treppe trat. Es rollte unter meinen Füßen weg und hätte ich mich nicht am Geländer festhalten können, hätte es zu einem hässlichen Sturz führen können. Als ich mein Gleichgewicht wiederfand und die Treppe musterte, fand ich drei lose Perlen auf der Stufe."

„Eure?"

„Ich war damals nicht der Meinung, denn ich hatte meine Perlen erst am Montag zuvor zu dem Musikabend bei den Bartlestons getragen. Ich dachte, sie müssten Lady Washbourn – der verwitweten Lady Washbourn, meine ich, meiner Schwiegermutter – gehören, aber das stritt sie ab und regte an, ich sollte in Zukunft besser auf meinen Schmuck achten. Und als ich in meine Schmuckschatulle sah, war meine Perlenkette gerissen und drei der Perlen fehlten. Dies war wohlgemerkt der erste Vorfall, daher hielt ich es für seltsam, ahnte aber noch keinen finsteren Hintergrund."

„Habt Ihr die Angelegenheit Eurem Mann gegenüber erwähnt?"

„Ja." Rote Zornesflecken brannten auf ihrem Gesicht. „Er versprach, sie zu Rundell und Bridge zu bringen, um sie wieder aufziehen zu lassen und hielt mir eine Strafpredigt – äußerst freundlich, wohlgemerkt, aber trotzdem eine Strafpredigt – über den Wert des Geldes." Sie schnaubte verächtlich. „Geld! *Mir*, ja, wobei es *er* ist, der – aber egal. Werdet Ihr mir helfen, Mr. Pickett? Ich bin bereit, Euch die Summe von fünfzig Pfund Sterling anzubieten, um diese Angelegenheit zu einem zufriedenstellenden Abschluss zu bringen."

Picketts Kopf drehte sich. Fünfzig Pfund Sterling! Fast so viel, wie er in einem ganzen Jahr erwarten konnte, obwohl es immer noch weit hinter der Jahresrente seiner Frau von ihrem ersten Ehemann zurückblieb. Es war eine verlockende Versuchung, aber er fand es unmöglich, Lady Washbourns Angebot unter falschen Voraussetzungen anzunehmen. Nach ein paar Sekunden heftigen inneren Kampfes antwortete er widerwillig: „Ich verstehe Eure Furcht, Mylady, glaubt nicht, dass ich kein Verständnis für Eure schwierige Lage habe, aber es gibt sehr wenig, was ich ohne solide Beweise tun kann."

„Welche Beweise wird es brauchen?", fragte sie scharf. „Meinen leblosen Körper am Fuße der Treppe? Nein, Mr. Pickett, ich habe eine bessere Idee. Ich erwähnte, dass wir beabsichtigen, einen Maskenball zu veranstalten; ich vermute, mein Mann könnte die Gelegenheit nutzen, um einen erneuten Anschlag auf mein Leben zu unternehmen. Ihr müsst zugeben, ein Haus voller maskierter Menschen würde eine selten gute Gelegenheit bieten."

„Ja, aber …"

„Ich möchte, dass Ihr daran teilnehmt, zusammen mit

Eurer Frau. Deshalb habe ich ausdrücklich nach Euch gefragt. Da Mrs. Pickett nach Geburt und Erziehung eine Lady ist, wird niemand über ihre Anwesenheit erstaunt sein, und Ihr werdet zur Hand sein, um meinen Mann genau zu beobachten, sollte er einen Mord versuchen."

Pickett sah einen ziemlich offensichtlichen Fehler in diesem Plan. „Wird Lord Washbourn nicht ein bisschen misstrauisch sein, wenn er entdeckt, dass Ihr plötzlich einen Bow Street Läufer und seine Frau zu Euren Bekannten zählen?"

„Das habe ich bedacht." Sie griff in eine Tasche ihres Kleides und zog eine lange, schmale, mit schwarzem Samt überzogene Schachtel heraus. „Rubine", erklärte sie. „Die Washbourn-Rubine, um genau zu sein, was garantiert, dass mein Mann es überhaupt nicht seltsam finden wird, wenn ich einen Läufer herbeirufe, weil sie plötzlich verschwunden sind."

„Wie bitte?", fragte Pickett, völlig verwirrt.

„In Eure Hände übergegangen, um genau zu sein", sagte sie und reichte ihm die Schachtel. „Ich wage es nicht, sie einfach nur zu verstecken, aus Angst, dass Washbourn oder einer der Diener sie finden und die List entdecken könnte."

„Und wie soll das dann meine Anwesenheit bei dem Maskenball erklären?"

„Um dafür zu sorgen, dass keiner unserer Gäste einen

ähnlichen Verlust erleidet – zumindest, soweit es meinen Mann angeht." Sie lächelte verschmitzt und ihre frühere Unscheinbarkeit war völlig verschwunden. „Schließlich kann man nicht zu vorsichtig sein, wenn bekannt ist, dass ein Juwelendieb Amok läuft."

„Nein, ich schätze, nicht." Er nahm die Schachtel, nicht ohne Bedenken. „Mit Eurer Erlaubnis werde ich dies der Bow Street übergeben, um es dort sicher unter Verschluss aufzubewahren."

Was auch immer Lady Washbourn zu diesem Vorschlag zu sagen gehabt haben mochte, wurde durch Lärm von unten unterbrochen. Ihre frühere Lebhaftigkeit verschwand und wurde durch einen gehetzten Ausdruck ersetzt.

„Mein Mann kommt nach Hause", sagte sie ziemlich unnötig. „Kommt mit mir, Mr. Pickett und folgt meinem Beispiel."

Pickett fasste diese Anweisung sowohl wörtlich als auch im übertragenen Sinne auf, steckte die Rubine in die Innentasche seines Rocks und folgte dann der Gräfin, als sie den Ballsaal verließ und die Treppe zum Erdgeschoss hinabeilte. Ein streng aussehender Mann Mitte dreißig stand im Flur und legte Hut und Handschuhe ab, und Lady Washbourn trat ihm entgegen.

„Washbourn, mein Lieber, ich habe dich nicht so früh zu Hause erwartet."

Sie hielt ihrem Mann die Wange zum Kuss hin und Pickett konnte nicht umhin, die Kälte in der Begrüßung seiner Lordschaft und die eher förmliche Höflichkeit in der Stimme seiner Frau mit dem warmen Willkommen zu vergleichen, das er vor einer Stunde in der Curzon Street angetroffen hatte.

Als ob Lord Washbourn diese Einschätzung spürte, huschten seine hellblauen Augen von seiner Frau zu ihrem Besucher. „Mir war nicht bewusst, dass du Gäste hattest, meine Liebe", sagte er. Obwohl er nicht so weit ging, sich über den braunen Sergerock lustig zu machen, hatte Pickett keinen Zweifel daran, dass der Earl diesen durchaus wahrnahm.

„Dies ist Mr. John Pickett vom Amt in der Bow Street", beeilte sich Lady Washbourn zu erklären. „Es ist unglaublich beunruhigend, aber ich kann die Washbourn-Rubine nicht finden! Ich fürchte, sie könnten gestohlen worden sein."

Der Mund des Earls wurde hart. „Verlasse dich darauf, Eliza, du hast sie irgendwo verlegt. Wir werden eine gründliche Suche im ganzen Haus abhalten und ich habe keinen Zweifel daran, dass sie auftauchen werden. Wirklich, meine Liebe, du musst lernen, vorsichtiger zu sein. Zuerst deine Perlen und jetzt das! Ich bin sicher, ich muss dich nicht daran erinnern, dass die Washbourn-Rubine seit Generationen in der Familie sind."

„Nein, wirklich nicht! Und ich hoffe, du hast recht und sie werden auftauchen. Dennoch, nur falls das nicht so sein sollte, dachte ich, du würdest nichts dagegen haben, dass ich Mr. Pickett herbestellt habe, um sehen, ob er feststellen kann, was mit ihnen geschehen ist." Sie holte tief Luft. „Mr. Pickett hat auch zugestimmt, an unserem Maskenball teilzunehmen – ziemlich unauffällig, weißt du – um darauf zu achten, dass keiner unserer Gäste einen vergleichbaren Verlust erleidet. Seine Frau ist die ehemalige Lady Fieldhurst, daher wird sich niemand über ihre Anwesenheit wundern", fügte sie hastig hinzu, fast entschuldigend.

„Wir werden das später besprechen, Eliza." Er wandte sich an Pickett und fügte hinzu: „Ich bin ziemlich sicher, dass die Rubine im Nähkorb meiner Frau oder an einem ähnlichen Ort entdeckt werden, aber wenn ich mich irren sollte, muss ich Euch sicher nicht sagen, dass Ihr für das Wiederauffinden angemessen belohnt werden würdet."

Pickett nickte zustimmend. „Ich werde mein Bestes geben, Euer Lordschaft", versprach er, wohl wissend, dass er keine Zahlung für die Rückgabe von Juwelen annehmen könnte, die sich in diesem Moment in seiner eigenen Manteltasche befanden. Plötzlich war er darauf bedacht, dem Haus und dem allzu scharfen Blick Lord Washbourns zu entkommen. Ihm kam der Gedanke, dass, sollten die

Rubine jetzt bei ihm gefunden werden, seine Karriere in der Bow Street wohl zu Ende sein würde. Sogar sein Leben mochte vorbei sein, wenn Lady Washbourn sich dafür entschied, ihn an ihrer Stelle zu opfern: ein unbezahlbares Erbstück von einem Lord des Königreichs zu stehlen, wäre fast sicher ein todeswürdiges Verbrechen.

* * *

„Und daher, Sir, möchte ich dies mit Eurer Erlaubnis im Safe einschließen", schloss Pickett, nachdem er dem Richter von Lady Washbourns misslicher Lage erzählt hatte.

„Ich verstehe", sagte Mr. Colquhoun, ein stämmiger weißhaariger Mann Mitte sechzig mit buschigen weißen Brauen über blauen Augen, die je nach Situation entweder finster blicken oder vor guter Laune funkeln konnten. In diesem Moment musterten sie die längliche schwarze Samtschachtel, die die Washbourn-Rubine enthielt, streng. „Und wie lange erwartet Ihr, sie dort zu belassen?"

„Das weiß ich nicht", gestand Pickett. „Bis ich den Fall gelöst habe, denke ich – das heißt, falls es einen Fall *gibt* – oder bis Lady Washbourn beschließt, dass ihre Befürchtungen unbegründet waren und sie zurückfordert."

„Mit anderen Worten, es könnte sehr lange dauern."

Pickett seufzte. „Ich fürchte schon, Sir."

„Das gefällt mir nicht." Mr. Colquhoun reichte die Schachtel über die hölzerne Brüstung zurück, die die

Richterbank vom Rest des Raumes trennte.

Pickett nahm sie mit einigem Zögern entgegen. „Was gefällt Euch nicht, Sir? Die Rubine selbst oder der Fall insgesamt?"

„Wenn Ihr so fragt, ich kann nicht behaupten, dass mir eines der beiden besonders am Herzen läge. Der Fall – wenn Ihr das so nennen wollt – ist in meinen Augen viel zu zweideutig. Um offen zu sein, ich kann mir nicht vorstellen, warum Ihr Euch bereit erklärt habt, Euch auf so etwas einzulassen. Es ist kein Verbrechen begangen worden, zumindest keines, das bewiesen werden könnte."

„Nein, aber erst letztes Jahr begleitete Mr. Dixon den spanischen Botschafter und dessen Frau als Leibwächter nach Portsmouth", erinnerte ihn Pickett. „Es war damals auch kein Verbrechen begangen worden, aber er nahm den Auftrag trotzdem an – und erhielt nette dreißig Pfund für seine Mühen", fügte er mit einer Spur von Neid hinzu.

„Lasst mich Euch daran erinnern, dass die Sicherheit des spanischen Botschafters und seiner Frau eine Angelegenheit von internationaler Bedeutung war, nachdem Spanien endlich genug von Napoleon hatte und bereit war, sich auf die Seite Englands zu schlagen. Natürlich musste jede Vorkehrung getroffen werden, um dafür zu sorgen, dass dieses neue Bündnis nicht durch irgendeine Person mit einem Groll zerstört würde, die entschlossen war, Spanier als Feinde zu betrachten. Doch ich schätze, Euch interessiert die internationale Politik nicht so sehr wie die Aussicht, dreißig Pfund zu verdienen."

„Fünfzig."

Die buschigen weißen Brauen wanderten fast bis zum Haaransatz des Richters hinauf. „Wie bitte?"

„Lady Washbourn hat mir für den zufriedenstellenden Abschluss dieses Falles die Summe von fünfzig Pfund Sterling angeboten."

„*Denkt* doch nach, John! Was genau bedeutet ein zufriedenstellender Abschluss? Natürlich, wenn die Lady am Ende des Abends tot aufgefunden wird, stimmt Ihr mir sicher zu, dass Ihr Eure fünfzig Pfund verliert. Aber wenn nicht? Wie lange erwartet sie, dass Ihr sie vor einem Verbrechen schützt, dass ihr Mann vielleicht gar nicht zu begehen beabsichtigt?"

„Ich – ich weiß nicht", gestand Pickett. „Ich werde wohl improvisieren müssen. Aber – aber *fünfzig Pfund*, Sir! Das ist so viel, wie meine Frau in, oh, in sechs Wochen bekommt", fügte er mit einem freudlosen Lachen hinzu.

„Mrs. Pickett wusste zum Zeitpunkt Eurer Heirat, dass Euer Einkommen nie dem ihren gleichkommen würde", bemerkte der Richter nicht unfreundlich. „Man sollte annehmen, dass an Euch etwas anderes anziehend war als die finanzielle Seite."

„Ja nun", sagte Pickett und bemühte sich, nicht zu

erröten, „das heißt nicht, dass ich nicht mein verdammt Bestes – Verzeihung – tun werde, nicht von ihr zu profitieren."

„Eine bewundernswerte Einstellung, die Euch Ehre macht – solange Ihr nicht zulasst, dass sie Eure Ehe bestimmt."

„Und die Rubine?", fragte Pickett, ungeduldig, einem Gespräch zu entkommen, dessen Richtung für ihn unangenehm persönlich geworden war. „Darf ich sie hier einschließen?"

„Das ist noch etwas, das mir gar nicht gefällt", sagte der Richter und sah Pickett so finster an, dass er sich wieder sehr wie der vierzehnjährige Taschendieb fühlte, der er gewesen war, als er die erste Bekanntschaft mit Mr. Colquhoun schloss. „Meiner Erfahrung nach führen Täuschungen und Halbwahrheiten nur zu weiteren Komplikationen."

„Ich verstehe Ihren Standpunkt, Sir, aber wie sonst hätte Lady Washbourn meine Anwesenheit erklären sollen? ‚Das ist Mr. Pickett, mein Lieber. Ich habe ihn eingeladen, um zu sehen, ob er herausfinden kann, ob du mich zu töten versuchst.'" Er schüttelte den Kopf. „Nein, ich kann auch nicht sagen, dass es mir gefällt, aber ich sehe nicht, dass sie eine Wahl hatte."

„Da Ihr der Dame so viel Sympathie entgegenbringt, werdet Ihr sicher nichts dagegen haben, die Rubine für sie aufzubewahren, bis die Angelegenheit – wie war das? – ‚zufriedenstellend abgeschlossen' ist."

„Aber Sir ..."

„Kommt mir nicht mit ‚aber', Mr. Pickett. Bedenkt bitte, wie viele Leute jeden Tag durch die öffentlichen Räume unseres Amts in der Bow Street kommen. Nicht die Verbrecher, wohlgemerkt – obwohl es von ihnen weiß Gott genug gibt – sondern die Läufer, die Fußpatrouille, die Patrouille zu Pferd – und nicht wenige von ihnen haben von Zeit zu Zeit Grund, den Safe zu öffnen. Es fehlte nichts, um eine Katastrophe auszulösen, als dass Lord Washbourn einen ungeplanten Besuch hier macht, um sich nach dem Fortschritt der Ermittlungen zu erkundigen, und dass jemand sich daran erinnert, die Rubine gesehen zu haben und sie ihrem rechtmäßigen Eigentümer zurückgibt. Damit wäre Lady Washbourn erledigt, und Ihr auch. Nein, nachdem Ihr dieser List zugestimmt habt – und ich bin bereit einzuräumen, dass Ihr, nachdem Ihr Euch bereit erklärt hattet, den Fall zu übernehmen, kaum etwas anderes tun konntet – müsst Ihr sehen, dass es umso wahrscheinlicher ist, dass dies ein Geheimnis bleibt, je weniger Leute davon wissen."

„Ja, Sir", stimmte Pickett mit einem Seufzer zu. „Aber was soll ich in der Zwischenzeit mit ihnen machen?"

„Kommt, Mann, Eure Frau muss selbst wenigstens

ein paar dieser Glitzerdinger haben; sicher kann man ihr eines mehr für ein paar Tage – Wochen – Monate – anvertrauen, wie lange es auch immer dauern mag, um einen ‚zufriedenstellenden Abschluss' zu erreichen."

Pickett bedachte die Alternative mit einem nachdenklichen Stirnrunzeln. „Und wenn es trotz meiner Bemühungen zu einem *un*befriedigenden Abschluss kommt? Was soll ich dann mit ihnen tun?"

„In einem solchen Fall könnten die Tatsache, dass die Rubine sich in Eurem Besitz befinden, die Anklage der Krone gegen Lord Washbourn stützen, da sie als Beweis für den Verdacht seiner Frau dienen würden – obwohl sie kaum ein Zeugnis für Eure beruflichen Fähigkeiten ablegen würden", fügte er düster hinzu.

„Ja, Sir", sagte Pickett, der eine verlorene Sache erkannte, wenn er eine sah.

„Nun, wenn es sonst nichts mehr gibt, Mr. Pickett", fuhr der Richter fort und schaute über seine Schulter zu der Uhr, die an der Wand über seiner Bank angebracht war, „habe ich vor, zu meinem Diner zu gehen und schlage vor, dass Ihr das Gleiche tut."

„Da wäre noch eines …", begann Pickett.

Mit einem Anflug von Resignation fuhr sich Mr. Colquhoun mit den kurzen Fingern durch seine dicken, schneeweißen Haare. „Warum überrascht mich das nicht?", fragte er sich laut. „Na gut, Mr. Pickett, was gibt es noch?"

„Es ist wegen des Maskenballs, Sir. Mit Eurer Erlaubnis würde ich am Morgen danach gern etwas später zum Dienst kommen. Ich glaube, diese Veranstaltungen dauern bis in die Morgenstunden."

„Und wenn ich überhaupt etwas von Frauen verstehe, wird Mrs. Pickett erst nach der Demaskierung gehen wollen", sagte der Richter voraus.

„Wenn ich Lady Washbourn beschützen will, muss ich auf jeden Fall bis zum Ende des Balls bleiben", betonte Pickett.

„Das ist wahr. Also gut, Ihr habt meine Erlaubnis, vorausgesetzt, dass nichts an dem Abend geschieht, was Eure Anwesenheit hier in der Bow Street erforderlich macht, doch ich bin sicher, dass ich Euch das nicht sagen muss. Sagt mir, was für ein Kostüm habt Ihr im Sinn?"

„Wie, keines, Sir", sagte Pickett, von der Frage völlig verblüfft. „Ich werde arbeiten, ich gehe nicht zu meinem Vergnügen hin."

„Nicht, wenn Mrs. Pickett etwas in der Sache mitzureden hat", prophezeite Mr. Colquhoun mit grimmiger Bestimmtheit.

„Verzeihung, Sir, aber warum sollte sie?"

„Weil selbst die vernünftigste Frau bei der Aussicht, in einem fantasievollen Kleid herumzuhüpfen, jeden Verstand verliert. Natürlich könntet Ihr versuchen, einen

Kompromiss zu schließen, indem Ihr anbietet, den blauen Rock und die rote Weste der Fußpatrouille zu tragen, aber wenn Eure Frau es nicht schafft, Euch als Galahad oder Harlekin oder so einen Unsinn zu verkleiden, dürft Ihr mich einen Holländer nennen."

Es hatte eine Zeit gegeben, in der der neunzehnjährige Pickett, der fünf Jahre lang bei einem Kohlenhändler in der Lehre war, von der Einladung des Richters beeindruckt war, seine kohlegeschwärzte Arbeitskleidung gegen die Uniform der Fußpatrouille der Bow Street einzutauschen. Aber vier Jahre später war er ebenso erfreut gewesen, die bekannten roten Westen bei seiner Beförderung zum eigentlichen Offizier – dieser Elite von einem halben Dutzend Männern, die allgemein als Läufer bekannt waren – aufzugeben, obwohl dies bedeutete, dass ein beträchtlicher Teil seiner fünfundzwanzig Schilling pro Woche für die Ergänzung seiner Garderobe ausgegeben werden musste, da die Läufer eine Ziviltruppe waren. Nein, wieder in der Uniform eines Mitglieds der Fußpatrouille zu erscheinen wäre zumindest in seinen eigenen Augen ein enormer Rückschritt. Er würde auf normaler Abendkleidung bestehen und vertraute seiner Julia, dass sie einen rationaleren Verstand hatte, als Mr. Colquhoun ihr zutraute.

3

*In dem John Pickett dem
geschenkten Gaul ins Maul schaut*

Bis er an diesem Abend in die Curzon Street zurückkehrte, war Pickett mehr als bereit, seine Last abzugeben. Er zog die Samtschachtel aus seinem Rock und reichte sie Julia.

„Ich wünschte, du würdest mir das abnehmen", sagte er ohne Einleitung. „Ich war so nervös wie eine Katze in einem Bad, da ich es den ganzen Nachmittag herumschleppen musste."

Sie musterte ihn mit hochgezogenen Augenbrauen, nahm die Schachtel und öffnete sie. Ein Dutzend roter Steine blinzelte sie im Licht an. „John, du Schatz!", hauchte sie ehrfürchtig. „Wie konntest du …!"

„Sie sind nicht für dich", unterbrach er sie hastig und erkannte zu spät, wie sein Verhalten wirken musste. „Ich fürchte, du wirst sie nicht einmal tragen dürfen. Sie gehören Lady Washbourn. Ich brauche deine Hilfe, um sie irgendwo sicher aufzubewahren."

Zum zweiten Mal an diesem Tag erzählte er die Geschichte seines Besuchs am Grosvenor Square und endete: „Daher muss ich einen Mord untersuchen, der noch nicht passiert ist, während ich so tue, als ob ich wegen eines Schmuckdiebstahls ermittele, der nie geschehen ist."

„Das schaffst du schon", prophezeite sie zuversichtlich.

Er verzog das Gesicht. „Ich wünschte, ich wäre so sicher."

„Du wirst es schaffen, weil du brillant bist – und jeder außer dir scheint das zu erkennen." Sie unterstrich diese Aussage mit einem schnellen Kuss und er zog sie in die Arme und erledigte das richtig.

„Natürlich gibt es vielleicht gar nichts zu ermitteln", sagte er schließlich, als sie sich voneinander lösten. „Es sind vielleicht nur zwei voneinander unabhängige Vorfälle."

Sie schüttelte den Kopf. „Ich weiß nichts über den Kronleuchter, Liebling, aber ich kann dir versichern, dass die Perlen kein Unfall waren."

„Nein?", fragte er verwirrt. „Was bringt dich dazu, das zu sagen?"

„Weil bei Perlen, wenn sie aufgefädelt werden – den guten jedenfalls – der Faden zwischen je zwei Perlen verknotet wird, sodass, wenn der Faden reißt, die Dinger nicht herumspringen und überall herumrollen. Eine würde sich sicher lösen, und ich denke, es könnten auch zwei sein, wenn der Faden direkt am Knoten reißt, aber ich kann mir nicht vorstellen, wie das bei dreien gehen soll – nicht, ohne dass nachgeholfen wurde jedenfalls."

Er betrachtete sie aufmerksam. „Und da bist du dir sicher?"

„Ganz sicher." Sie sah die Schachtel in ihrer Hand an. „Ich muss sie nach oben bringen und wegschließen. Wenn du mit mir kommst, kann ich dir meine eigenen Perlen zeigen und du kannst es selbst sehen."

Er folgte ihr die Treppe hinauf und wartete, während sie die Washbourn-Rubine sicher in ihrer Schmuckschatulle verwahrte. Als sie sich wieder zu ihm umwandte, hielt sie einen Strang cremeweißer Perlen hoch.

„Hier sind sie. Wenn du genau hinschaust, kannst du sehen, dass sie nicht direkt nebeneinander liegen."

Er nahm die Kette und trug sie zum Fenster, um sie im Licht der Nachmittagssonne zu untersuchen. Wie sie gesagt hatte, gab es einen kleinen, aber unverkennbaren Zwischenraum zwischen den Perlen, wo der Faden verknotet war.

„Musst du den Faden durchreißen, um sicher zu sein?", fragte sie, als sie zum Fenster trat, um ihm über die Schulter zu schauen. „Es macht mir nichts aus, Opfer für eine gute Sache zu bringen, doch da sie ein Geschenk von Mama und Papa waren, sollte ich darauf bestehen, dass sie wieder aufgefädelt werden, und auf Kosten der Bow Street."

Wenn sie ein Geschenk ihres ersten Mannes gewesen wären, wäre Pickett möglicherweise versucht gewesen. „Das wird nicht nötig sein", versicherte er ihr und gab ihr die Perlen zurück. „Ich denke, sogar Mr. Colquhoun würde es als über meine Pflichten hinausgehend betrachten, den Schmuck meiner Frau zu zerstören. Ich müsste dich jedoch um etwas anderes bitten. Wärest du bereit, mich zu dem Maskenball bei Lord und Lady Washbourn zu begleiten?"

„Ein Maskenball?" Ihr Gesicht leuchtete in freudiger Erwartung auf und Picketts Nackenhaare stellten sich auf, als er an die Vorhersagen seines Richters dachte. „Ich wollte immer zu einem Maskenball gehen, konnte es aber nie! Vor meiner Hochzeit war Mama überzeugt, dass sie zu zügellosem Verhalten ermutigten, und danach mit Frederick – nun, ich nehme an, Frederick wollte nur ungefällig sein. Lord Rupert bot mir einmal an, mich zu einer Maskerade in den Argyll Rooms zu begleiten, aber ich *wusste*, dass er zügelloses Verhalten im Sinn hatte, und daher musste ich die Einladung ablehnen. Aber eine solche Veranstaltung mit dir zu besuchen klingt wundervoll!"

„Wundervoll für dich, vielleicht, aber nicht für mich", sagte Pickett. „Ich werde arbeiten. Lady Washbourn befürchtet, ihr Ehemann könnte die Gelegenheit nutzen, um einen weiteren Anschlag auf ihr Leben zu unternehmen."

Ihre blauen Augen wurden groß. „Sich zu verkleiden, um seine eigene Frau umzubringen, wäre wirklich der Gipfel der Zügellosigkeit!"

„Ja, nun, du kannst kaum leugnen, dass man im Kostüm Gelegenheiten finden kann, die andernfalls zu riskant wären."

„Ich schätze, es wird davon abhängen, welche Art von Kostüm der potenzielle Mörder wählt. Alles zu Auffällige würde nur unerwünschte Aufmerksamkeit erregen. Aber wo wir von Kostümen sprechen, was sollen wir tragen?"

„Ich werde arbeiten, Julia", sagte er erneut. „Es gibt keine Notwendigkeit für mich, ein Kostüm anzulegen."

„Unfug! Wenn du in Zivil gehst, wirst du viel zu auffällig sein, um Lady Washbourn irgendwie helfen zu können. Was hältst du von Romeo und Julia?"

„Was soll ich von ihnen halten?", fragte Pickett und blinzelte bei diesem plötzlichen Themenwechsel.

„Als Kostüme für dich und mich", sagte sie mit übertriebener Geduld. „Ich kann Julia sein, und du Romeo."

„Ich bin sicher, du würdest eine entzückende Julia abgeben, Mylady, aber so sehr ich dich liebe, werde ich dennoch *nicht* um deinetwillen in Wams und

Strumpfhosen herumhüpfen!"

Ihr Gesicht wurde lang. „Ich schätze, du hast recht", gab sie mit einem bedauernden Seufzer im Gedanken an das, was hätte sein können, zu. „Da wir keine Zeit haben, uns etwas anfertigen zu lassen, müssen wir Kostüme leihen, und ich glaube, deine Beine sind zu lang für alles, was in den Läden erhältlich sein könnte."

„Da sei Gott dafür gedankt", murmelte Pickett in sich hinein.

„Trotzdem", fuhr Julia unbeirrt fort, „ich bin davon überzeugt, dass du einen sehr schneidigen Kavalier abgeben würdest und ein solches Kostüm hätte den Vorzug, dass du deine eigenen Stiefel tragen und deine Haare einfach lose hängen lassen könntest, statt eine Perücke zu tragen. Und", fügte sie hinzu, während sie sich für diese Vorstellung erwärmte, „du könntest einen Degen tragen, der nützlich sein könnte, im Falle, dass du Lord Washbourn auf frischer Tat ertappst und gezwungen bist, Lady Washbourn – oder dich selbst – zu verteidigen."

So sehr Pickett es hasste, das zuzugeben, hatte sie hier recht. Natürlich besaß er eine Pistole – hatte sie gelegentlich sogar benutzt –, aber es war schwierig, einen zwingenden Grund für das Tragen einer Schusswaffe in einem Ballsaal zu finden.

„Na gut", räumte er mit offensichtlichem Zögern ein, „du hast meine Erlaubnis, mich als Kavalier herauszuputzen, und ich werde versuchen, dir keine Schande zu machen."

„Als ob du das könntest!", erwiderte sie lächelnd. „Doch in der Zwischenzeit hatte ich dir ein Geburtstagsgeschenk versprochen. Schließe deine Augen."

Er tat es, und sie nahm seine Hand, führte ihn durch den Raum und blieb vor dem Ort stehen, an dem, wie er schätzte, der große Kleiderschrank aus Mahagoni an der Wand stand. Diese Ahnung wurde einen Moment später bestätigt, als ein leises Knarren das Öffnen der Schranktüren anzeigte.

„Jetzt darfst du sie aufmachen", verkündete sie.

Nach der selbst auferlegten Dunkelheit blinzelte er im Sonnenlicht des Nachmittags und starrte in den offenen Kleiderschrank, in dem ihre Kleider zur Seite geschoben worden waren, um ein halbes Dutzend neuer Kleidungsstücke aufzunehmen, von denen keines für den Schmuck einer weiblichen Gestalt gedacht zu sein schien.

„Du bist in ein Schneidergeschäft gegangen?", fragte er bestürzt und erinnerte sich an die ausgesprochen männliche Umgebung von Mr. Meyers Laden in der Conduit Street.

„Natürlich nicht! Ich musste nur eine Nachricht schicken und Mr. Meyer war so freundlich, mich hier aufzusuchen."

„Oh, natürlich", stimmte er mit leiser Stimme zu.

Sie zog eines der Kleidungsstücke heraus und hielt es an ihren Busen, damit er einen zweireihigen Rock aus feiner flaschengrüner Wolle bewundern konnte. „Probiere ihn an", drängte sie ihn. „Oder wäre dir der maulbeerfarbene lieber? Oder vielleicht der rostbraune?" Sie streckte die Hand nach dem Kleiderschrank aus, als ob sie ein weiteres Kleidungsstück herausholen wollte.

„Wie – wie viele sind das?", fragte er und musterte sie besorgt.

„Fünf Röcke und ebenso viele Westen, drei Paar Kniehosen und ein Paar lange Hosen, ein halbes Dutzend feine Baumwollhemden, ein ganzes Dutzend Krawatten und eine gleiche Anzahl Strümpfe – also Paare – und zwei Paar Limerick-Handschuhe. Oh, und das hier." Sie legte den grünen Rock über ihren Arm, um die Hände frei zu haben und einen purpurrot-goldenen Morgenrock in orientalischem Muster aus dem Schrank zu ziehen.

„Julia, wie viel hat das alles gekostet?"

„Es gehört sich nicht, nach dem Preis eines Geschenks zu fragen", teilte sie ihm mit. „Es reicht zu sagen, dass wir es uns gut leisten können."

„*Du* kannst es dir vielleicht gut leisten, aber ich bezweifle, dass du viele andere Bow Street Läufer mit einer derart aufwendigen Garderobe finden wirst."

„John, du kannst nicht leugnen, dass du neue Kleider

brauchst! Erinnere dich bitte daran, dass ich deine Strümpfe gestopft habe; ich kenne den traurigen Zustand deiner Kleidung ziemlich gut. Du hast gerade drei Röcke! Frederick hat gewöhnlich so viel an einem Tag gewechselt."

Er versteifte sich. „Mir war nicht bewusst, dass ich deinem ersten Ehemann ähnlich werden sollte."

„Oh, John, natürlich nicht", sagte sie ungeduldig. „Aber trotzdem …"

„Julia, niemand in der Bow Street zieht sich so gut an, außer vielleicht Mr. Colquhoun und sogar er …"

„So gut wie was?", wollte sie wissen. „Es ist doch nicht so, als ob das hier von der Hand von Weston aus der Old Bond Street käme, weißt du."

„Nein, das weiß ich eben *nicht*. In der Tat würde ich Weston nicht von einem Loch in der Wand unterscheiden können, worum es eigentlich geht, nicht wahr? Es ist schon schlimm genug, dass einige der Männer auf der Fußpatrouille angefangen haben, mich ‚Lord John‘ zu nennen, ohne dass ich mich anziehen würde, als hielte ich mich für etwas Besseres."

Sie warf die Kleidungsstücke auf das Bett. „Oh John, das wusste ich nicht! War es für dich so schrecklich? Verzeih mir … ich hatte nie vor …"

„Da gibt es nichts zu vergeben", sagte er mit einem Seufzer, zog sie in die Arme und drückte seine Lippen auf ihre Haare. „Was die Fußpatrouille angeht, nun, sie meinen es nicht böse, also schicken wir sie einfach zum Teufel, ja? Du wolltest mir nur etwas Gutes tun und ich habe dich dafür angefaucht. Ich bin ein undankbarer Kerl, Julia. Ich sollte dich um Verzeihung bitten."

„Ist es so falsch, dass ich mit meinem gut aussehenden Ehemann angeben möchte? Na ja, außer mit dem Morgenmantel. Ich würde es sehr übel nehmen, wenn jemand anders als ich dich darin sehen würde."

„Ich weiß nicht recht", sagte Pickett und blickte über ihren Kopf hinweg zu dem prächtigen Kleidungsstück mit einem abschätzenden Funkeln in seinen Augen. „Wenn ich wie der Großsultan aussehen soll, könnte ich beschließen, dass ich auch den dazugehörigen Harem haben möchte."

„Damit ist das entschieden", verkündete sie. „Das Ding geht morgen zurück zum Schneider!"

„Nein, nein", protestierte er lachend. „Du hast es gekauft, Mylady, und du wirst die Konsequenzen tragen müssen. Komm, ich schlage dir ein Geschäft vor: Ich probiere ihn an, wenn du das Diner hier oben servieren lässt." Sein Lächeln schwand, und als er wieder sprach, war es mit ungewohntem Ernst. „Was meinst du, Julia? Es wäre fast, als wären wir wieder in der Drury Lane."

Er sah, wie die Farbe ihr in die Wangen stieg und wusste, dass er nichts weiter sagen musste. Sie hatte Lord Rupert Latham gesagt, dass sie ihre Meinung über die

Annullierung geändert hatten, aber das war nicht die ganze Wahrheit gewesen. Tatsächlich war er im Verlauf einer Untersuchung schwer verletzt worden, und während sie in seiner schäbigen kleinen Wohnung in der Drury Lane wohnte und ihn wieder gesund pflegte, hatten sie ihre Ehe vollzogen. Es war vielleicht eine seltsame Art gewesen, ein Eheleben zu beginnen, aber sie waren glücklich gewesen – in gewisser Hinsicht weitaus glücklicher als jetzt, als sie in ihrem Stadthaus in der Curzon Street in Luxus lebten.

„Sehr gut, John", sagte sie atemlos. „Du ziehst deinen Rock aus und ich klingele nach Rogers."

Erst mehrere Stunden später, als sie nebeneinander in dem großen Himmelbett lagen, fiel ihm noch etwas Unerledigtes ein.

„Mylady?", flüsterte er in die Dunkelheit. „Bist du wach?"

„Jetzt ja", sagte sie verschlafen. „Was ist los?"

„Julia, ich – es tut mir leid wegen der Rubine."

Ein Rascheln der Bettwäsche ließ ihn erkennen, dass sie sich im Bett umgedreht hatte.

„Es macht mir nichts aus, John, wirklich nicht", versicherte sie ihm. „Es wird kein Problem sein, sie aufzubewahren, zumindest vorläufig. Es sei denn, dass Lord Washbourn Verdacht schöpft und nach ihnen zu suchen beginnt. Das könnte etwas schwierig zu erklären sein."

Pickett, der auf dem Rücken lag und nach oben in Richtung des Betthimmels starrte, achtete nicht auf diesen Versuch von Humors. „Nein, das nicht. Ich habe dich glauben lassen – ich weiß, dass du enttäuscht warst ..."

„Bitte, denk gar nicht daran, Liebling. Es war absolut mein Fehler, weil ich voreilige Schlüsse gezogen habe."

„Du hast einen Mann geheiratet, der dir niemals Juwelen schenken kann."

Ein erneutes Rascheln der Laken und plötzlich war er von weicher, warmer Frau umhüllt, ihre Finger schoben ein paar verirrte braune Locken zurück, damit sie einen federleichten Kuss auf seine Stirn drücken konnte.

„Ich habe einen Mann geheiratet, der ein Juwel *ist*", sagte sie zärtlich. „Alles andere wäre überflüssig."

Er glaubte es keine Minute lang, aber als er sich ihr zuwandte, um diese Behauptung so zu beantworten, wie sie es verdiente, beschloss er, ihr niemals einen Grund zu geben, ihre Meinung zu ändern.

4

In dem John Pickett im Dienste
einer guten Sache ein Kostüm anlegt

Ich sehe lächerlich aus", verkündete Pickett und musterte ungehalten die maskierte Gestalt, die ihm missbilligend aus dem Spiegel ansah. Seine braunen Locken durften offen über seine Schultern fallen, wo sie sich über die weiße Spitze seines weiten Kragens und bis auf den Rücken seines roten Samtrocks ausbreiteten. Seine Kniehosen waren sehr weit geschnitten und an jedem Knie mit verknoteten Bändern zusammengehalten. Als er sein Spiegelbild betrachtete, konnte er verstehen, warum die Kavaliere Degen getragen hatten: Sie hatten vermutlich viel Zeit damit verbracht, sich gegen Spott zur Wehr zu setzen. „Mein einziger Trost ist, dass niemand wissen wird, wer ich bin."

„Ich finde, dass du ausgesprochen wundervoll aussiehst."

Sein Blick traf Julias im Spiegel und er drehte sich um, um die Vision, die sie darstellte, persönlich zu bewundern. Wie er trug sie eine Maske, aber während seine aus schwarzem Satin gemacht war, war ihre weiß und mit silbernen Pailletten bedeckt. Sie verzichtete auf die Mode der hohen Taille, die seit dem letzten Jahrzehnt herrschte, und trug ein blaues Gewand im Stil von einhundertfünfzig Jahren früher, mit einem glockenförmigen Rock, der von ihrer natürlichen Taille hinabfiel, mit bauschigen Ärmeln, die an den Ellbogen mit Bändern gerafft waren und einem tiefen, runden Ausschnitt, der ein großes Stück eines schneeweißen Busens sehen ließ. Ihr blondes Haar war in der Mitte gescheitelt worden und über jedem Ohr fiel ein Bündel Locken aus einem winzigen Sträußchen Vergissmeinnicht. Wenn alle Damen des siebzehnten Jahrhunderts so ausgesehen hatten, stellte Pickett fest, und wenn sie sein eher feminines Kostüm attraktiv gefunden hatten, konnte er verstehen, warum die Höflinge an Charles' Hof sich gern dieser Mode unterworfen hatten, ganz gleich, wie viel ihrer eigenen Würde es sie kostete.

Als Julia das anerkennende Funkeln in seinen Augen bemerkte, wirbelte sie leicht im Kreis herum, sodass ihre Röcke flogen und schlanke Knöchel in weißen Seidenstrümpfen freilegten. „Gefällt es dir?"

„Oh ja", sagte er nachdrücklich. „Können wir nicht

einfach hierbleiben, damit ich es ganz privat bewundern kann?"

„Lady Washbourn wäre da vielleicht anderer Meinung", erinnerte sie ihn. „Vergiss deinen Hut nicht", fügte sie hinzu, als er sich barhäuptig vom Spiegel abwandte.

Er warf ihr einen sprechenden Blick zu, der keine Zweifel über seine Meinung über den breitkrempigen schwarzen Hut mit der flotten roten Straußenfeder aufkommen ließ, schnappte ihn dann aber von seinem Stuhl und drückte ihn auf den Kopf. Er tastete nach dem Griff seines Degens, nur um sich zu vergewissern, dass er noch da war und bot dann seiner Lady den Arm und geleitete sie nach unten.

Rogers wartete an der Haustür und strahlte sie väterlich an. „Sehr hübsch, Sir, Madam, wenn ich das sagen darf."

„Danke, Rogers, natürlich dürft Ihr das", sagte Julia und schmunzelte den Butler verschmitzt an.

Er riss die Tür mit großem Schwung auf und ließ die geschlossene Kutsche sehen, die sie bereits erwartete. Pickett half Julia hinein und kletterte dann hinterher, nicht ohne jedoch seinen Degen an den Türrahmen zu stoßen.

„Ist dir klar", sagte sie, als die Kutsche sich in Bewegung setzte, „dass wir in London nirgendwo ausgegangen sind seit jener Nacht im Theater?"

„Wahrscheinlich nicht der beste Vergleich, wenn man bedenkt, dass das Theater in dieser Nacht niedergebrannt ist", bemerkte Pickett.

Sie lächelte ihn an. „Du hast dich bei dieser Gelegenheit ziemlich gut geschlagen, wenn ich mich recht erinnere."

„Ich hatte keine große Wahl, oder?"

Jetzt konnte sie darüber lachen, über die entsetzliche Flucht vom Balkon des brennenden Gebäudes, den Schlag auf den Kopf, der Pickett für den größten Teil einer Woche bewusstlos hatte werden lassen und Julias Abenteuer, wie sie in einer Wohnung von zwei Zimmern ohne Diener oder irgendwelche der Annehmlichkeiten, an die sie gewohnt hatte, für sich selbst (und ihn) gesorgt hatte. Und Pickett konnte dieses Erlebnis kaum bedauern, wenn man bedachte, dass während dieser Zeit Julia beschlossen hatte, gegen jede Beschränkung des Standes, dem sie angehörte, seine Frau bleiben zu wollen, und das nicht nur dem Namen nach. Dennoch konnte es für sie kein schönes Leben sein, so abgeschnitten von der eleganten Welt, deren Teil sie einmal gewesen war. Kein Wunder, dass sie die Gelegenheit, an einem Ball teilzunehmen, mit solcher Begeisterung ergriffen hatte! Aus diesem Grund allein, schätzte er, lohnte es sich, dass er sich in einem Kostüm zum Narren machte.

„Ich hoffe, du wirst dich amüsieren", sagte er zu ihr.

„Ich wünschte, ich könnte mehr Zeit mit dir verbringen, aber ich fürchte, ich werde mich nach Lord Washbourn richten müssen."

„Musst du ihm den ganzen Abend folgen?" Sie rümpfte die Nase. „Wie langweilig für dich!"

„‚Folgen' ist wahrscheinlich ein zu starker Ausdruck", sagte er auf ihre Frage hin. „Ich darf nicht den Eindruck erwecken, ihn zu auffällig zu verfolgen, damit er es nicht bemerkt und sich in Acht nimmt, aber ich muss ihn sicher im Auge behalten. Ich muss auch auf Lady Washbourn aufpassen; beide der früheren Anschläge – vorausgesetzt, es *handelte* sich um Anschläge und nicht nur um unglückliche Unfälle – waren sorgfältig so inszeniert, dass sie stattfanden, als Lord Washbourn nicht in der Nähe war und nicht mit ihnen in Verbindung gebracht werden konnte."

„Und dennoch hat Lady Washbourn es geschafft, einen Zusammenhang herzustellen. John, du wirst vorsichtig sein, nicht wahr? Ich bin jedenfalls froh, dass du einen Degen hast."

Es war wahrscheinlich nicht der beste Zeitpunkt, um zu erwähnen, dass er überhaupt keine Fechtausbildung hatte. „Ein Degen würde gegen herabfallende Kronleuchter oder strategisch geworfene Perlen auf Treppen nichts nützen", bemerkte er.

Sie verzog das Gesicht. „Soll ich mich deshalb besser

fühlen?"

„Nein." Er ergriff ihren Arm, um sie zu stützen, als die Kutsche vor der Residenz der Washbourns in der Park Lane zum Stehen kam. „Das soll dich daran erinnern, aufmerksam zu bleiben. Fallende Kronleuchter sind nicht besonders wählerisch dabei, auf wem sie landen, und ich bin vielleicht nicht da, um dich zu beschützen."

Ein livrierter Diener öffnete in diesem Moment den Schlag der Kutsche und machte weitere vertrauliche Unterhaltung unmöglich. Trotzdem schob Julia ihre Hand in die Krümmung seines Ellbogens, nachdem sie ausgestiegen waren und drückte seinen Arm leicht. Pickett fasste diese unausgesprochene Mitteilung (ziemlich richtig) als eine Warnung auf, sich an seinen eigenen Rat zu halten.

Am oberen Ende der Treppe wurden sie ins Haus eingelassen, wo Julia ihren Abendmantel ablegte und Pickett seinen federgeschmückten Hut abnahm, bevor sie einem stämmigen König Henry VIII. und einer seiner Königinnen (Pickett war sich nicht ganz sicher, welche sie darstellen sollte, obwohl die roten „Blutflecken" auf ihrer gestärkten Halskrause ihr Schicksal andeuteten) eine weitere Treppe hinauf zum Ballsaal. Hier warteten Lord und Lady Washbourn darauf, ihre Gäste zu besuchen, zusammen mit einer etwas älteren Dame, die eine ausgesprochene Ähnlichkeit mit seiner Lordschaft aufwies.

Da es sich bei der Veranstaltung um eine Maskerade handelte, wurden die Gäste nicht angekündigt, denn Anonymität war (wie Julia sagte) der halbe Spaß. Stattdessen präsentierten die Neuankömmlinge dem Butler ihre gravierten Einladungen, um Zutritt zu erhalten. Leider waren die Einladungen versandt worden, Wochen, bevor Lady Washbourn in die Bow Street geschickt hatte, und so war sie gezwungen gewesen, ihrem Butler ein Wort ins Ohr zu flüstern, um sicherzustellen, dass die Picketts, Mann und Frau, trotz des Fehlens einer solchen nicht an der Tür abgewiesen wurden. Jetzt, als sie das obere Ende der Treppe erreichten, musste Pickett diese Person nur noch über ihre Identität informieren, um sofort zu seiner Gastgeberin geführt zu werden.

„Mr. und Mrs. John Pickett, Mylady", murmelte der Butler gemäß den Anweisungen, die er früher am Tag erhalten hatte.

„Mr. Pickett, ich bin so froh, dass Ihr kommen konntet." Lady Washbourn, charmant gekleidet in der Gestalt einer Milchmagd des vorigen Jahrhunderts mit rosigen Wangen, begrüßte ihn herzlich, bevor sie sich an Julia wandte. „Und Mrs. Pickett, ich freue mich, Euch kennenzulernen. Darf ich Euch meine Glückwünsche zu Eurer Hochzeit aussprechen?"

„Mr. Pickett." Lord Washbourn (der Glückspilz,

dachte Pickett) hatte statt eines Kostüms sich mit einem langen, schwarzen Domino und einer schwarzen Halbmaske begnügt. Die Augen, die durch deren Schlitze funkelten, schienen Pickett mit einigem Missfallen zu mustern, doch trotzdem schüttelte der Earl seine Hand. „Seit meine Frau diese verflixten Rubine verlegt hat, hat sie sich in den Kopf gesetzt, dass hier irgendwo ein Juwelendieb auf eine Gelegenheit lauert, den Schmuck unserer Gäste zu stehlen. Ich weiß Eure Bereitwilligkeit, ihr in dieser Angelegenheit nachzugeben zu schätzen, aber ich vertraue darauf, dass Eure Dienste nicht nötig sein werden."

Pickett stammelte etwas darüber, dass Vorbeugen besser wäre als Heilen.

„Ich finde es sehr weise von Euch, Lady Washbourn", sagte Julia herzlich. „Man kann nie zu vorsichtig sein."

„Ganz richtig, Mrs. Pickett", warf die ältere Frau ein, die neben der Gastgeberin stand, eine große, schlanke Dame, die in dem fließenden Gewand und der großen gehörnten Haube mit langem Schleier einer mittelalterlichen Lady noch größer wirkte.

„Mutter Washbourn, erlaubt mir, Euch Mr. und Mrs. John Pickett vorzustellen. Mr. Pickett, Mrs. Pickett, die Mutter meines Gatten, die Gräfinwitwe von Washbourn."

„La, meine Liebe, dieser Titel lässt mich so alt klingen!", protestierte die Witwe lachend, als sie Pickett die Hand bot, auf der ein großer roter Stein funkelte. „Hätte Edward eine weniger umgängliche Frau geheiratet, hätte ich es ihm übel nehmen müssen, eine Braut zu nehmen und mich zur Gräfinwitwe zu machen."

Pickett hatte das Alter der Frau auf ungefähr vierzig geschätzt, aber jetzt wurde ihm klar, wenn sie tatsächlich Lord Washbourns Mutter war, müsste sie zumindest fünfzig sein, sehr wahrscheinlich noch älter. Er ertappte sich, wie er sie innerlich mit seiner eigenen Schwiegermutter verglich; Julias Mutter, Lady Runyon, war eine winzige Frau, deren Kopf ihm nicht einmal bis zur Schulter reichte, und deren Gestalt zu zerbrechlich war, dass sie aussah, als könnte ein kräftiger Wind sie umblasen. Sie war auch die erschreckendste Frau, die er je kennengelernt hatte. Als er in die lächelnden Augen der älteren Lady Washbourn schaute, hoffte er, dass die jüngere wusste, welches Glück sie hatte.

Ein fetter Bruder Tuck, rot von seinem Aufstieg die Treppe herauf, räusperte sich hinter ihnen und daher waren die Picketts gezwungen, ihre Unterhaltung zu beenden und ihre Gastgeber freizugeben, um die neu Angekommenen zu begrüßen. Als sie im Ballsaal standen, blinzelte Pickett bei der Verwandlung des Raums, in dem er erst ein paar Tage zuvor gestanden hatte. Der versengte Teppich war nicht ersetzt worden, aber schließlich würde der Teppich, der zu anderer Zeit ausgelegt wurde, um den Boden zu schonen, bei dieser Gelegenheit aufgerollt sein, um das Tanzen zu ermöglichen. Der Kronleuchter über ihnen schien durch sein kürzliches Abenteuer nicht beschädigt worden zu sein, er glänzte im Licht Dutzender Wachskerzen, während am anderen Ende des Raums mächtige Blumenarrangements ionische Säulen schmückten, die strategisch platziert waren, um ein kleines Orchester zu verbergen, das von einem erhöhten Podium aus Musik ertönen ließ.

Noch bemerkenswerter als die Dekoration waren jedoch die Gäste, die sich in dem überfüllten Raum bewegten. Ein kunterbunter Harlekin führte die komplizierten Schritte einer Quadrille mit einer Nonne aus, deren strenger schwarzer Habit einen seltsamen Gegensatz zu dem edelsteinbesetzten Kreuz bot, das bei jedem Schritt auf ihrer Brust hüpfte, während ein türkischer Sultan in einem federgeschmückten Turban sich zu einem ähnlichen Paar mit einem wohlgerundeten Engel zusammengetan hatte, dessen breite, mit Pailletten besetzte Flügel den anderen Paaren beim Tanzen keine geringen Unannehmlichkeiten bereiteten. Einige der kostümierten Gäste lehnten es ganz ab zu tanzen. Ein römischer Zenturio hielt in seinem Gespräch mit Cleopatra lange genug inne, um ein Glas Champagner von dem Tablett eines livrierten Dieners zu nehmen, während auf der anderen Seite des Raumes ein Kreuzritter in silbernem

Stoff, der geschickt so verwendet war, dass er einer Rüstung ähnelte, einer griechischen Göttin, die eine eng anliegende Leinentunika mit nicht viel darunter trug, ausgefallene Komplimente machte. Während Pickett sich umschaute, löste sich ein ägyptischer Pharao aus der Menge und kam auf die Stelle zu, an der sie standen.

„Madame, Euer gehorsamster Diener", begrüßte der Pharao Julia und machte eine umständliche Verbeugung. „Gewährt Ihr mir das unermessliche Vergnügen, der Erste zu sein, der Euch auf die Tanzfläche führt?"

Unerträglicher Mistkerl, dachte Pickett, als er Julias stille Frage mit lächelnder Zustimmung beantwortete. Zu spät wurde ihm klar, dass er sich für eine lange Nacht darauf eingelassen hatte, Lord Washbourn aus diskreter Entfernung zu beobachten, während er aus dem Augenwinkel dabei zusehen musste, wie Männer in verschiedenen Verkleidungen versuchten, das versprochene ‚zügellose Verhalten' mit seiner Frau zu üben.

„Ich fürchte, ich muss Euch um Verzeihung bitten, Mr. Pickett", bemerkte Lady Washbourn und stellte sich neben ihn an die Wand. „Mir war nicht klar, wie langweilig dies für Euch sein würde, wenn Ihr nicht mittanzen könnt."

„Ich bin wegen Eurer Sicherheit, nicht zu meinem eigenen Vergnügen hier", versicherte er ihr. „Was das

Tanzen angeht, verstehe ich davon ohnehin nichts, daher ist es eine Erleichterung, mich entschuldigen zu dürfen."

Sie nickte verständnisvoll. „Papa hat einen Tanzmeister für mich engagiert, als ich siebzehn Jahre alt war, aber ich habe mich nie ganz daran gewöhnt. Vielleicht, wenn ich früher angefangen hätte …" Sie brach achselzuckend ab. „Ich schätze, es ist gut, dass ich meine Pflichten als Gastgeberin als Ausrede benutzen kann."

Zu ihnen gesellte sich in diesem Moment Lord Washbourn, der in der einen Hand ein Glas hellen Champagners und in der anderen ein etwas dunkleres Getränk trug. „Ich muss dir ein Kompliment machen, meine Liebe", sagte er und bot seiner Frau die bernsteinfarbene Flüssigkeit an. „Du hast dich selbst übertroffen. Es ist ein prachtvoller Ball."

Sie nahm das Glas dankend entgegen. „Meinst du wirklich?", fragte sie und ihre hübschen, grauen Augen füllten sich mit einer Mischung aus Hoffnung und Furcht.

„Ich bin mir sicher. Ich habe nicht weniger als fünf Damen gehört, die über den Namen des Floristen gerätselt haben, der die großartigen Arrangements für diese Säulen geschaffen hat, und ich habe keinen Zweifel daran, dass sie morgen früh an unserer Tür Schlange stehen werden, um es herauszufinden. Wirst du ihnen die Wahrheit sagen, meine Liebe, oder wird es dich amüsieren, die Informationen für dich zu behalten und sie vergeblich herumjagen zu lassen, indem du einen Namen nennst, der nicht existiert?"

„Als ob ich so grausam sein könnte! Wenn sie fragen, werde ich ihnen seinen Namen und seine Geschäftsadresse mitteilen und ihr Interesse als Kompliment betrachten."

Der Earl entspannte sich ausreichend, um sie anzulächeln. „Irgendwie habe ich nichts weniger von dir erwartet. Alle Damen der *feinen Gesellschaft* könnte sich an deinem guten Herzen ein Beispiel nehmen."

Lady Washbourn errötete rosig und verdeckte ihre Verwirrung, indem sie bei dem Glas in ihrer Hand Hilfe suchte. Ihre Lippen hatten den Rand kaum berührt, als eine Unterbrechung in Form eines Dienstmädchens in einer gestärkten und rüschenbesetzten Haube eintraf.

„Verzeihung, Ma'am", sagte sie und rang in ihren Händen die weiße Schürze, die ihr dunkles Kleid bedeckte, „aber Lady Carrington ist ohnmächtig geworden."

„Ach du liebe Güte!" Lady Washbourn stellte ihr Glas auf einen Tisch in der Nähe. „Wo ist sie?"

„Einer der Lakaien hat sie in den Ruheraum der Ladys gebracht und sie auf das Sofa gebettet. Es schien besser, als sie einfach auf dem Boden liegenzulassen", fügte sie entschuldigend hinzu.

„Ja, das hat er genau richtig gemacht. Ich werde sofort dorthin gehen. In der Zwischenzeit, Annie, geh nach oben und lass meine Zofe mir mein Riechsalz bringen."

Annie knickste und verschwand. Kurze Zeit später sah Pickett Lady Washbourn in den Ballsaal zurückkehren, einen Arm fürsorglich unter dem Ellbogen einer blassen Dame, die nicht nur von dem Zwischenfall keinen Schaden erlitten zu haben, sondern die Aufmerksamkeit, die er ihr einbrachte, förmlich zu genießen schien, da die Gäste, die der Krise gewahr geworden waren, sich um sie drängten, um sich nach ihrer Gesundheit zu erkundigen. Pickett schüttelte den Kopf über die Launen solch wohlerzogener Damen und wandte seine Aufmerksamkeit wieder seiner eigentlichen Aufgabe zu, um zu entdecken, dass Lord Washbourn die spärlich bekleidete Göttin zu dem gerade beginnenden Tanz führte.

Als die Nacht fortschritt und der Champagner freier floss, wurde das Verhalten der Gäste formloser: die Stimmen lauter, das Tanzen unbekümmerter und die Flirts dreister. Pickett erlaubte sich nicht, etwas Stärkeres zu trinken als den sehr milden Pfirsich-Ratafia mit Mandelgeschmack und sah zu, wie Lord Washbourn eine Dame nach der anderen in die zunehmend lärmenden Tänze führte (darunter zweimal Julia, deren Gesicht von Champagner oder Anstrengung gerötet war, wobei Pickett sich nicht ganz sicher, wovon tatsächlich), sah jedoch keine Handlungen seines Gastgebers, die als verdächtig angesehen werden könnten, weder wegen mörderischer Absicht gegenüber der eigenen Frau seiner Lordschaft noch wegen eines verliebten Interesses an Picketts.

Und dann, gerade als er beschlossen hatte, dass der ganze Abend Zeitverschwendung war und sich fragte, wie lange es dauern könnte, bis er Julia holen und mit ihr in die Curzon Street zurückkehren konnte, stellte er fest, dass der Tanz vorbei war und die Tänzer sich zerstreuten – und Lord Washbourn, den er zuletzt als Partner des Engels mit den großen Flügeln gesehen hatte, war nirgends zu sehen.

Er brummte in sich hinein, als er sich durch die Menge auf der Suche nach seinem Gastgeber drängte, zum erheblichen Missfallen jener Personen, die er unabsichtlich mit seinem Degen vors Schienbein schlug. Er erinnerte sich an die vielen kleinen Nischen, die den Rand des Ballsaals säumten und, nachdem er nirgendwo eine Spur von Lord Washbourn sehen konnte, begann er einen ziemlich umständlichen Weg zu der nächsten davon einzuschlagen, als sein Degen erneut heftigen Kontakt mit einem anderen Gast aufnahm.

„Verzeihung", sagte eine weibliche Stimme kalt und drehte sich zu ihm um. Als sie einen genaueren Blick auf ihren Angreifer geworfen hatte, machte sie jedoch einen Schritt auf ihn zu und ihre Augen wurden von einem raubtierhaften Glänzen überzogen. „Verzeihung!", sagte sie erneut, jedoch in wärmerem Tonfall.

„Ich – ich bitte – es tut mir leid", stammelte Pickett und wich einen Schritt zurück, als er die unzureichend

gekleidete griechische Göttin erkannte. „Ich wollte nicht –
es ist dieser Degen – ich bin nicht daran gewöhnt …"

„Was für eine Verschwendung", schnurrte sie und
gab Pickett zu verstehen, dass sie weniger an dem Schwert
in seinem Gürtel, als an dem in seinen Kniehosen
interessiert war.

Sie verringerte den Abstand zwischen ihnen mit
einem weiteren Schritt in seine Richtung, und wieder wich
Pickett zurück – und bemerkte, dass seine Schultern an den
blauen Samtvorhang stießen, der den kleinen Vorraum von
dem eigentlichen Ballsaal trennte.

„Wer seid Ihr?", fragte sie und hob die Hand, als ob
sie hier und jetzt seine Maske aufbinden wollte. „Ich bin
Euch noch nie begegnet, nicht wahr? Ich bin sicher, ich
würde mich daran erinnern."

„Das – das wäre wohl so", sagte Pickett und warf
einen verzweifelten Blick über ihre Schulter, nach Lord
Washbourn oder Julia oder irgendjemandem, der ihn vor
der räuberischen Persephone retten könnte, die jetzt kaum
verhüllte Brüste an seine Brust drückte.

„Ist das Euer echtes Haar?", gurrte sie anerkennend
und fuhr mit den Haaren durch seine ungebändigten
Locken. „Habt Ihr die geringste Ahnung, wie viele
Stunden ich damit verbringe, meine Haare auf
Stoffstreifen zu wickeln, um solche Locken zu
bekommen?"

„Nein, d–das w–weiß ich nicht." Nachdem er Julia auf der anderen Seite des Saales erblickt hatte, versuchte Pickett erfolglos, ihren Blick einzufangen.

„So viel Zeit, die man viel besser nutzen könnte", fuhr die Göttin fort, während sie Pickett sanft, aber unaufhaltsam durch den Vorhang und in die Nische drängte.

„Ihr – Ihr versteht nicht", protestierte er, versuchte (erfolglos), die entschlossene Diana auf Armeslänge Abstand zu halten. „Ich bin verheiratet."

„Kleiner, ich auch! Was für einen Unterschied macht das? Kommt schon, Süßer, dann könnt Ihr mir Euer Schwert zeigen!"

Noch ein Schritt, und das Licht wurde plötzlich trüber. Pickett bemerkte nahezu mit Entsetzen, dass sie jetzt vollständig im Vorraum eingeschlossen waren und der schwere Vorhang hinter ihnen zugefallen war und das Licht aus dem Ballsaal blockierte. Er fragte sich flüchtig, ob, wenn die verliebte Aphrodite ihn ernsthaft angriffe, er auch den Klang seiner Schreie ersticken würde.

Kaum hatte sich die Frage in seinem Kopf gebildet, als ein schriller Schrei über den gedämpften Klängen von Musik und Gesprächen hinter dem Vorhang ertönte und einen schrecklichen Augenblick lang glaubte Pickett, dass sein Gedanke die Tat hervorgerufen hatte. Ein kurzer Augenblick der Überlegung reichte, um ihn zu überzeugen, dass dem nicht so war, und da er sah, dass die Unterbrechung die Göttin kurzzeitig von ihrer zielstrebigen Verfolgung seiner Person abgelenkt hatte, ergriff er die Gelegenheit, sich zu befreien. Er warf ihr ein hastiges „Verzeihung" über seine Schulter hin, schob sich durch den Vorhang und fand den größten Teil der Gäste der Washbourns in einer Ecke des Saales zusammengedrängt. Er eilte hin, um sich der Menge anzuschließen und lief direkt auf eine vertraute Gestalt in einem blauen Satinkleid zu.

„Da bist du ja!", rief Julia erleichtert aus, als sie ihn neben sich fand. „Wo warst du denn?"

„In der Hölle", war seine nachdrückliche Antwort.

„Was ist passiert? Wer hat geschrien?"

„Ich weiß es nicht. Das heißt, ich weiß nicht, wer geschrien hat, aber was passiert ist: Es geht um eines von Lady Washbourns Hausmädchen. John, sie ist tot!"

5

In dem ein Maskenball
ein plötzliches Ende findet

Bleib hier, Mylady."
Pickett schob seine Frau sanft zur Seite und drängte sich dann in die Mitte der Menge, wobei er (diesmal ganz bewusst), mehrere Leute mit seinem Degen vor das Schienbein schlug, um sich den Weg freizumachen. Eine zierliche junge Frau – oder das, was von ihr übrig war – lag mit dem Gesicht zum Boden nahe der Wand. Unter ihr, anscheinend durch ihren Sturz mitgerissen, war ein kleiner Tisch auf die Seite gefallen und hatte den Boden mit Glasscherben, verschütteter Flüssigkeit und befleckter Tischwäsche übersät.

Als er ein schwaches Geräusch, irgendwo zwischen Keuchen und Wimmern, hörte, schaute Pickett sich um und sah, dass Julia trotz seiner Anweisung direkt hinter ihm stand. Er reichte ihr das unpraktische Schwert und fiel dann auf ein Knie, um das Mädchen vorsichtig auf den Rücken zu drehen, doch als er das aschblonde Haar zurückstrich, das unter ihrem gestärkten Rüschenhäubchen entkommen und über ihr Gesicht gefallen war, bekam er einen Schrecken. Es war das gleiche Zimmermädchen, das sein Gespräch mit Lady Washbourn unterbrochen hatte, um sie von Lady Carringtons Ohnmachtsanfall zu benachrichtigen. Noch überraschender als die Identität des Mädchens war jedoch ihr Zustand. In den fast sechs Jahren in der Bow Street hatte er einen guten Teil Leichen gesehen, doch die meisten waren grau im Gesicht gewesen. Das Gesicht dieses Mädchens wies einen unnatürlich rosigen Farbton auf, der Lady Washbourns apfelwangigen Milchmädchenteint in den Schatten stellte. Man hätte sie für das blühende Leben halten können, wenn nicht ihre leblosen Augen zur Decke hinauf gestarrt hätten, Augen, die in ihrem Kopf nach hinten gerollt waren, sodass nur der untere Rand der hellblauen Iris zu sehen war. Als Pickett sich weiter nach unten beugte, bemerkte er einen Hauch von Mandelgeruch; offensichtlich hatte sich das Mädchen am Ratafia ihrer Dienstgeber bedient.

Pickett fühlte sich leicht übel, als ihm klar wurde, dass er ein oder zwei Glas des gleichen Getränks herunter gegossen hatte und dass seine Frau noch in diesem Moment ein solches in der Hand hielt. Letztes trieb ihn zum Handeln. Er sprang auf und riss Julia das Glas aus der

Hand, um dann den Inhalt in den Topf einer in der Nähe stehenden Pflanze zu gießen, die der Katastrophe irgendwie entkommen war.

Julia beobachtete diese verschwenderische Handlung verwirrt. „John? Was …?"

Wenn er sie überhaupt hörte, ließ er sich das nicht anmerken. „Was ist passiert?", fragte er die mit offenen Mündern dastehende Menge. „Hat jemand etwas gesehen?"

Es kam keine Antwort. Natürlich hatte niemand etwas gesehen, dachte er bitter. Sie war eine Dienerin, und die Gästeliste der Washbourns bestand aus der Blüte der britischen Aristokratie. Wenn sie nicht etwas von ihr wollten – noch ein Glas Champagner, vielleicht, oder ein schnelles Abenteuer in der Garderobe – würden sie sie überhaupt nicht beachtet haben.

„Ich – ich habe es gesehen."

Pickett blickte auf, um die schüchterne Stimme zu identifizieren und sah ein anderes Hausmädchen zu Füßen der Toten stehen. Zu seinem eigenen Leidwesen wurde ihm klar, dass er sie nicht bemerkt hatte; zwischen Lord und Lady Washbourns prachtvoll kostümierten Gästen machten ihr schlichtes, schwarzes Kleid und ihre weiße Baumwollschürze sie nahezu unsichtbar.

„Und wie heißt Ihr?" Das spielte in diesem Moment keine Rolle, aber Pickett war sich schmerzlich bewusst, dass er den gleichen Fehler begangen hatte, wegen denen er gerade innerlich ihm Höhergestellte getadelt hatte.

„Mary."

„Nun gut, Mary, könnt Ihr mir sagen, was geschehen ist?"

„Ich werde es versuchen, Sir. Mrs. Mitchum – die Haushälterin, wisst Ihr – schickte mich und Annie nach oben, um das schmutzige Geschirr zu holen. Sie befürchtete, uns könnten die Gläser ausgehen, bevor der Ball vorbei wäre, seht Ihr, und daher wollte sie, dass Bess – das ist das Küchenmädchen – die Gläser spülte, die die Gäste benutzt hatten. Und daher kamen Annie und ich nach oben und sammelten die schmutzigen Gläser, als Annie so zu zittern anfing, dass man sie hätte festbinden sollen, sie ruckte sozusagen von hinten nach vorn und das Zeug in dem Glas, das sie hielt, spritzte überall herum. Und gerade, als ich dachte, dass ich es wohl sein würde, die das ganze Chaos würde säubern müssen, nachdem sie krank zu Bett gebracht worden wäre, fiel sie hin, so, wie Ihr sie hier seht, und man braucht keinen Arzt, um zu sehen, dass sie tot ist!" Mit dieser Aussage vergrub sie ihr Gesicht in der Schürze und brach in lautes, erschütterndes Schluchzen aus.

„Komm schon, Mary." Lady Washbourn, gefolgt von ihrem Ehemann, kam durch das Gedränge zu ihnen. „Ich bin sicher, dass niemand dir die Schuld gibt. Vielleicht gehst du am besten selbst zu Bett. Geh nach unten und bitte Mrs. Mitchum, dir eine Dosis Schlaftrunk zu geben."

„Aber Ma'am, dieses Chaos …", protestierte Mary und deutete auf die Glasscherben und die auf dem Boden verschüttete Flüssigkeit.

Lady Washbourn schüttelte ablehnend den Kopf. „Wir werden uns später darum kümmern."

„Es tut mir leid, Mylady", warf Pickett ein, „aber ich fürchte, Miss, ähm, Mary wird ihren Schlaf verschieben müssen, bis der Untersuchungsrichter mit ihr gesprochen hat."

„Der Untersuchungsrichter?", wiederholten das Mädchen und ihre Dienstherren wie ein griechischer Chor.

„Ihr habt nichts von ihm zu befürchten", versicherte Pickett der zitternden Mary. „Alles, was Ihr tun müsst, ist, alle Fragen zu beantworten, die er stellt."

„Sicher wird die Anwesenheit des Untersuchungs-richters nicht erforderlich sein", protestierte Lord Washbourn. Was von seinem Gesicht unter seiner Halbmaske zu sehen war, zeigte, dass er missbilligend die Stirn runzelte.

„Ich fürchte doch, Mylord. Der Gerichtsmediziner muss in jedem Fall eines plötzlichen Todes gerufen werden." Als Pickett sah, dass der Earl geneigt war, über diesen Punkt zu streiten, fügte er hinzu: „Wenn sich herausstellt, dass das Mädchen eines natürlichen Todes gestorben ist, habt Ihr keinen Grund, Euch Sorgen zu machen."

„Was meint Ihr mit ‚wenn'?", verlangte Lord Washbourn zu wissen. „Selbstverständlich starb sie eines natürlichen Todes!"

„Trotzdem, wenn eine anscheinend gesunde junge Frau ohne jede Warnung tot umfällt, muss jede Möglichkeit in Betracht gezogen werden."

„*Anscheinend* gesund", wiederholte der Earl und stützte sich auf diese Einschränkung. „Ich schätze, das Mädchen litt an einer Krankheit und hat es uns nie gesagt, aus Angst, die Stellung zu verlieren. Was sonst könnte es sein? Wer könnte einen Grund haben, Ihr Schaden zufügen zu wollen?"

„Ich bin sicher, dass die Ermittlung des Untersuchungsrichters diese Fragen beantworten wird", sagte Mr. Pickett und gab sich größte Mühe, Mr. Colquhoun, wenn er keine Widerrede duldete, zu imitieren. „Je früher Ihr eine Nachricht an den Gerichtsmediziner sendet, desto eher können wir die Angelegenheit erledigen."

Der Earl grollte leise, wandte sich aber ab, um einen Diener herbeizurufen.

„Mr. Pickett", sagte Lady Washbourn und senkte die Stimme. „Könnte es möglich sein, dass – denkt Ihr vielleicht –?"

„Ich denke, die Möglichkeit muss in Betracht

gezogen werden, Mylady", antwortete Pickett ebenso leise, „doch ich muss Euch bitten, die Angelegenheit nicht zu erwähnen – weder hier noch bei der folgenden Untersuchung."

„Werde ich gebeten werden, als Zeugin auszusagen?"

Pickett schüttelte den Kopf. „Ich weiß es nicht. Das wird vom Untersuchungsrichter abhängen."

Als der Untersuchungsrichter zwanzig Minuten später eintraf, stellte er sich als Mr. Bartholomew Bagley vor, ein leichenblasser Mann mittleren Alters, der leicht gekränkt schien, dass ein Bow Street Läufer bereits vor ihm am Tatort war, als ob Pickett irgendwie in seinem Revier wilderte.

„Und was, bitte, tut Ihr hier?", fragte er und musterte Pickett mit unverhohlener Feindseligkeit.

Nachdem er Mary geraten hatte, die Fragen des Gerichtsmediziners so wahrheitsgetreu wie möglich zu beantworten, konnte er es kaum ablehnen, dasselbe selbst zu tun. „Meine Frau und ich sind Gäste von Lord und Lady Washbourn", sagte er. „Darüber hinaus hat mich Mylady beauftragt, für die Sicherheit ihrer Gäste zu sorgen."

„Aha." Mr. Bagleys Knopfaugen wanderten von Pickett zu dem Körper auf dem Boden und wieder zurück. „Schade, dass Euer Schutz sich nicht auf das Hauspersonal erstreckte."

Pickett öffnete den Mund, um gegen diese ungerechte

Unterstellung zu protestieren, aber der Untersuchungsrichter hatte zu diesem Zeitpunkt seine Aufmerksamkeit
bereits auf Lord Washbourn gerichtet.

„Es muss eine Untersuchung über den Tod der jungen
Frau geben, euer Lordschaft. Ich werde die Dienste eines
halben Dutzend Männer benötigen, um als Jury zu
dienen."

Lord Washbourn nickte resigniert, und Pickett
bemerkte, dass der Earl irgendwann in der Zwischenzeit
sein Kostüm abgelegt hatte. Pickett war sich seiner
eigenen auffälligen Aufmachung aus Seide und Samt
unangenehm bewusst und ihres krassen Gegensatzes zu
der toten Frau zu seinen Füßen; er wünschte, er könnte das
Gleiche tun. Zumindest wünschte er, er könnte seine Haare
zurückbinden; offene Locken schienen bei einer solchen
Gelegenheit frivol und unprofessionell.

„Ich verstehe die Notwendigkeit, Mr. Bagley", sagte
der Earl nickend, „und ich stehe bereit, meine Dienste
anzubieten."

Der Untersuchungsrichter schüttelte den Kopf. „Ich
weiß Euere Bereitschaft zu schätzen, Mylord, aber
angesichts der Tatsache, dass die Verstorbene in Euren
Diensten stand und der Tod in Eurem Haus eintrat, fürchte
ich, dass Ihr etwas zu eng damit verbunden seid – ein
Interessenkonflikt, könnte man sagen." Er blickte an Lord
und Lady Washbourn vorbei zu ihren Gästen. Einige

davon umstanden noch immer den Ort der Tragödie, während andere das Interesse an den Vorgängen verloren hatten und auf der Suche nach amüsanterer Unterhaltung davon geschlendert waren. „Gibt es noch jemanden, der sich zur Verfügung stellen würde?"

„Ich mache es", verkündete der rotgesichtige Bruder Tuck. „Aufregendste Abwechslung, die ich in der ganzen Saison hatte." Er machte eine schwankende Verbeugung in Lady Washbourns Richtung. „Glückwunsch, Ma'am. In den nächsten Wochen werden alle nur noch von Eurem Ball sprechen."

Nacheinander erklärten weitere Männer, in der Jury des Untersuchungsrichters dienen zu wollen, ihr Verhalten reichte von Begeisterung über Neugierde bis zu gelangweiltem Pflichtbewusstsein. Nachdem er das halbe Dutzend bekommen hatte, worum er gebeten hatte, plus einem Ersatzmann, lud der Untersuchungsrichter diese Männer ein, vorzutreten und den Körper eingehender zu untersuchen.

„Kein Blut, wie Ihr bemerken werdet, noch irgendein Zeichen für eine Wunde", betonte er, nachdem er die Männer gewarnt hatte, vorsichtig um die Glasscherben herumzugehen. „Doch bemerkt bitte das gerötete Gesicht der Verstorbenen."

„Es gibt auch einen starken Geruch von Bittermandeln", sagte Pickett.

Der Untersuchungsrichter funkelte ihn an. „Ja, danke, Mr. Pickett, wenn ich Ihre Unterstützung bei der Durchführung einer Untersuchung benötige, werde ich darum bitten. Ich schätze, Ihr werdet diesen speziellen Geruch im Atem der Hälfte der Anwesenden feststellen." Er wandte sich zur Bestätigung an Lady Washbourn. „Ihr habt doch Euren Gästen ein mit Mandeln aromatisiertes Getränk angeboten, nicht wahr, Mylady?"

„Ja, Mr. Bagley, aber zu keinem Zeitpunkt an diesem Abend habe ich die Dienerschaft eingeladen, es zu versuchen", sagte die Gräfin einigermaßen beunruhigt.

„Trotzdem wage ich zu sagen, dass es nicht ungewöhnlich ist, dass ein Diener sich ohne Einladung bedient." Er schaute sich in der Menge nach dem kleinen Hausmädchen um, das Pickett vorher befragt hatte. „Du da, weißt du, ob die Verstorbene von diesem Getränk getrunken hat, vor ihrem unseligen Zusammenbruch?"

„Ja, Sir, das hatte sie", gestand Mary mit einem entschuldigenden Blick zu ihrer Herrin. „Sie räumte das benutzte Geschirr ab, als ihr ein Glas auffiel, das aussah, als wäre es nicht einmal berührt worden. Sie sagte, es wäre doch schade, es zu verschwenden, und dann drehte sie sich um, damit niemand es sehen konnte, als sie es austrank." Ein weiterer schuldbewusster Blick in Lady Washbourns Richtung gab Pickett zu verstehen, dass Annie vermutlich nicht die einzige war, die sich an den Getränken der

Herrschaft bedient hatte.

„Und das erklärt Euren Mandelgeruch, Mr. Pickett", schloss der Untersuchungsrichter. „Kein Grund, ein Geheimnis zu sehen, wo es keines gibt."

Pickett war keineswegs überzeugt, doch da er kaum über diesen Punkt streiten konnte, ohne seinen eigenen Verdacht bezüglich Lord und Lady Washbourns zu äußern, war er gezwungen, den Mund zu halten und auf die Jury des Untersuchungsrichters zu vertrauen, dass sie einen offeneren Geist hätten als der Mann selbst.

„Gibt es noch weitere Fragen? Nein? Also gut", sagte der Untersuchungsrichter schließlich. „Die Untersuchung wird morgen früh um neun Uhr im öffentlichen Raum des Bull's Head in Covent Garden stattfinden. Ich erwarte, Euch alle dort zu sehen. Die Mitglieder der Jury, heißt das", fügte er hastig mit einem stirnrunzelnden Blick auf Pickett hinzu. „Mr. Pickett, ich bin sicher, dass Ihr andere Pflichten habt, daher werde ich Euch nicht damit belasten zu erscheinen."

Den Teufel werdet Ihr, dachte Pickett und beschloss, dass keine zehn Pferde ihn am nächsten Morgen um neun Uhr vom Bull's Head würden fernhalten können.

6

In dem die Ruhe vor dem Sturm zu sehen ist

Am nächsten Morgen erwachte Pickett und fand sich allein im Bett wieder.

„Julia?", rief er und wandte sich dem angrenzenden Ankleidezimmer zu.

Es kam keine Antwort. Er streckte sich und rieb sich den Schlaf aus den Augen, dann erhob er sich und zog (wenn auch nicht ohne eine gewisse Befangenheit) den wunderschönen neuen Morgenrock an und band den Gürtel um seine Taille. Er schob seine Füße in Pantoffeln aus butterweichem marokkanischem Leder (ein weiteres Zeichen der Zuneigung seiner Frau) und ging dann nach unten, um sie zu suchen.

Er fand sie im Frühstücksraum, gekleidet in einen rosa Satinmorgenrock, wie sie heißen, duftenden Kaffee in eine zarte Sèvres-Tasse goss. „Guten Morgen, John", sagte sie, griff nach einer zweiten Tasse und begann einzugießen. „Ich hoffe, ich habe dich nicht gestört, als ich aufgestanden bin."

„Überhaupt nicht", versicherte er ihr, stahl einen Arm um ihre Taille und drückte einen Kuss auf ihr helles Haar. „Du bist von all dem nicht beunruhigt, oder?"

Sie musste nicht fragen, was „all das" war. „Nein, Liebling, nicht wirklich. Das heißt, es ist nie schön, jemanden sterben zu sehen, vor allem jemand so Junges wie Annie. Trotzdem, Leichen scheinen dich irgendwie zu verfolgen, daher schätze ich, ich sollte mich besser auch daran gewöhnen. Tatsächlich bin ich früh aufgewacht und konnte nicht mehr einschlafen." Sie seufzte. „Aber es scheint keinen Unterschied zu machen, denn zu Mittag kann ich meine Augen kaum noch offen halten, egal wie lange ich geschlafen habe. Möchtest du ein Stück Zucker oder zwei?"

„Zwei", sagte er, zog sie in seine Arme und küsste sie zweimal.

„Mmmm", schnurrte sie und lehnte sich in seine Umarmung. „Ich wünschte, ich könnte mit dir zur Untersuchung gehen, aber ich habe versprochen, Emily Dunnington heute Morgen aufzusuchen."

„Ich dachte, Lord und Lady Dunnington wären nach Sussex zurückgekehrt." Er ließ sie los, um sich einen Teller mit Speck, Toast und Rührei von den silbernen Warmhalteplatten auf dem Buffet füllen konnte.

„Sie hatten, aber sie sind nach London zurückgekehrt, damit Emily sich mit ihrer Schneiderin beraten kann", sagte sie ihm, als sie sich an den Frühstückstisch setzten. „Arme Emily! London während der Saison kann ein langweiliger Ort sein, wenn man nicht ausgehen darf. Sie ist fast im fünften Monat, weißt du, und ihr interessanter Zustand wird immer schwieriger zu verbergen. Als sie mich bat zu kommen und ihre Langeweile zu lindern, nun, da konnte ich kaum ablehnen." Sie schnitt eine Grimasse. „Natürlich hatte ich, als ich zustimmte, noch keine Ahnung, dass wir am Abend zuvor über einen Mord stolpern würden."

„Wir wissen nicht, ob es Mord war", erinnerte Pickett sie.

„Nein, aber du glaubst es, nicht wahr? Deshalb hast du mir meinen Wein abgenommen."

„Ja, das denke ich. Es gibt ein bestimmtes Gift, das nach bitteren Mandeln riecht. Ich bin noch nie damit in Berührung gekommen, doch einige der älteren Läufer schon. Ich denke, wenn man jemanden mit einem solchen Gift töten möchte, welche bessere Möglichkeit, es ihm beizubringen, gibt es, als ihm ein Getränk zu reichen, das mit genau diesen Mandeln aromatisiert ist, das andernfalls auf seine Verwendung hindeuten würde?"

Julia drückte eine Hand auf ihren Bauch. „Das reicht, um mir den Appetit aufs Frühstück zu verderben."

„Es tut mir leid, Liebes", sagte Pickett mit schlechtem Gewissen. „Ich sollte bei Tisch nicht über solche Dinge sprechen."

„Unfug! Ich habe doch das Thema angeschnitten. Und es ist ja nicht so, als hätte ich in der letzten Zeit viel Appetit. Aber was willst du jetzt tun?"

„Es gibt nur sehr wenig, was ich tun *kann*, vor allem, da der Untersuchungsrichter sich weigert, etwas anderes in Betracht zu ziehen als natürliche Ursachen, und selbst, wenn mir überhaupt erlaubt würde, auszusagen – ich kann die Idee eines vorsätzlichen Mordes nicht erwähnen, nicht, ohne Lady Washbourns Vertrauen zu missbrauchen und vielleicht sogar ihre Sicherheit zu gefährden."

„Schwer für dich", sagte sie mitfühlend und reichte ihm die Marmelade. „Wir müssen hoffen, dass die Wahrheit bei der Untersuchung herauskommt."

„Ja, aber worauf es ankommen wird, ist Folgendes: warum sollte jemand ein Dienstmädchen umbringen wollen? Und ich kann auf diese Frage keine Antwort anbieten, ohne durchblicken zu lassen, dass vielleicht das Mädchen nicht das beabsichtigte Opfer war. Was zu der weiteren Frage führt, wer es denn gewesen sein könnte? Und das kann ich nicht beantworten, ohne Lady Washbourns Verdacht heranzuziehen."

„Oh! Das erinnert mich an …" Julia würgte schnell einen Bissen gebutterten Toast herunter, bevor sie fortfuhr.

„In all dem Trubel der letzten Nacht vergaß ich fast, es zu erwähnen. Nur kurze Zeit, bevor Annie zusammenbrach, suchte ich nach dir und warf zufällig einen Blick in eine dieser kleinen Nischen, die den Ballsaal umgeben. Du wirst nie erraten, was ich sah."

Picketts Gabel kratzte mit einem lauten Kreischen über seinen Teller und es war vielleicht gut, dass Julia so begierig darauf war, ihre Entdeckung mitzuteilen, dass ihr entging, das Schuldbewusstsein, das deutlich auf seinem offenen Gesicht zu lesen war, zu bemerken.

„Lord Washbourn selbst", verkündete sie, „dort hinter verschlossenem Vorhang mit dem absolut unengelhaftesten Engel, den ich je gesehen habe."

Pickett schnippte in plötzlicher Erinnerung mit den Fingern. „Die Dame mit den, äh, Flügeln!"

„Genau die."

„Wer war sie überhaupt?"

„Lady Barbara Brennan", sagte sie. „Die Witwe von Sir Roger Brennan, früher beim diplomatischen Korps seiner Majestät. Und früher heißt, dass Sir Roger vor weniger als sechs Monaten gestorben ist."

Picketts Augenbrauen hoben sich. „Sie hat nicht viel Zeit mit Trauer verschwendet, oder?"

„Nein, aber ich kann sie kaum dafür kritisieren, nicht wenn man bedenkt, dass ich bereits wieder verheiratet bin und Frederick noch kein Jahr tot ist. Dennoch war ihr

Verhalten kaum das einer anständigen Frau, geschweige denn einer trauernden Witwe. Als ich in der Nische über sie stolperte, hatte sie ihre Arme um Lord Washbourns Hals geschlungen und gurrte etwas in sein Ohr, aber dann wurde er sich meiner Gegenwart bewusst und schob sie weg. Ich bat um Verzeihung – unter den gegebenen Umständen ziemlich gefasst, dachte ich – und floh gerade noch rechtzeitig, um einen Schrei zu hören und zu sehen, wie alle zu Annie eilten, wo sie zu Boden gestürzt war."

„Ich frage mich, ob diese Lady Barbara die Frau ist, die Lady Washbourn erwähnt hat, die sie jedoch nicht nennen wollte", sagte Pickett. „Sie erzählte mir, dass ihr Mann einmal gehofft hatte, eine anderen zu heiraten, aber gezwungen war, sich eine Erbin zu suchen."

„Ich kenne keine der beiden Damen gut, aber nach dem, was ich letzte Nacht sowohl von Lady Barbara als auch von Lady Washbourn gesehen habe, möchte ich meinen, dass er das bessere Geschäft gemacht hat – es sei denn, er ist natürlich einer dieser Herren, die Frauen nur wegen ihrer – äh – Flügel schätzen."

Pickett schob seinen Teller zurück und stand vom Tisch auf. „Danke, dass du mir das erzählt hast. Das werde ich sicher im Auge behalten, aber jetzt sollte ich mich besser für die Untersuchung fertig machen."

Sie erwähnte, dass auch sie ihren Morgenmantel gegen ein Tageskleid wechseln müsste, und folgte ihm die

Treppe hinauf. Er öffnete den Kleiderschrank und hätte den schwarzen Rock, den er für seine Auftritte im Old Bailey bevorzugte, hervorgeholt, wenn sie nicht protestiert hätte.

„Oh, John! Wirst du nicht einen der neuen tragen?"

Er zögerte. Er fühlte sich bei der Vorstellung, sich wie ein Gentleman aufzuputzen, überhaupt nicht wohl, da er sehr wohl wusste, dass er nichts dergleichen war. Und dennoch, in Anbetracht der Tatsache, dass die meisten der Geschworenen Titel trugen und im Wissen, dass der Untersuchungsrichter bereits dazu neigte, seine Vermutungen abzulehnen und angesichts des flehenden Ausdrucks in den blauen Augen seiner Frau, als sie zu ihm aufschaute …

„Na gut." Er gestand mit einem Seufzer seine Niederlage ein und trat von dem Kleiderschrank zurück. „Du darfst aussuchen. Welcher soll es sein?"

„Hmm." Sie sah die Kleidungsstücke eines nach dem anderen an. „Nichts so Helles wie der maulbeerfarbene, denke ich, wenn man den Ernst der Situation bedenkt. Was hältst du von Flaschengrün?" Sie zog ihn aus dem Kleiderschrank und hielt ihn ihm zur Begutachtung hin.

„Wenn er dir gefällt, Mylady, wer bin ich, dass ich dem widersprechen dürfte?"

Er kleidete sich rasch in Hemd, Hosen und Weste, die sie für ihn aussuchte, doch als es so weit war, den grünen

Rock anzuziehen, musste sie ihm helfen, um das eng anliegende Kleidungsstück über seine Arme und seine Schultern zu ziehen.

„Du willst natürlich noch einen Kammerdiener einstellen", sagte sie, als sie seinen Kragen glattstrich.

„Will ich das?", fragte er, ziemlich überrascht von dieser Eröffnung.

„Natürlich", sagte sie erneut. Als sie sah, dass er nicht überzeugt war, erklärte sie: „John, du wirst feststellen, dass elegante Kleidungsstücke viel enger sitzen als die, die du gewohnt bist. Ich muss zugeben, dass ich mich manchmal gefragt habe, wie du es geschafft hast, dich für unsere Hochzeit anzukleiden."

„Es war nicht einfach", gab er zu und erinnerte sich an seinen Kampf mit dem blauen Frack, den er bei dieser Gelegenheit getragen hatte. „Trotzdem hast du mir geholfen, den gleichen Rock zum Abendessen bei deinen Eltern anzuziehen – tatsächlich mehr als einmal."

„Ja, aber du kannst nicht leugnen, dass die Umstände ungewöhnlich waren", betonte sie. „Wir hatten gerade erst geheiratet und noch keine Zeit gehabt, zusätzliches Personal einzustellen. Im Übrigen hätten wir auf keinen Fall Diener unterbringen können, da wir in deiner Wohnung in der Drury Lane lebten. Aber du kannst nicht erwarten, dass ich auf Dauer für dich den Kammerdiener spiele."

„Warum nicht?", fragte er kläglich.

Sie fuhr fort, als hätte er nichts gesagt. „Thomas könnte sich dazu bereit erklären, wenn du solch persönliche Dienste bei dir keinem Fremden anvertrauen willst. In der Tat würde er es als einen Schritt nach oben in der Welt betrachten. Wir könnten einen anderen Diener an seiner Stelle einstellen."

„Ich fühle mich gar nicht wohl bei der Vorstellung, Thomas herumzukommandieren", widersprach Pickett. „Immerhin habe ich die Livree des Mannes getragen."

„Ja, in Yorkshire", fiel ihr ein und sie nickte bei der Erinnerung. „Und wie ich mich erinnere, waren die Ärmel ein wenig kurz für dich, nicht wahr? Aber Thomas kennt und mag dich, daher ist es unwahrscheinlich, dass er auf dich herabschauen würde, wie ein wirklich feiner Kammerdiener es tun könnte."

„Aber die Kosten …"

„Thomas muss natürlich eine Lohnerhöhung bekommen, aber wir können es uns gut leisten. Außerdem würden seine Dienste weniger kosten als die eines echten Gentlemen-Kammerdieners. Komm, ich schlage dir einen Handel vor", sagte sie mit einem provokanten Schimmer in den Augen. „Wenn du einen Kammerdiener einstellst, der dir morgens in den Rock hilft, werde ich mich verpflichten, dir abends beim Ausziehen zu helfen."

Dieses Angebot schien die Angelegenheit zu

entscheiden, genau, wie es ihre Absicht gewesen war. Pickett verabschiedete sich langwierig von ihr und machte sich dann auf den Weg zum Bull's Head, jedoch nicht, bevor sie ihm das Versprechen abgenommen hatte, dass er ihr alles Interessante erzählen würde, das sich bei der Untersuchung ereignete.

Allein im Schlafzimmer sah Julia aus dem Fenster, bis sie ihn aus dem Haus auf die Straße unten kommen sah. Ihr liebevoller Blick folgte ihm, bis er aus ihrem Blickfeld verschwand, dann seufzte sie leise und wandte ihre Aufmerksamkeit ihrer eigenen Toilette zu.

Ein Spaziergang von einer Viertelstunde brachte sie zur Audley Street und dem Stadthaus von Emily, der Gräfin von Dunnington. Der Butler öffnete sofort auf ihr Klopfen und fiel ihr vor Dankbarkeit fast um den Hals.

„Lady Dunnington wird sich freuen, Sie zu sehen, Mylady – ähm, Madam", sagte er mit einer Stimme, die merken ließ, wie untertrieben das noch war.

Er führte Julia in den Salon, wo sie in Gesellschaft der Gräfin schon viele Tassen Tee getrunken hatte.

„Julia! Gott sei Dank!", verkündete Lady Dunnington und stand mühsam auf, um ihren Gast willkommen zu heißen. „Ich dachte schon, ich müsste vor Langeweile sterben. Komm doch und setz dich."

Julia umarmte ihre Freundin herzlich und nahm dann an einem Ende des Sofas Platz, von wo aus sie den elegant eingerichteten Raum musterte, als sähe sie ihn zum ersten Mal.

„Was ist los, Julia?", fragte Lady Dunnington und betrachtete ihre Besucherin neugierig.

„Nichts, eigentlich, nur – ich kann mich an eine Zeit erinnern, als ich mit John in diesem Raum saß und keine Ahnung hatte, dass wir durch eine Eigenart des schottischen Rechts rechtmäßig verheiratet waren." Sie schüttelte den Kopf, als wollte sie ihn klar bekommen. „War es wirklich erst im vergangenen November? Seitdem hat sich so viel geändert!"

Emily musterte sie aufmerksam. „Bist du glücklich, Julia? Bereust du es?"

„Oh Emily, wie könnte ich? Es ist wahr, dass ich manchmal einsam oder gelangweilt bin – ich gestehe, ich bin zu feige, um mich der Aussicht zu stellen, im St. James' Park spazieren zu gehen, wo ich ohne Zweifel angestarrt und auf mich gezeigt werden oder ich geschnitten werden würde." Ihr Blick wurde sanft. „Und dennoch, wenn ich das, was ich verloren habe, mit dem vergleiche, was ich gewonnen habe – nein, Emily, ich kann es nicht bereuen."

„Und *das* ist es, was sie nicht verzeihen können, weißt du. Wenn du nur den Anstand hättest, für deine Sünden zu leiden, wäre es etwas anderes. Man kann einer Frau, die gegen die Regeln verstößt, viel verzeihen, wenn sie nur an einer schwindsüchtigen Krankheit einen langsamen Tod stirbt, nachdem sie von ihrem Liebhaber verlassen und dazu verdammt wurde, in einsamem Elend dahinzuwelken. Aber *du*, meine Liebe, hattest nicht nur die Stirn, gegen die Regeln zu verstoßen, sondern dich auch noch an deiner Schande zu erfreuen. Wie, das bedroht das Gefüge der Gesellschaft selbst. Oh! Und wo wir gerade von Gesellschaft reden …" Emily sprang auf, so schnell es ihr wachsender Umfang erlaubte. „… Mutter Dunnington hat mir das allerschönste Kleidchen für die Taufe des Babys geschickt! Ich vermute, sie möchte eine Tochter nach ihr benennen lassen, sollte es ein Mädchen sein, und ich nehme an, dass wir das tun sollten, da sie die Großmutter des Kindes ist, aber ich *bringe* es nicht über mich, meine Tochter mit einem Namen wie Iphigenia zu belasten. Aber lass mich dir das Kleidchen zeigen und du kannst mir sagen, was du davon hältst. Ich laufe schnell nach oben, um es zu holen."

Julia fühlte sich gezwungen zu protestieren. „Solltest du nicht besser einen Diener danach schicken?"

„Quatsch!", erklärte Emily undamenhaft. „Du bist so schlimm wie Dunnington! Wenn es nach ihm ginge, würde ich die nächsten vier Monate mit den Füßen auf einem Kissen auf dem Sofa sitzen. Man könnte glauben, es wäre mein erstes Kind statt meines dritten."

Julia gab den Widerspruch auf, den sie als zwecklos erkannte, und lehnte sich in der Erwartung der Rückkehr ihrer Freundin zurück. Das Zimmer schien unnatürlich still zu sein, nachdem Lady Dunnington es verlassen hatte, das einzige Geräusch war das Ticken der Bronzeuhr auf dem Kaminsims. Julia bemerkte plötzlich, wie müde sie war. Die Ereignisse der vorherigen Nacht und ihr frühes Erwachen am Morgen schienen sie plötzlich zu überfallen und sie hob ihre behandschuhte Hand, um ein Gähnen zu unterdrücken. Vielleicht, wenn sie nur für einen Moment die Augen schließen würde …

Als Lady Dunnington einige Minuten später mit einem aufwendig bestickten Kleidchen aus feinem, weißen Batist über ihrem Arm den Raum wieder betrat, war Julia tief und fest eingeschlafen.

„Es tut mir leid, dass ich so lange gebraucht habe. Ich dachte, Cummings hätte es in die …" Emily brach beim Anblick ihres schlummernden Gastes abrupt ab.

Ob es Emilys Stimme war, die sie weckte, oder ihr plötzliches Stocken, Julia wurde mit einem Ruck wieder wach.

„War wohl spät gestern Abend?", fragte Emily und hob provokant eine Braue. „Soll ich dann annehmen, dass die Fortbildung deines *enfant prodige* zügig voranschreitet?"

Es wäre nutzlos, vermutete Julia, behaupten zu wollen, dass die Röte, die ihr in die Wangen stieg, nur vom Schlaf stammte. Sie hatte Emily nie wortwörtlich erzählt, dass John Pickett noch Jungfrau gewesen war, als sie ihn heiratete, aber sie nahm an, dass das aufgrund der Erfordernisse des Annullierungsverfahrens nicht schwer zu erraten gewesen war. „Ich muss dir sagen, Emily, dass wir vor Mitternacht im Bett waren!"

Emily nickte weise. „*Daran*, meine Liebe, hege ich keinen Zweifel."

„Ich meinte, dass wir um Mitternacht *geschlafen* haben", betonte Julia. „Wir waren beim Maskenball der Washbourns – John hatte mit einem Fall zu tun, also brauchst du nicht so zu schauen – und eines der Hausmädchen brach zusammen und starb, direkt im Ballsaal. Unnötig zu erwähnen, dass dies das Vergnügen abrupt beendete."

„Ja, ich weiß davon. Ich habe in *Tante Mildreds Salon* davon gelesen, gerade heute Morgen."

„Wie, jetzt schon?"

Emily ging zu dem Platz auf dem Sofa zurück, von dem sie gerade aufgestanden war, und hob ein einzelnes bedrucktes Blatt von dem gezackten Tischchen an ihrem Ellenbogen. „Hier, du kannst es selbst lesen."

Julia nahm das Zeitungsblatt und überflog es rasch. Tatsächlich, etwa nach einem Drittel der Seite kam: „Lady W. erweist sich als eine Gastgeberin in der Gesellschaft, die andere vergebens nachzuahmen versuchen werden"', wie sie laut vorlas. „Nicht damit zufrieden, einen Bow

Street Läufer in ihre gesellschaftlichen Kreise einzuführen, erwies sich die beste Unterhaltung der früheren Miss M. für den Abend als der plötzliche Tod eines ihrer Hausmädchen. Während Lady Ws Maskenball mit Sicherheit das Gesprächsthema der Saison bleiben wird, kann man nur hoffen, dass konkurrierende Gastgeberinnen sich nicht veranlasst fühlen werden, auch ihr Hauspersonal umzubringen.' Ach, armer John!"

„,Armer John'?", wiederholte Lady Dunnington ungläubig. „Ich sollte eher sagen: ‚Arme Lady Washbourn'. Scheint es dir nicht, dass eine besondere Bosheit am Werk ist, wenn Tante Mildred Lady Washbourn erwähnt?"

Julia dachte darüber nach und fand sich gezwungen, zuzustimmen. „Jetzt, wo du es erwähnst, kommt es mir auch so vor. Man könnte sagen, dass sicher die meisten ihrer Zielobjekte geradezu darum *betteln*, von Tante Mildreds Feder aufgespießt zu werden – Leute, die obszöne Geldsummen beim Kartenspiel verlieren, oder Paare, die bei ihren Affären indiskret sind – aber Lady Washbourn hat keine größere Sünde begangen, als über ihrem Stand zu heiraten. Sie ist bei Weitem nicht der erste Mensch, der das tut, und dennoch, was auch immer die arme Frau tut, selbst, wenn sie ein Mädchen statt des erhofften Erben gebiert, ist es Futter für Tante Mildred."

„Ja, ich fand, das war besonders grausam. Als ob eine

Frau sich das Geschlecht ihres Kindes aussuchen könnte! Und nach allem, was man hört, ist Lord Washbourn geradezu vernarrt in seine kleine Tochter, also, wenn es *ihn* nicht stört, warum sollte Tante Mildred sich dann beschweren?"

„Eines ist sicher", sagte Julia. „Wer auch immer Tante Mildred ist, und so sehr sie Lady Washbourn auch verachten mag, sie hatte keine Bedenken, die Gastfreundschaft der Lady anzunehmen."

„Julia! Du glaubst, sie war letzte Nacht bei der Maskerade?"

„Ich denke, sie muss dort gewesen sein. Wie sonst hätte sie rechtzeitig von dem Vorfall wissen können, um darüber zu schreiben und es ihrem Drucker zu schicken, der es dann veröffentlichte und verteilte, und das alles in weniger als zwölf Stunden?"

„Ja, ich schätze, du musst recht haben. Das beschränkt die Identität auf, Moment, ungefähr fünfzig Frauen, ein paar mehr oder weniger."

„Du kannst ebenso gut hundert sagen, denn ‚Tante Mildred' könnte doch ein Mann sein, der einen weiblichen *nom de plume* benutzt", merkte Julia an.

„Sehr richtig! Daran hatte ich nicht gedacht. Aber genug von Tante Mildred! Sag mir, was du davon hältst."

Lady Dunnington breitete das Taufkleidchen über ihren Knien aus und die Unterhaltung wandte sich der bevorstehenden Entbindung der Gräfin zu. Schließlich bemerkte Emily die häufigen Blicke ihres Gastes in Richtung Uhr und wurde von Reue überfallen.

„Oh, meine liebe Julia, bitte verzeih mir!", rief sie voller Gewissensbisse aus. „Ich hatte nicht daran gedacht, wie sehr dich dies verletzen muss, wo du doch keine eigenen Kinder haben kannst."

Julia legte ihre Hand auf Emilys und drückte sie. „Aber gar nicht, Emily. Ich freue mich ehrlich für dich, wirklich – und umso mehr, als es John war, der dazu beigetragen hat." Als sie Emilys weit aufgerissene Augen und den offenen Mund bemerkte, fügte sie hastig hinzu: „Nicht, dass er für deinen Zustand verantwortlich wäre, aber er hat sicher die Versöhnung zwischen dir und Lord Dunnington bewirkt, die ihn ermöglichte."

„Das kann man sagen! Was meinen Zustand angeht, ist der wohl von Dunnington verursacht." Ihr zufriedenes Lächeln ließ Julia zwingend an die Katze denken, die den Kanarienvogel verschluckt hatte. „Eines muss man Herren eines bestimmten Alters lassen: sie wissen besser als ihre jüngeren Geschlechtsgenossen, wie man einer Dame Freude bereitet."

Julia konnte diesen Seitenhieb gegen ihren eigenen sehr jungen Ehemann nicht unbeantwortet lassen. „Trotzdem, Emily, auch die – Ausdauer – mit fünfundzwanzig hat ihre Vorteile", beharrte sie und errötete leicht, als sie zur Uhr auf dem Kaminsims hinübersah.

„Jetzt fängst du schon wieder an", warf Emily ihr vor.

„Oh, Emily, ich bitte dich um Verzeihung", sagte Julia beschämt. „Es ist wegen der Untersuchung, verstehst du. Sie hat vor einer Stunde begonnen und ich kann nicht umhin, mich zu fragen ..." Sie konnte nicht mehr sagen, ohne das Vertrauen ihres Mannes zu verraten. Zum Glück erfasste Emily die Situation sofort.

„Und du kannst nicht umhin, dich zu fragen, wie die Dinge für deinen Mr. Pickett laufen", schloss sie. „Na gut, dann, geh nach Hause und warte auf ihn. Und wenn er von der Untersuchung schlecht gelaunt zurückkehren sollte, nimm ihn mit nach oben und lenke ihn schön ab, dann kommt alles in Ordnung."

„Was für ein ausgezeichneter Vorschlag!" Julia erhob sich und sah mit einem verschmitzten Lächeln zu ihrer Gastgeberin hinab. „Dir ist klar, nicht wahr, dass er furchtbar beschämt wäre, wenn er wüsste, dass wir auf solche Weise über ihn reden?"

„Das weiß ich tatsächlich – in der Tat ist es das, was es so genüsslich macht. Ich muss nur bedauern, dass er nicht hier ist, sodass mir das Vergnügen entgeht, ihn sich winden zu sehen", Lady Dunnington musterte ihre Freundin mit einem langen, abschätzenden Blick. „Ganz im Ernst, Julia, wie sehr ich deinen Entschluss, ihn zu heiraten, bedauert habe, ich glaube, er ist gut für dich."

„Ja." Julias Lächeln wurde weich. „Ja, das ist er", sagte sie und machte sich auf den Weg zur Curzon Street, um auf seine Rückkehr zu warten.

7

In dem eine Untersuchung abgehalten wird

Der Gegenstand dieser Diskussion kam inzwischen um kurz vor neun Uhr im Bull's Head an. Er durchquerte den öffentlichen Gastraum auf dem Weg zu dem privaten Hinterzimmer und stellte fest, dass die Tische an die Wand gerückt und die Stühle in Reihen aufgestellt waren. Eine Reihe mit sieben Stühlen stand abseits vom Rest und Pickett erkannte, dass diese für die Geschworenen aufgestellt worden waren. Neben diesen Stühlen, ihnen gegenüber, stand ein einzelner Stuhl, wo die Befragten jeweils sitzen sollten. Was die anderen Plätze anging, waren die ersten Reihen für die Zeugen reserviert, wobei Lord Washbourn, dessen Frau und Mutter den größten Teil der ersten Reihe belegten. Der Earl saß mit zusammengepressten Lippen dort, während Lady Washbourns Gesicht weiß und angespannt war. Ein Hauch von Rot traf Picketts Blick, als die Gräfinwitwe mit dem Taschentuch in ihrem Schoß spielte und Pickett erkannte den gleichen roten Stein, den sie am Vorabend getragen hatte. Er hatte angenommen, dass der Ring Teil ihres Kostüms war, aber anscheinend war diese Annahme falsch gewesen. Jetzt ertappte er sich bei der Überlegung, ob er auch ein Teil der Washbourn-Rubine war und wenn ja, wie sie ihn hatte behalten können, als der Rest des Sets ihrer Schwiegertochter übergeben wurde. Pickett fand wenig, was ihn an den anderen Plätzen interessierte, von denen die meisten mit einer bunten Sammlung Besucher des Maskenballs gefüllt zu werden schienen, die nicht zu den Geschworenen gehörten und dazu gewöhnliche Besucher dieses Hauses. Die ersten waren zweifellos von morbider Neugier angelockt; die letzteren vom Wunsch nach flüssigen Erfrischungen, selbst zu so früher Stunde. Pickett wählte einen Stuhl an einem Ende der zweiten Reihe und setzte sich, um die Ereignisse abzuwarten.

„Noch Platz für einen mehr?"

Beim Klang einer vertrauten Stimme, einer Stimme, deren ursprünglich schottischer Akzent trotz aller in London und lange davor in Amerika verbrachten Jahre noch hörbar war, schaute Pickett auf, direkt ins Gesicht seines Richters.

„Mr. Colquhoun!" Pickett rutschte schnell auf den nächsten Stuhl und überließ den am Ende seinem Mentor. „Was bringt Euch her?"

„Müsst Ihr fragen? Sagen wir, wenn mein Frühstück von einer Mitteilung des geschätzten Mr. Bagleys unterbrochen wird, der verlangt, ich möge meine Läufer anweisen, sich nicht in Dinge einzumischen, die sie nichts angehen, halte ich es für klug, mich dafür zu interessieren. Nein, mein Junge, überlasst mir den Platz innen. Ich schätze, Ihr solltet außen sitzen, damit Ihr leichter aufstehen könnt, wenn Ihr aufgerufen werdet, um Eure Aussage zu machen."

„*Wenn* ich als Zeuge aufgerufen werde", warf Pickett bitter ein.

„Das werdet Ihr", prophezeite der Richter zuversichtlich.

Pickett schüttelte den Kopf. „Da bin ich nicht so sicher. Mr. Bagley war überhaupt nicht erfreut, mich auf dem Maskenball der Washbourns zu sehen – ungeachtet der Tatsache, dass ich derjenige war, der überhaupt erst verlangte, nach ihm zu schicken", fügte er mit vielleicht berechtigtem Groll hinzu.

„Bartholomäus Bagley ist ein Narr", erklärte Mr. Colquhoun, der nie dazu neigte, drum herumzureden. „Dass er zum Untersuchungsrichter ernannt wurde, ist rein vorübergehend, da sein Vorgänger vor Kurzem in den Ruhestand trat, und bis er auf Dauer in der Stellung bestätigt wird – ein Tag, den ich hoffentlich niemals erleben werde – befürchtet er hinter jedem Busch eine

Bedrohung seiner Autorität. Er möchte keinen schmutzigen Mordfall, der seine endgültige Ernennung in Gefahr bringen könnte."

„Ich möchte meinen, dass ein sensationeller Mord seiner Sache eher helfen als sie behindern würde", stellte Pickett fest.

„Ein sensationeller Mord, vielleicht. Aber an dem Tod eines Hausmädchens ist nichts besonders Sensationelles. Dann natürlich, wenn er jeden Hauch eines Skandals verhindern kann, um Lord Washbourns Chancen für dessen eigene Ernennung auf einen Posten in der Regierung zu wahren, könnte Mr. Bagley einen mächtigen Gönner gewinnen."

„In anderen Worten, ich habe keine Chance", sagte Pickett düster.

„Macht keinen Fehler, Mr. Pickett, Ihr werdet Eure Meinung sagen können – ich habe vor, dafür zu sorgen – aber ich bezweifle, dass Ihr viel Freude daran haben werdet. Es würde mich nicht wundern, wenn Mr. Bagley jede Gelegenheit nutzen würde, um Euch zu diskreditieren."

Pickett gab ein freudloses Lachen von sich. „Er wird nicht lange suchen müssen, oder?" Es war eine Aussage, keine Frage, doch eine, bei der der Magistrat sich erlaubte, anderer Meinung zu sein.

„Unfug! Was immer Ihr auch getan haben mögt,

bevor Ihr in die Bow Street kamt, Euer Verhalten seither war beispielhaft. Ihr habt von Bartholomew Bagley und seinesgleichen nichts zu befürchten."

„Danke, Sir", sagte Pickett mit einem unsicheren, doch dankbaren Lächeln. Mr. Colquhoun, wusste er, konnte Narren nicht gut ertragen (wie seine unverblümte Meinung über den Untersuchungsrichter belegte), was das Eingreifen des Richters in das Leben eines jugendlichen Taschendiebes umso unglaublicher machte – fast so unglaublich wie die Vorstellung, dass sich zehn Jahre später eine Viscountess (und eine, die vielleicht jeden Gentleman hätte haben können, den sie sich wünschte) in denselben Taschendieb verlieben und heiraten könnte.

„Sir", begann Pickett, aber was immer er hätte sagen können, wurde unterbrochen, als sich eine Tür auf der gegenüberliegenden Seite des Raumes öffnete und sieben Gentlemen hereinkamen, gefolgt vom Untersuchungs- richter selbst. Die sieben nahmen mit viel Kratzen der Stuhlbeine auf den Holzdielen auf den für die Geschworenen reservierten Plätzen Platz und Pickett kam in den Sinn, dass wohl noch nie zuvor der Tod eines Hausmädchens eine so erlesene Sammlung von Zuhörern angezogen hatte. Als die Geschworenen sich bequem hingesetzt hatten, stand der Untersuchungsrichter auf. Mr. Bagley blickte über den Raum, der zu dieser Zeit ziemlich überfüllt war, und sein Gesicht wurde finster, als sein

Blick auf Pickett und Mr. Colquhoun fiel. Er blickte schnell beiseite, räusperte sich und wandte sich an die Versammlung.

„Gentlemen – und Ladys", fügte er nachträglich hinzu, als er Lady Washbourn und die verwitwete Gräfin neben Lord Washbourn in der ersten Reihe sitzen sah, „der Zweck dieser Versammlung ist es, eine Untersuchung über den Tod von Ann Barton, Küchenmädchen, am 21. April 1809, in der Nummer zwölf des Grosvenor Square, der Stadtresidenz von Lord Washbourn, durchzuführen. Wir beginnen mit dem Zeugnis seiner Lordschaft. Euer Lordschaft, wenn Ihr so freundlich sein wolltet ..." Mr. Bagley deutete auf den einzelnen Stuhl und Lordschaft Washbourn verließ den Stuhl neben seiner Frau, um gemessenen Schrittes vorzutreten.

„Danke, Mylord. Die Verstorbene, Ann Barton, stand in Euren Diensten, nicht wahr?"

Der Earl senkte seinen schönen Kopf, als er über die Frage nachdachte. „Da die Einstellung von weiblichen Dienstboten in den Bereich meiner Frau fällt, wäre es vielleicht genauer zu sagen, dass in Diensten Lady Washbourns stand."

„Trotzdem stand Miss Barton auf Eurer Lohnliste und lebte unter Eurem Dach, ist das richtig?"

„Ja."

„Hatte sie Feinde, von denen Ihr wisst?"

Lord Washbourn hob die Augenbrauen. „Mein lieber Mann, ich bezweifle, dass das Mädchen mehr als fünfzehn Jahre alt war! Was hätte sie in so jungem Alter schon tun können, um sich Feinde zu machen?"

„Ich muss Euer Lordschaft daran erinnern, dass ich die Fragen stelle", sagte Mr. Bagley spitz. „Noch einmal, hatte das Mädchen Feinde, von denen Ihr wisst?"

„Nein, nicht, dass es mir bekannt wäre", sagte der Earl mit dem Seufzer eines Mannes, dessen Geduld ernsthaft auf die Probe gestellt wird.

„Litt sie an Krankheiten?"

„Mein guter Mann, wenn sie irgendeinen Hinweis auf schlechte Gesundheit gezeigt hätte, bezweifle ich sehr, dass meine Frau sie eingestellt hätte! Wenn Ihr Genaueres hören wollt, fürchte ich, müsst Ihr einen Arzt befragen."

„Alles zu seiner Zeit, Euer Lordschaft, alles zu seiner Zeit", versicherte der Untersuchungsrichter ihm. „Nun, dann sagt den Herren Geschworenen so deutlich, wie Ihr Euch erinnert, was Miss Barton letzte Nacht zustieß."

„Ich fürchte, ich kann Euch nicht viel sagen, weil das Mädchen schon tot war, als ich am Ort des Geschehens ankam. Ich tanzte mit einer unserer Gäste – Lady Barbara Brennan, wenn ich mich richtig erinnere –, als ich ein Schrei und ein Geräusch von zerbrechendem Glas hörte. Unnötig zu sagen, dass ich es für meine Pflicht als Gastgeber erachtete, den Grund für diese Störung festzustellen. In einer Ecke des Ballsaals hatte sich eine Menge versammelt und als ich mir einen Weg hindurch gebahnt hatte – fand ich Anna – das heißt, Miss Barton – auf dem Boden liegen, während Mary Soames, ein anderes Hausmädchen, sich schluchzend über sie beugte, und Mr. John Pickett die Leiche untersuchte. Es war Mr. Pickett, der vorschlug – obwohl ‚anordnete‘ wohl kein zu starker Ausdruck wäre – dass nach Euch geschickt werden sollte."

„Hmpf", war Mr. Bagleys einzige Antwort. Er entließ den Earl und rief die Gräfin auf, dessen Platz einzunehmen. Er stellte ihr dieselben Fragen, die er ihrem Mann gestellt hatte, und erhielt die gleichen Antworten.

„Dieser Mr. John Pickett ist ein Beamter der Bow Street, nicht wahr? Ein Läufer, wie man sagt?"

Lady Washbourn bestätigte, dass dies so war.

„Man könnte sagen, es traf sich sehr gut, dass Mr. Pickett anwesend war", bemerkte Mr. Bagley glatt.

„Ja", stimmte sie zu.

„Sagt mir, Mylady, ladet Ihr gewöhnlich Bow Street Läufer ein oder war Mr. Pickett irgendwie in offizieller Eigenschaft dort?"

Lady Washbourns Augen trafen Picketts für einen winzigen Moment, bevor sie wieder den Untersuchungs-richter anschaute. „In der Tat, Mr. Bagley, habe ich vor Kurzem eine wertvolle Rubinkette verloren. Wenn es im Haus einen Dieb geben sollte, hätten meine Gäste diesem vielleicht mehr Versuchung geboten, als er hätte widerstehen können. Mr. Pickett wurde zur Verhinderung von Diebstählen eingeladen."

„Und nicht, seid Ihr da ganz sicher, um Anschläge auf das Leben einer Eurer Diener abzuwehren?"

„Wirklich nicht!", rief Lady Washbourn voller Empörung aus. Pickett konnte ihre Kaltblütigkeit nur bewundern, denn sie hatte nichts anderes als die Wahrheit gesagt: Es war ihr eigenes Leben, nicht das eines ihrer Dienstboten, das zu schützen er gerufen worden war.

„Danke, Lady Washbourn, Ihr könnt zu Eurem Platz zurückkehren. Wir werden uns als nächstes Miss Mary Soames anhören."

Es herrschte kurz Schweigen, während das kleine Hausmädchen nach vorn geschlurft kam, mit weißem Gesicht und sehr ängstlichem Auftreten. Pickett konnte nicht anders, als sich zu fragen, ob ihre Furcht nicht mehr war als das Unbehagen eines schüchternen Mädchens, das sich im Mittelpunkt von so viel Aufmerksamkeit fand, oder echte Angst, dass Annies Tod wirklich Mord gewesen sein und sie sich durch ihre Aussage irgendwie in Gefahr bringen könnte.

„Miss Soames", sagte der Untersuchungsrichter zu dem Mädchen, „wie lange kanntet Ihr die Verstorbene schon?"

„Wie bitte, Sir?"

„Das tote Mädchen", erklärte der Untersuchungsrichter mit schlecht verhohlener Ungeduld. „Wie lange
kanntet Ihr sie?"

„Ich habe Annie fast drei Jahre gekannt, seit sie zuerst
angefangen hat, für Lord und Lady Washbourn zu
arbeiten. Ihre Eltern waren gerade gestorben, seht Ihr,
daher musste sie eine Möglichkeit finden, für sich selbst
zu sorgen."

„Und Ihr beide habt gestern Abend bei dem
Maskenball gearbeitet?"

„Oh ja, Sir. Das heißt, wir arbeiteten meistens in der
Küche, aber Mrs. Mitchum – sie ist die Haushälterin –
sagte, dass ihr bald die Gläser ausgehen würden, und so
schickte sie uns – Annie und mich, heißt das – nach oben,
um die benutzten Gläser einzusammeln und sie zum
Spülen nach unten zu bringen."

„Und das war ein regelmäßiger Teil Eurer Pflichten,
Eurer und Miss Bartons?"

„Ich würde nicht sagen, dass es *regelmäßig* war, Sir.
Gewöhnlich bringen die Lakaien das schmutzige Geschirr
nach unten. Aber sie waren alle oben und reichten
Getränke auf Silbertabletts herum, daher hat Mrs.
Mitchum stattdessen Annie und mich geschickt."

„Danke, Miss Soames. Jetzt erzählt Ihr bitte diesen
guten Männern, so gut Ihr Euch erinnern könnt, was
geschah, als Miss Barton zusammenbrach. Keine

Vermutungen, bitte."

„Nein, Sir, natürlich nicht nur – was sind Vermutungen?"

„Ihr sollt nicht raten", erklärte er ungeduldig. „Versucht nicht, irgendetwas zu raten oder anzunehmen, was Miss Barton getan oder gedacht haben könnte. Sagt nur, was Ihr gesehen habt."

„Ja, Sir", sagte sie erneut. „Wie ich sagte, wir sammelten schmutzige Gläser ein, um sie nach unten zu bringen, und Annie bemerkte, dass einige der Gläser noch fast voll waren. Sie hob ein Glas Ratafia auf, das aussah, als wäre es nicht einmal berührt worden, und sagte, es wäre eine Schande, das zu verschwenden." Sie warf Lady Washbourn einen entschuldigenden Blick zu, die wie zu Stein erstarrt in der ersten Reihe saß. „Bevor ich erkannte, was sie vorhatte, setzte sie das Glas an den Mund und trank es ganz aus. Bitte, sie hätte so etwas nie getan, wenn es nicht etwas gewesen wäre, was wir sonst ohnehin weggeschüttet hätten", fügte sie hastig hinzu.

„Keine Vermutungen, Miss Soames", erinnerte der Untersuchungsrichter sie. „Und was geschah, nachdem sie den Ratafia getrunken hatte?"

„Nun, sie hatte mir gerade ein Glas angeboten, in dem unten noch etwas drin war, weil sie dachte, ich möchte das Gleiche tun, als sie plötzlich anfing zu zucken, als hätte sie eine Art Anfall. Sie ließ das Glas fallen und das Tablett mit gebrauchten Gläsern in ihrer Hand, es gab eine richtige Schweinerei, als die Gläser zerbrachen und die Reste der Getränke darin überallhin spritzten." Sie schnüffelte laut und wischte sich die Nase an ihrem Ärmel ab. „Und dann fiel sie einfach auf den Boden und lag ganz still da und ich wusste, dass sie tot war."

„Ach?" Der Untersuchungsrichter musterte sie eindringlich. „Habt Ihr schon einmal eine Leiche gesehen, Miss Soames?"

„Nein, Herr, und ich hoffe bei Gott, dass ich nie wieder eine sehen werde!"

„Woher wusstet Ihr dann, dass sie tot war?"

„Sie lag so still da, Sir, und ihr Gesicht war so rot und ihre Augen ganz nach hinten verdreht in ihren Kopf, sozusagen."

„Verstehe. Miss Soames, waren Euch irgendwelche gesundheitlichen Probleme bekannt, unter denen Miss Barton gelitten haben könnte? Irgendwelche Krankheiten, vielleicht?"

Mary Soames' Blick sank auf ihre Hände, die sie in ihrem Schoß rang. „Ich möchte nicht gern schlecht über eine Tote reden, Sir."

„Natürlich nicht", sagte Mr. Bagley besänftigend. „Wir sind nicht hier, um Miss Barton zu verurteilen, die sicherlich nichts getan hat, um ein so grausames Schicksal zu verdienen. Aber alles, was Ihr uns sagen könnt, möchte vielleicht helfen, den Grund ihres Todes festzustellen."

Nun, Sir, wenn Ihr es so ausdrückt – Annie, nun, man könnte sagen, dass sie einen Braten in der Röhre hatte."

Der Untersuchungsrichter schaute sie finster an. „Eine ziemlich kryptische Bemerkung, Miss Soames. Ich gehe nicht davon aus, dass Ihr sagen wollt, dass Miss Barton der Köchin beim Backen half."

Ein lautes Gelächter eines der Geschworenen durchbrach das Schweigen und wurde rasch erstickt.

„Nein, Sir. Ich meine, dass Annie ein Baby bekommen würde."

Pickett hatte sich bisher keine Notizen gemacht, da die Untersuchung ihm noch nichts gebracht hatte, was er nicht schon selbst herausgefunden hatte, doch bei dieser Enthüllung suchte er in der Brusttasche seines Rocks nach seinem Berichtsheft und seinem Bleistift und begann wie wild zu kritzeln. Natürlich bewies das nichts und hätte durchaus nichts anderes als ein tragischer Zufall sein können. Dennoch bestand die Möglichkeit, dass Annies Liebhaber (einer der männlichen Diener? Lord Washbourn selbst?) wenig erfreut gewesen war von seiner bevorstehenden Vaterschaft zu erfahren und seine Geliebte getötet hatte, bevor ihr Zustand ihn in Verlegenheit bringen konnte. Auf jeden Fall würde man sich genauer damit befassen müssen.

„Danke, Miss Soames, Ihr dürft …"

„Ein Moment, Mr. Bagley, wenn ich bitten darf."

Alle Augen richteten sich auf Mr. Colquhoun, als sich der Richter von seinem Stuhl erhob.

„Was hat das zu bedeuten?", wollte der Untersuchungsrichter wissen.

„Ich bin sicher, dass Ihr nicht bestreiten wollt, dass Zeugen von anderen Personen als dem Untersuchungsrichter befragt werden dürfen, wenn diese ein berechtigtes Interesse an dem Fall haben. Das Handbuch, das das einzuhaltende Verfahren beschreibt, geht sogar so weit, dass es verschiedene Beispiele für solche Personen aufzählt: die Familie des Verstorbenen, Versicherungsgesellschaften, Begünstigte von Versicherungspolicen …"

Mr. Bagley schüttelte abfällig den Kopf. „Nein, Mr. Colquhoun, natürlich bestreite ich das nicht. Aber es kann kaum eine Rolle spielen, wenn man bedenkt, dass Miss Barton keine Familie hatte und keine solche Versicherung …"

„Oh, aber diese Liste von ‚Personen mit berechtigtem Interesse' lässt dem Untersuchungsrichter einen gewissen Spielraum. Ganz unten auf dieser Liste findet Ihr ‚jede andere Person, die nach Auffassung des Untersuchungsrichters ein angemessen berechtigtes Interesse hat'. Sicher werdet Ihr mir zustimmen, dass einer meiner Männer in der Tat die Leiche untersuchte – und tatsächlich lange, bevor Ihr oder einer dieser Herren Geschworenen dazu Gelegenheit hattet – und daraus folgt, dass ich ein ‚angemessenes berechtigtes Interesse' an dem Fall haben dürfte."

Der Untersuchungsrichter verzog sein Gesicht zu etwas, das zweifellos ein finsterer Blick sein sollte, ihm aber stattdessen das Aussehen eines schmollenden Kleinkindes verlieh. „Nun, ja, ich schätze schon, aber …"

„Hervorragend!" Mr. Colquhoun quetschte sich an Picketts Knien vorbei und schloss sich Mr. Bagley im vorderen Teil des Raumes an. „Ich habe eine Frage, die ich Miss Soames stellen möchte."

„Na gut, dann", räumte Mr. Bagley ein und sah sich ein wenig verzweifelt im Saal um, als ob er einen Weg suchte, seinen Richterkollegen loszuwerden. „Dann stellt sie."

„Vielen Dank, Mr. Bagley. Miss Soames, habt Ihr zugesehen, wie Mr. Pickett die Leiche von Miss Barton untersuchte?"

Marys Kopf hüpfte auf und ab. „Ja, Sir."

„Würdet Ihr sagen, dass er das gründlich getan hat?"

Sie zögerte und blickte unsicher auf den Untersuchungsrichter. „Mr. Bagley sagte, ich sollte nicht meine eigene Meinung dazugeben."

„Sehr richtig, Miss Soames, und Ihr habt recht, mich daran zu erinnern." Er wandte sich zur Bestätigung an den Untersuchungsrichter und erntete ein ziemlich vorsichtiges Nicken. „Lasst mich die Frage anders stellen. Sagt mir, so genau, wie Ihr Euch erinnern könnt, welches Mr. Picketts Beobachtungen an der Verstorbenen waren?"

„Mr. Colquhoun!", explodierte der Untersuchungsrichter. „Ihr müsst doch ebenso gut wissen wie ich, dass Aussagen aus zweiter Hand nicht zulässig sind!"

Der schlaue Schotte seufzte voller Bedauern und breitete in einer Geste der Hilflosigkeit die Hände aus. „In diesem Fall, Mr. Bagley, wird nichts anderes übrig bleiben, als Mr. Pickett aufzurufen und seinen Bericht aus seinem eigenen Mund zu hören."

„Wie Ihr wünscht, Mr. Colquhoun", sagte der Untersuchungsrichter und warf ihm einen sehr hässlichen Blick zu. „Aber ich übernehme die Befragung. Wenn es etwas gibt, das ich zu fragen vergesse, nun, dann könnt Ihr eine Gelegenheit bekommen, wenn ich mit ihm fertig bin."

Mit diesem vage drohenden Versprechen rief Mr. Bagley Pickett als Zeugen auf. Pickett erhob sich, zupfte am unteren Rand seiner neuen Weste und nahm auf dem Stuhl Platz, den Mary Soames gerade geräumt hatte.

„Ihr werden Euren Namen und Wohnort für die Geschworenen angeben, bitte", befahl Mr. Bagley.

„John Pickett, Drury – das heißt, Curzon Street. Nummer zweiundzwanzig."

„Und wie lange seid Ihr bereits in der Bow Street beschäftigt?"

„Sechs Jahre – fast vier bei der Fußpatrouille und die beiden letzten als Beamter."

„Als Läufer, in anderen Worten?"

„Ja, Sir."

Der Untersuchungsrichter warf ihm einen langen, abschätzenden Blick zu, der den grünen Rock, die hellbraunen Hosen und alles dazwischen aufnahm. Pickett hatte das Gefühl, er werde gewogen und für zu leicht befunden.

Aber nein; in der Tat schien das Gegenteil der Fall zu sein. „Ihr seht heute sehr elegant aus, Mr. Pickett", sagte der Untersuchungsrichter.

„Vielen Dank, Sir", sagte Pickett misstrauisch, da er vermutete, dass hinter dem Kompliment mehr steckte als die Bewunderung seines Äußeren.

Und das zeigte sich dann. „Ein bisschen *zu* elegant, wenn ich so sagen darf. Was zahlt man denn Bow Street Läufern in diesen Tagen?"

Pickett hielt diese Frage für rein rhetorisch und antworte nicht.

„Nun, Mr. Pickett?", drängte der Untersuchungs-richter.

„Soll ich das so auffassen, dass meine Antwort auf diese Frage als Teil meiner Aussage erforderlich ist?"

„Sonst hätte ich sie nicht gestellt."

Pickett warf seinem Mentor einen Blick zu. Man

konnte den Richter fast innerlich kochen sehen, doch er nickte kaum merklich.

„Das derzeitige Grundgehalt für einen Beamten beträgt 25 Shilling pro Woche", sagte Pickett ausdruckslos, in vollem Bewusstsein, wie mager dieser Betrag den sieben Geschworenen erscheinen musste. „Ein Läufer darf auch private Aufträge für eine Guinea pro Tag plus Auslagen annehmen. Es gibt gewöhnlich eine weitere Belohnung beim erfolgreichen Abschluss eines Falles, wobei der Betrag im Ermessen der Person oder der Personen steht, die den Auftrag erteilt haben."

„Hmm", war die unverbindliche Reaktion des Untersuchungsrichters. „Ein Guinea pro Tag, was? Man fragt sich, wie viele Tage es gebraucht hat, um das Zeug, was Ihr am Leib tragt, zu kaufen."

„Es ist mir nicht klar, was meine Kleidung mit diesem Fall zu tun haben soll", sagte Pickett aufbrausend.

„Im Gegenteil, Mr. Pickett, ich glaube, Eure Pracht kann viel damit zu tun haben. Wir haben festgestellt, dass Ihr gerade aufgrund eines solchen privaten Auftrags von Mylady an dem Washbourn-Maskenball teilgenommen habt?"

„Ja und, Sir?", fragte Pickett gereizt, ohne das warnende Stirnrunzeln seines Richters zu beachten.

„Ich unterstelle einmal, Mr. Pickett, dass Eure Absicht bei der Teilnahme an diesem Maskenball falsch dargestellt wurde."

Da dies der Wahrheit entsprach, konnte Pickett es nicht leugnen. Stattdessen hörte er mit stummem Entsetzen zu, in der Erwartung, dass der Untersuchungsrichter seinen Vorwand – und möglicherweise Lady Washbourns Sicherheit – auffliegen lassen würde. Zu seiner Überraschung schlugen Mr. Bagleys dünn verhüllte Anschuldigungen eine völlig andere Richtung ein.

„Wir haben gehört, dass Lord Washbourn für einen wichtigen Regierungsposten in Betracht gezogen wird. Ich gehe davon aus, dass es eine ganze Reihe von Personen gibt – politische Gegner, zum Beispiel, oder Konkurrenten um diese Position – die gut dafür bezahlen würden, um die Art von Skandal zu produzieren, die Seine Lordschaft diese Ernennung kosten könnte."

„Sicher wollt Ihr doch nicht andeuten, dass Miss Bartons Tod politisch motiviert sein könnte!"

„Mr. Pickett, steht weder Euch noch mir zu, festzustellen, dass Miss Bartons Tod etwas anderes als ein natürliches, wenn auch unglückliches Ereignis war. Doch ein kluger Mann, vor allem einer, der dabei finanziell viel zu gewinnen hat, könnte die Gelegenheit nutzen, um einen Sturm im Wasserglas auszulösen. Maskenbälle haben seit Langem den Ruf, dass dort einer Art unmoralischen Verhaltens Vorschub geleistet wird, das die politischen Ambitionen eines indiskreten Mannes zu Fall bringen könnte; ich könnte mir vorstellen, Mr. Pickett, dass ein Dritter, der erfuhr, dass Ihr in privatem Auftrag für Lady Washbourn anwesend sein würdet, Euch reichlich" – wieder wanderte der Blick des Untersuchungsrichters zu Picketts gut geschneidertem Rock – „bezahlte, um nach solchem Verhalten Ausschau zu halten, oder es wenn nötig zu erfinden, und dafür zu sorgen, dass es öffentlich bekannt wurde. Miss Bartons Tod und die Gelegenheit, völlig aus der Luft gegriffen daraus einen Mordfall zu machen, muss wie ein Gottesgeschenk gewirkt haben – wenn man sich vorstellen kann, dass der Allmächtige sich in derart schändliche Dinge mischen könnte."

„Verzeihung, Sir", sagte Pickett mit einiger Schärfe, „doch der einzige, der hier etwas aus der Luft erschafft, scheint Ihr zu sein." Er hatte Julias Namen nicht in eine gerichtliche Untersuchung hineinziehen wollen, aber er konnte auch nicht stumm dabeisitzen, wenn sein guter Ruf ruiniert wurde. Er sagte sich, dass sie selbst das nicht von ihm erwarten würde. „In der Tat habe ich die Kleidung, die Ihr anscheinend so anstößig findet, nicht durch Machenschaften Dritter erworben, sondern durch die Großzügigkeit meiner Ehefrau. Ich habe vor Kurzem geheiratet und meine Frau hat sie mir zum Geburtstag geschenkt."

Mr. Bagley hob skeptisch eine Augenbraue. „Ein teures Geburtstagsgeschenk, meint Ihr nicht?"

Das konnte er kaum leugnen, da er das Gleiche gedacht hatte. „Ja, Sir", räumte er mit einem Seufzer ein. „Doch Mrs. Pickett ist eine Lady und möchte zweifellos, dass ich ihr Ehre mache." Als er sich an gewisse Worte Julias erinnerte, fügte er hinzu: „Es ist ja nicht so, als kämen die Sachen von der Hand Westons in der Old Bond Street, wisst Ihr."

Mr. Bagley räumte den Punkt mit einem Nicken ein. „Das Gericht entbietet seine Glückwünsche zu Eurer Heirat, Mr. Pickett, und gratuliert Euch zur Erreichung der Volljährigkeit."

Im Saal wurde über diese Aussage hier und da gelacht und Pickett kochte innerlich. ,Das Gericht entbietet', dachte er bitter, *als ob Mr. Bagley, ein mieser, vorläufiger Untersuchungsrichter, einem Gericht in Old Bailey vorsitzen würde!* Was seine Volljährigkeit anging, hatte er sie vier Jahre zuvor gefeiert, denn der Geburtstag, den er jetzt gefeiert hatte, war nicht sein einundzwanzigster, sondern sein fünfundzwanzigster gewesen.

Aber es schien, als hätte Mr. Bagley seinen Standpunkt klargestellt, denn er verlor anscheinend das Interesse an Picketts Alter, Kleidung und Familienstand. Pickett konnte nur hoffen, dass die Jury erkannte, dass Mr. Bagley selbst nicht an die wilden Theorien glaubte, die er vorgebracht hatte, dass sie tatsächlich nichts weiter als ein Versuch waren, seine Aussage zu diskreditieren, so wie

Mr. Colquhoun es vorausgesagt hatte.

„Ihr habt das tote Mädchen untersucht, wie Miss Soames behauptet?"

Pickett nickte. „Ja."

„Dann teilt uns doch bitte das Ergebnis Eurer Untersuchung mit."

„Ihr Gesicht war gerötet, wie Miss Soames sagte, und es gab kein Anzeichen einer Wunde – kein Blut, keine sichtbaren Prellungen."

„Es scheint, Ihr könnt uns nicht viel erzählen, was die Geschworenen nicht selbst sehen konnten", bemerkte der Untersuchungsrichter.

„Vielleicht nicht, aber es gab einen seltsamen Umstand, der nicht erwähnt wurde", sagte Pickett. „Als ich mich über Miss Bartons Körper beugte, bemerkte ich einen Geruch von bitteren Mandeln."

„Interessant, Mr. Pickett, aber unter den gegebenen Umständen kaum überraschend. Wir wissen von Miss Soames, dass das Mädchen von dem Pfirsich- und Mandel-Ratafia getrunken hatte, den Lady Washbourn ihren Gästen anbot."

„Ja, Sir, aber ich hatte selbst ein paar Gläser desselben Ratafia getrunken."

„Trinken im Dienst, Mr. Pickett? Schämt Euch!"

„Wie Ihr selbst sagtet, war ich sowohl in beruflicher als auch gesellschaftlicher Funktion anwesend", bemerkte

Pickett, „und es hätte sehr ungewöhnlich gewirkt, wenn ein Gast sich nicht an den angebotenen Erfrischungen bedient hätte. Da ich etwas trinken musste, hielt ich den Ratafia für sicherer als den Champagner."

Mr. Bagley nickte zustimmend und murmelte etwas über das Werfen von Perlen vor die Säue. „Und worauf wollt Ihr hinaus, Mr. Pickett?"

„Wenn ich den gleichen Geruch von Mandeln in meinem Atem gehabt hätte, wie hätte ich ihn bei Miss Barton bemerken können?"

„Was genau wollt Ihr andeuten, Mr. Pickett? Dass Miss Barton starb, weil sie schlechte Mandeln gegessen hatte?"

Erneut war Lachen aus der Menge zu hören, aber Pickett ignorierte es.

„Nein, Sir. Aber es gibt ein bestimmtes Gift – genauer gesagt Blausäure –, das einen Geruch nach bitteren Mandeln hinterlässt."

„Ich verstehe", sagte Mr. Bagley höhnisch. „Und angenommen, dass jemand Hausmädchen vergiften wollte, wie, denkt Ihr, hätte jemand auf der Maskerade sich diese Blausäure verschaffen können?"

Pickett musterte ihn aus klaren braunen Augen. „Ich möchte in meiner Aussage keine persönliche Meinung äußern, Sir."

Der Untersuchungsrichter murmelte etwas in sich

hinein, was verdächtig nach einem Fluch klang, und befahl ihm, abzutreten. Picketts Sieg war jedoch nur von kurzer Dauer, als Mr. Bagley seinen nächsten Zeugen aufrief.

„Würde Dr. Edmund Humphrey bitte in den Zeugenstand treten."

8

In dem ein Beschluss ergeht

Es war ein Name, den Pickett nie wieder zu hören gehofft hatte. *Humphrey ist ein gebräuchlicher Name*, dachte er verzweifelt. *Es kann doch sicher nicht ...*

Doch. Der Mann mittleren Alters, der sich erhob und seine Brille mit Drahtgestell zurechtrückte, während er sich in den vorderen Teil des Raums begab, war kein Fremder. Pickett hatte Dr. Humphrey bereits einmal getroffen, aber dieses eine Mal war genug gewesen. Die schwache Hoffnung, dass der Arzt sich nicht an ihn erinnern könnte, starb, als sie sich in dem provisorischen Gang begegneten. Ihre Blicke trafen sich und der Doktor strahlte ihn breit an.

„Ein Freund von Euch?", fragte Mr. Colquhoun, als Pickett auf seinem Stuhl zusammensank.

„Wir sind uns schon begegnet", murmelte Pickett.

Es war die schlimmste Zeit seines Lebens gewesen,

als Julia die Annullierung ihrer ungeplanten Ehe beantragt hatte. Die einzige Begründung, die möglich gewesen wäre, war Impotenz – *seine*, um genau zu sein, da sie sechs Jahre verheiratet gewesen war, während seine Fähigkeiten in dieser Hinsicht zu dieser Zeit noch unbewiesen waren. Er war gezwungen gewesen, sich einer besonders demütigenden körperlichen Untersuchung zu unterziehen, buchstäblich unter den Händen von zwei zu diesem Zweck angeworbenen Prostituierten. Dass die Untersuchung tatsächlich das Gegenteil bewiesen hatte, war ein kleiner Trost gewesen, da Dr. Humphrey von den Fieldhursts bestochen worden war, die Ergebnisse zu fälschen.

Als der Arzt seinen Platz auf dem Zeugenstuhl einnahm, fragte sich Pickett, ob Dr. Humphrey sich stets gewinnbringend darum bemühte, der Aristokratie zu sagen, was sie hören wollten. Als die Richtung der Fragen des Untersuchungsrichters sich zeigte, wurde Pickett sich dessen sicher.

„Euren Namen und Anschrift, bitte?"

„Edmund Humphrey, Arzt, Harley Street."

„Ihr habt den Körper von Ann Barton untersucht?"

„Ja, allerdings erst einige Zeit, nachdem diese Gentlemen es getan haben", sagte Dr. Humphrey und deutete auf die Gentlemen der Jury.

„Teilt uns bitte Eure bei dieser Untersuchung gemachten Feststellungen mit."

Dr. Humphrey entfernte seine Brille und sah durch sie in das Licht, das durch die Fenster strömte, polierte sie dann mit seinem Rockschoß, sah wieder hindurch und setzte sie auf den Nasenrücken. „Das meiste, was ich feststellen konnte, wurde bereits von anderen Zeugen beschrieben: das unnatürlich gerötete Gesicht der Patientin, äh, der Verstorbenen, das Fehlen von Blut oder Blutergüssen, die auf eine Verletzung hindeuten könnten, ...“

„Und dieser Mandelduft, den Mr. Pickett erwähnte?“

Der Arzt schüttelte den Kopf. „Ich bemerkte keinen solchen Duft, aber da einige Zeit verstrichen war, bis ich gerufen wurde, ist es möglich, dass ein Geruch verflogen sein könnte.“

„Verstehe.“ Das Absacken von Mr. Bagleys Mundwinkel zeigte an, dass dieser nicht besonders erfreut über diese Aussage war. „Sagt mir, Doktor, seid Ihr mit der Säure vertraut, die Mr. Pickett beschrieben hat?“

„Ich habe in medizinischen Texten davon gelesen, bin aber nie damit in Kontakt gekommen, Sir.“

Der Untersuchungsrichter dachte längere Zeit über dieses Geständnis nach, bevor er eine anscheinend damit nicht zusammenhängende Frage stellte. „Dr. Humphrey, wie lange praktiziert Ihr schon als Arzt?“

„Mehr als dreißig Jahre.“ Auf seinem Gesicht blitzte dieses breite Lächeln auf, an das sich Pickett so gut

126

erinnerte. „Mit so viel Übung werde ich vielleicht eines Tages perfekt sein."

Der Untersuchungsrichter war nicht in der Stimmung für Scherze. „Und in mehr als dreißig Jahren seid Ihr nie mit dieser Blausäure in Berührung gekommen, die Mr. Pickett beschreibt. Also muss man davon ausgehen, dass solche Vergiftungen ziemlich selten sind."

Ein Funken beruflicher Integrität musste noch vorhanden sein, denn Dr. Humphrey fühlte sich offenbar gezwungen, dieser Annahme leicht zu widersprechen. „Sie sind sicher nicht gewöhnlich, doch man muss bedenken, dass der Tod so schnell kommt, dass keine Zeit ist, nach einem Arzt zu schicken – außer natürlich für eine Leichenschau."

„Könnte also Miss Barton Eurer ärztlichen Meinung nach an einem solchen Gift gestorben sein?"

Dr. Humphrey dachte stirnrunzelnd über diese Frage nach. „Ich schätze, das könnte sein, obwohl eine solche Schlussfolgerung mehr Fragen als Antworten aufwürfe: Wer hätte ein einfaches Hausmädchen töten wollen und warum, ebenso, wie jemand sich dieses Gift hätte verschaffen können …"

„Ja, Doktor, darf ich Euch daran erinnern, dass ich derjenige bin, der diese Untersuchung durchführt", sagte Mr. Bagley ungeduldig. „Ihr sagt, die *meisten* Eurer Feststellungen wären bereits von anderen getroffen worden. Welche zusätzlichen Tatsachen könnt Ihr berichten, die anderen Zeugen entgangen sind?"

Der Arzt gab ein selbstzufriedenes Lächeln von sich. „Ich möchte die Beobachtungsgabe unseres jungen Mr. Picketts nicht herabsetzen, versteht Ihr. Es ist nur so, dass ich ihm gegenüber im Vorteil bin – das heißt, beruflich mit den Risiken einer frühen Schwangerschaft vertraut bin."

„Ihr glaubt also, dass Miss Bartons Tod mit ihrem, äh, unglückseligen Zustand zusammenhängt?"

Dr. Humphrey neigte zustimmend seinen Kopf. „Das halte ich für sehr wahrscheinlich. Im ersten *Trimester* besteht besondere Gefahr für Mutter und Kind gleichermaßen, insbesondere, wenn der Mutter ihr Zustand noch nicht einmal bewusst ist, was dazu führen kann, dass sie nicht so auf sich und ihr ungeborenes Kind achtet, wie sie das sollte. In der Tat, in Fällen wie Miss Bartons, wo kein Vater vorhanden ist, muss man sich fragen, ob ein so tragisches Ende nicht doch ein Gottesurteil ist."

Der Untersuchungsrichter nickte nüchtern. „Ja, allerdings. Vielen Dank, Doktor, Ihr dürft gehen. Meine Herren Geschworenen, lasst mich Euch erinnern, dass es Eure Pflicht ist, einen Beschluss über eine, aber auch nur eine der folgenden Todesursachen zu fassen." Eine nach der anderen zählte er sie an seinen Fingern ab. „Natürliche Ursachen; Unfall oder Missgeschick; Selbstmord; oder unrechtmäßige Tötung. Gibt es noch Fragen? Nein? Gut."

Nachdem sie entlassen worden war, erhoben sich die Geschworenen gleichzeitig und schlurften durch dieselbe Tür hinaus, durch die sie zu Beginn des Verfahrens hereingekommen waren. Nach ihrem Abgang verzogen sich die meisten der Zurückbleibenden (einschließlich des Untersuchungsrichters) in die Gaststube, um sich für den Ausgang der Verhandlung zu stärken. Pickett, mit seinem Mentor in relativer Einsamkeit zurückgeblieben, spürte einen Blick stummen Mitgefühls auf sich gerichtet.

„Sir?", fragte er und hatte eine recht gute Vorstellung von dem, was ihn erwartete.

„Ich hatte Euch gewarnt", erklärte Mr. Colquhoun.

Pickett nickte düster. „Ja, Sir, aber – nun, ich hätte nicht mehr in den Spiegel blicken können, wenn ich nicht gesagt hätte, was ich weiß." Er seufzte. „Ob die Geschworenen sich dazu entschließen, es zu glauben oder nicht, steht auf einem anderen Blatt. Was glaubt Ihr, wie der Beschluss lauten wird?"

„Ihr wisst es schon, nicht wahr?"

„Ich fürchte, ja."

Nach einer kurzen Stille meldete sich Mr. Colquhoun erneut zu Wort. „Der Arzt, Dr. Humphrey – ich nehme an, er ist derselbe Arzt, der, äh ..."

„Ja", sagte Pickett und wurde rot. „Und während er nicht so weit ging zu sagen: ‚Achtet nicht auf den Kerl aus der Bow Street; er ist impotent, versteht Ihr', hätte er das ebenso guttun können. Ich schätze, das Ergebnis wird dasselbe sein."

Der Magistrat hielt seinen Blick fest geradeaus gerichtet. „Und hat Mrs. Pickett irgendwelche Beschwerden auf diesem Gebiet?"

Pickett schenkte ihm ein ziemlich süffisantes Lächeln. „Nein, hat sie nicht."

Mr. Colquhoun lachte leise in sich hinein und klopfte Pickett auf den Oberschenkel. „Guter Junge!"

Die Geschworenen waren kaum eine Viertelstunde fort gewesen, als die Tür sich öffnete und sie bereits wieder nacheinander herein schritten. Pickett konnte aus ihren ausdruckslosen Gesichtern nichts erkennen und erinnerte sich daran, dass diese Männer regelmäßig in den Gentlemen-Clubs von St. James und manchmal in den Spielhöllen der Jermyn Street Karten um exorbitante Einsätze spielten; sie dürften seit Langem gelernt haben, ihre Mienen so zu beherrschen, dass man ihnen nichts anmerken konnte.

„Meine Herren Geschworenen." Mr. Bagley unterbrach sich kurz, um den Krug, aus dem er sich während der Beratung der Geschworenen gestärkt hatte, abzustellen und wischte sich mit dem Ärmel den Schaum von der Oberlippe. „Seid Ihr zu einem Beschluss gelangt?"

„Ja", erklärte der fette Bruder Tuck vom Vorabend, der offenbar als Sprecher der Gruppe auserwählt worden war. „Wir erklären, dass die Verstorbene, Ann Barton, eines natürlichen Todes gestorben ist."

* * *

Julia war gerade dabei, mit der Köchin die Mahlzeiten der kommenden Woche zu besprechen, als sie hörte, wie die Vordertür mit ungewöhnlicher Wucht geöffnet und wieder geschlossen wurde.

„Das wäre alles für jetzt", sagte sie zu der Frau. „Wir besprechen das später weiter."

Hastig schickte sie die Köchin weg und lief ins Foyer, wo sie gerade rechtzeitig ankam, um zu sehen, wie ihr Mann Hut und Handschuhe abwarf, als ob ihre bloße Existenz ihn kränkte.

„Willkommen zu Hause, Liebling. Wie ist die Untersuchung verlaufen?" Schon als sie fragte, wusste sie, dass die Antwort nicht angenehm sein würde.

„Natürliche Todesursache", verkündete er mit Verachtung in jeder Silbe.

„John, nein!"

„Sicher willst du doch nicht das Urteil von sieben braven, anständigen Männern anzweifeln", sagte er bitter und beugte sich eher automatisch vor, um ihren Kuss zu empfangen.

„Aber da muss doch ein Fehler passiert sein!"

Sie folgte ihm in den Salon, wo er auf dem Sofa zusammensackte.

„Wenn ein Fehler passiert ist, war ich es, der ihn gemacht hat. Schließlich, wen interessiert es, ob einem bloßen Hausmädchen Gerechtigkeit geschieht, solange kein Skandal Lord Washbourns Ernennung in eine Regierungsstellung gefährdet?"

„*Dich*", sagte sie sanft. „Das ist eines der Dinge, die ich an dir liebe."

Er nahm ihre Hand und zog sie dichter zu sich, dann auf seinen Schoß, um sein Gesicht in der Grube ihres Halses zu vergraben. „Manchmal frage ich mich, warum ich mir die Mühe mache", sagte er und seine Stimme wurde von ihrer Schulter gedämpft.

Sie streichelte seine Haare und erinnerte sich an Lady Dunningtons Rat. Sie hatte gedacht, ihre Freundin wäre nur unanständig, aber jetzt erkannte sie, dass sie ihr einen sehr weisen Rat gegeben hatte. In den sechs Jahren der Ehe mit dem verstorbenen Lord Fieldhurst war der einzige – wirklich der *einzige* – Zweck der ehelichen Beziehungen die Zeugung eines Erben gewesen – und dieses lang ersehnte Ereignis hatte niemals stattgefunden. Im Gegensatz dazu war der Vollzug ihrer zweiten Ehe der freudige und leidenschaftliche Ausdruck tiefer, unerwarteter Liebe gewesen. Ihr war nie in den Sinn gekommen, dass eine Frau ihren Mann durch diesen Akt trösten könnte und stellte fest, dass diese Erkenntnis sie sich seltsam stark fühlen ließ.

Sie nahm sein Gesicht in die Hände und machte sich an die schöne Aufgabe, ihm Trost zu schenken.

* * *

„Und was also geschieht jetzt?", fragte sie einige Zeit später, als sie in schläfriger Zufriedenheit in seinen Armen lag.

Er rollte müßig eine lange, goldene Locke um seinen Finger. „Ich schätze, wir sollten uns besser anziehen und wieder nach unten gehen, bevor wir das Personal schockieren."

„Nicht das, Dummchen!" Sie schlug ihn spielerisch auf die nackte Brust. „Ich meinte den Fall. Was wirst du jetzt tun?"

Sein Lächeln verblasste. Er löste sich mit einem Seufzer von ihr, setzte sich dann auf und griff nach seinen Hosen. „Es gibt keinen Fall, Julia. ‚Natürliche Ursachen', erinnerst du dich? Das wurde durch die Geschworenen festgestellt."

„Aber Lady Washbourn …?"

„Ich werde sie aufsuchen müssen – vorzugsweise, wenn ihr Mann nicht zu Hause ist – und dafür sorgen, dass sie die Rubine zurückerhält. Und zu Gott beten, dass, sollte Lord Washbourn hinter dem Tod des Hausmädchens stecken, ihm der Tod der falschen Person so viel Angst einjagt, dass er es nicht wieder versucht."

Das war, wie er fürchtete, ein sehr dünner Faden, an

dem das Leben einer Frau hing.

* * *

Pickett erwachte am nächsten Morgen mit einem vagen Gefühl der Angst. Als seine Gedanken klarer wurden, wurden die Ereignisse der beiden vorhergehenden Tage ihm wieder bewusst: der Tod des Hausmädchens, der Beschluss der Jury und, was ihm noch bevorstand, die Besprechung mit Lady Washbourn, bei der er ihr würde erklären müssen, dass er nichts mehr für sie tun könnte. Er räumte widerwillig ein, dass es nichts nutzte, das Unausweichliche hinauszuschieben, schlug die Decke auf und setzte sich hin. Eine schlanke weiße Hand löste sich aus den Decken und fuhr mit den Fingerspitzen sein Rückgrat entlang nach unten. Er fing die Hand ein und hob sie an seine Lippen.

„Du machst mir das Aufstehen sehr schwer", sagte er.

„Du musst doch nicht, weißt du", kam Julias Stimme irgendwo unter der Decke hervor.

„Dazu hätte Mr. Colquhoun vielleicht etwas zu sagen."

Sie warf die Decke zurück und enthüllte einen Schopf verwirrter, blonder Locken. „John, eigentlich musst du das wirklich nicht", beharrte sie.

Mit einiger Bestürzung erkannte er, dass sie es ziemlich ernst meinte. „Meine Stellung in der Bow Street aufgeben? Was sollte ich denn dann den ganzen Tag tun?"

Zur Antwort hob sie provozierend eine Augenbraue und ihre Lippen verzogen sich zu einem verführerischen Lächeln. „Ja, aber doch nicht den ganzen Tag", sagte er rasch.

„Wenn du bei deiner Arbeit dort unglücklich bist – und nach gestern kannst du das kaum leugnen – kannst du jederzeit gehen, wenn du das willst. Wir könnten von meiner Jahresrente recht gut leben, wie du weißt."

Es wäre unter allen Umständen ein heikles Thema gewesen; direkt nach dieser Untersuchungsverhandlung war es katastrophal. Pickett starrte sie fast mit Abscheu an. „Das denkst du von mir? Dass ich damit zufrieden sein könnte, von meiner Frau zu leben?"

„Aber in gewisser Hinsicht tust du das doch schon", stellte sie mit unangreifbarer Logik fest. „Schließlich würde dein Lohn nicht annähernd die Kosten für dieses Haus decken, geschweige denn die der Diener oder ..."

„Danke, dass du mich daran erinnerst, Mylady", sagte er gepresst. „Wenn du mich jetzt entschuldigen würdest, möchte ich schleunigst zur Bow Street. Ich möchte nicht länger dein Haus nutzen, als ich unbedingt muss."

„So habe ich es nicht gemeint, John", beharrte sie und sah hilflos zu, als er hastig seine gewöhnliche Kleidung und seinen alten braunen Sergerock anzog. „Das weißt du."

„Ja, ich weiß", räumte er mit einem Seufzer ein. „Ich

kann es dir kaum übel nehmen, dass du die Wahrheit sagst."

Trotzdem, der Kuss, den er ihr gab, war recht flüchtig und er verließ das Haus, ohne zu frühstücken.

Leider fand er in der Bow Street nichts Besseres vor. Als er die Amtsstube in der Bow Street betrat, wurde er von ein paar Läufern zusammen mit einigen Männern der nächtlichen Fußpatrouille angesprochen, die gerade aus dem Dienst kamen. Alle waren ein paar Jahre älter als er und er hörte sie untereinander ein paar schlechte Witze über „Lord John, den errötenden Bräutigam" machen.

„Achtet gar nicht auf sie", empfahl Mr. Colquhoun, als Pickett sich an der Richterbank zu ihm gesellte. „Sie meinen es nicht böse, wisst Ihr. Nur kennen die meisten von ihnen Euch, seit ihr neunzehn Jahre alt wart. Sie sind nicht daran gewöhnt, an Euch als an einen verheirateten Mann zu denken, geschweige denn, den Ehemann einer Viscountess."

„Und sie hätten Recht", murmelte Pickett und lehnte sich an das Holzgeländer, wie es seine übliche Gewohnheit war. „Ich mag verheiratet sein, aber ich bin kein Ehemann. Ich bin ein Glücksjäger – ein ausgehaltener Mann, ein ..."

Mr. Colquhouns Augenbrauen hoben sich. „Nette Tätigkeit, wenn man sie finden kann."

„Das mögt Ihr meinen, aber ich kann Euch sagen, es ist nichts Dergleichen."

„John" – wenn der Richter seinen Vornamen verwendete, noch dazu in der Amtsstube der Bow Street, war das genug, um seine Aufmerksamkeit zu erwecken – „darf ich vorschlagen, dass Ihr Euch mit diesen Klagen an Eure Frau wendet?"

„Das habe ich versucht", gestand Pickett und erinnerte sich an mehrere abgebrochene Gespräche, die in den letzten sechs Wochen stattgefunden – oder besser, eben *nicht* stattgefunden – hatten. „Doch immer, wenn ich das Thema anschneide, dann …"

„Dann – was?"

Pickett wurde scharlachrot. „Dann verführt sie mich."

„Dieses Luder!", rief Mr. Colquhoun aus, doch der Abscheu in seinen blauen Augen wurde völlig von der Tatsache Lügen gestraft, dass er sich – nicht ganz erfolgreich – mühen musste, seine Gesichtszüge zu beherrschen.

Pickett grinste zur Antwort verlegen. „Ja, nun, lacht, wenn Ihr wollt, aber – ich fühle mich nicht wie ein Mann, wenn ich vom Einkommen meiner Frau lebe – vor allem, da das Einkommen von ihrem ersten Mann stammt."

„Hat sie irgendeine Andeutung gemacht, dass sie darüber grollt, dass Ihr sie nicht in der Art und Weise versorgen könnt, wie sie es gewohnt ist?"

„Nein", gab er zu.

„Dann schafft Ihr vielleicht ein Problem, wo keines

ist.“

„Oh, doch, es existiert“, sagte Pickett. „Ob sie bereit ist, es einzugestehen oder nicht, es existiert.“

Mr. Colquhoun drehte sich um und schaute auf die große Uhr, die an der Wand hinter ihm aufgehängt war. „Wie dem auch sei, es ist viel zu früh am Morgen für eine philosophische Diskussion über echte versus wahr-genommene Wahrheit. Um ein ähnliches Thema anzuschneiden, was wollt Ihr Lady Washbourn sagen?“

In der Tat hatte Pickett auf dem ganzen Weg zur Bow Street in einem vergeblichen Versuch, die Missstimmung zwischen ihm und seiner Frau zu vergessen, über diese Frage nachgedacht. Auf dem Weg hatte er beschlossen zu beweisen, dass er nicht so inkompetent war, wie man ihn bei der Untersuchung hatte erscheinen lassen – obwohl, ob dieser Beweis für Lady Washbourn, den Untersuchungs-richter, Julia oder ihn selbst wichtig war, hätte er nicht sagen können.

„Das Mädchen wurde ermordet, Sir. Mit Eurer Erlaubnis würde ich gern mein Möglichstes versuchen, um das zu beweisen.“

„Laut den Geschworenen starb sie eines natürlichen Todes“, erinnerte der Richter ihn mit sorgfältig neutral gehaltener Stimme. „‚Ein Gottesurteil‘, wenn man unserem Freund, dem Doktor, glauben darf.“

„Geschworene können sich irren, Sir, und das war

hier der Fall. Das wisst Ihr ebenso gut wie ich."

Die buschigen, weißen Augenbrauen zogen sich bedrohlich zusammen. „Euch ist klar, wenn Lord Washbourn davon Wind bekommt und eine Beschwerde gegen Euch einreicht, werde ich jedes Wissen über eine Ermittlung leugnen müssen, Euch einen Verweis erteilen, zur Fußpatrouille zurückversetzen – Euch vielleicht sogar entlassen müssen, um den Schein zu wahren."

Pickett nickte entschlossen. „Ja, Sir, und wenn es dazu kommen sollte, werde ich jede solche Strafe mit guter Miene hinnehmen."

„Mein Gott, Ihr seid ein dickköpfiger Junge!", knurrte Mr. Colquhoun.

„Verzeihung, Sir", sagte Pickett mit dem Hauch eines Lächelns, „aber ich habe bei einem Meister gelernt."

Ein Auflachen entrang sich dem Richter, bevor er versuchen konnte, ein Husten vorzutäuschen. „Unverschämter junger Hund!" Er streckte seine Hand über die Brüstung aus und fügte ernster hinzu: „Um Himmels willen, John, versucht, diskret zu sein."

„Ich werde mein Bestes tun", versprach Pickett und schüttelte ihm die Hand.

9

In dem John Pickett und Mr. Colquhoun
auf verschiedenen Wegen ermitteln

Mr. Colquhoun schaute Pickett durch die hohen Fenster nach, bis er außer Sichtweite war. Als er davon ausgehen konnte, dass sein Protegé sich auf dem Weg zum Hause Lord Washbourns am Grosvenor Square befand, ließ er die Amtsstube in der Bow Street unter der Obhut Mr. Dixons und machte sich auf den Weg zur Curzon Street. Er hielt vor Nummer 22 an und schickte seine Karte zur Dame des Hauses hinauf, woraufhin er einen Moment später in den Salon geführt wurde.

„Oh, Mr. Colquhoun, was für ein unerwartetes Vergnügen!", rief Julia aus, blickte über seine Schulter und weiter hinter ihn, als würde sie einen weiteren Besucher dort erwarten. „John hat Euch nicht herbegleitet? Ist er …?"

„Er hatte keinen Unfall, wenn Ihr deshalb besorgt

seid", versicherte er ihr rasch. „Er ist tatsächlich wegen einer Ermittlung unterwegs."

„Natürlich – diese Washbourn-Sache", sagte sie und nickte verstehend. „Das hört sich nach einer ziemlich üblen Angelegenheit an. Aber wollt Ihr Euch nicht setzen? Es ist noch ein bisschen zu früh für Tee, aber vielleicht Kaffee?" Sie streckte die Hand nach dem Klingelzug aus.

„Nein, nein, nichts für mich, danke", sagte er und setzte sich trotzdem auf das Sofa. Er musterte sie einen Moment schweigend und fragte dann unverblümt: „Mrs. Pickett, wie viel hat Euer Mann Euch über die gestrige Untersuchung erzählt?"

„Er sagte mir, die Geschworenen hätten auf Tod durch natürliche Ursachen befunden, was ihm nicht recht gefiel. In der Tat war er recht empört darüber, wie Euch sicher bekannt ist."

„Und das war alles? Er hat weiter nichts gesagt, zum Beispiel über seine eigene Aussage?"

„Nein." Sie dachte über diese Unterlassung mit wachsendem Unbehagen nach. „Gibt es einen Grund, warum er das hätte tun sollen?"

Der Richter schüttelte den Kopf. „Es ist nicht meine Aufgabe, Dinge herumzuerzählen. Ich bin sicher, er hätte Euch alles erzählt, was er Euch wissen lassen möchte."

„Mr. Colquhoun, Ihr kennt ihn schon viel länger als ich. Wenn gestern etwas geschehen ist, was ich wissen sollte, dann erzählt es mir um Himmels willen!", flehte sie.

Er seufzte. „Wie viel einfacher wäre die Ehe, wenn wir in den Köpfen unserer Ehepartner kriechen könnten! Na gut, Mrs. Pickett, ich erzähle es Euch – aber denkt daran, Ihr habt es nicht von mir gehört."

Sie nahm diese Warnung entgegen und so fuhr er fort, ihr alle Einzelheiten der Untersuchung mitzuteilen, die ihr Mann ihr lieber vorenthalten hatte: vor allem, wie der Untersuchungsrichter Picketts neue Ausstattung benutzt hatte, um Zweifel zuerst an seiner Integrität und dann an seiner Kompetenz zu wecken.

„Er wollte die Sachen nicht tragen", gestand sie schuldbewusst. „Er wollte den schwarzen Rock anziehen, den er für Gerichtsverhandlungen aufhebt, aber ich – nun, ich fürchte, ich machte es ihm unmöglich, das zu tun, ohne meine Gefühle zu verletzen."

„Und so habt Ihr stattdessen seine verletzt", bemerkte der Richter mit brutaler Offenheit.

Sie fuhr bei dem Vorwurf empört auf. „Ich würde eher sagen, dass der Untersuchungsrichter das getan hat! Sicher wollt Ihr mir doch nicht vorwerfen, gefühllos zu sein, wenn es um ihn geht – wo ich doch alles aufgab, um mit ihm zusammen zu sein!"

„Natürlich", sagte er besänftigend. „Alles, außer Eurem Haus und Euren Dienern und Eurer …"

„Das ist nicht fair, Mr. Colquhoun!"

„Nein, nein, Mrs. Pickett, hört mich bis zum Ende an. Ich zweifle nicht an Eurer Zuneigung zu Eurem Mann – niemand, der Eure zärtliche Pflege nach dem Vorfall im Drury Lane Theater gesehen hat, könnte das – doch ich befürchte, dass Ihr nicht versteht, wie bitter es für ihn ist, von Euch finanziell abhängig zu sein."

Nach der Meinungsverschiedenheit an diesem Morgen konnte sie diesen Vorwurf kaum leugnen. Doch sie hätte auch keine Gelegenheit dazu bekommen, denn Mr. Colquhoun war noch nicht am Ende mit seiner Rede.

„In der Tat", fuhr er fort, „nach etwas, das er bei Eurer Hochzeit zu mir sagte, hatte ich den Eindruck, dass er durchaus erwartete, Euch zu versorgen, statt umgekehrt. Sicher könnt Ihr doch nicht so töricht gewesen sein, ihm diese Information vorzuenthalten!"

Sie dachte an die Tage in Picketts Wohnung zurück nach dem Feuer im Drury Lane Theater: die langen, angespannten Stunden, als sie ihn wieder gesundpflegte, gefolgt von der seligen Woche zwischen dem Vollzug ihrer ungeplanten Ehe und der förmlichen Hochzeit im Hause des Richters. Nein, sie hatte ihm nichts vorenthalten, wenigstens nicht absichtlich, doch sie konnte nicht ehrlich sagen, dass sie über das Thema Geld gesprochen hätten. Zwischen den Problemen des Krankenbettes und den Freuden des Ehebettes war wenig Zeit für (oder Interesse an) ernsthaften Gesprächen gewesen; in der Tat, *wenn* sie über etwas gesprochen hatten, dann die Frage: „... wann wurde dir zuerst klar ...?", in all den Varianten, die Liebende so gern mögen. Angesichts der Schwere seiner Verletzung war die Zukunft zu ungewiss und die Gegenwart zu kostbar gewesen, um einen Augenblick davon zu verschwenden, um sich über so banale Angelegenheiten wie das Haushaltseinkommen Sorgen zu machen.

„Ich habe ihm nichts ‚vorenthalten'", betonte sie. „Es ist nur so, dass – dass das Thema nie zur Sprache kam."

„Verstehe", sagte der Richter trocken und Julia errötete, da sie befürchtete, dass er weit mehr verstand, als sie gesagt hatte.

Trotzdem war sie sich ziemlich sicher, dass Mr. Colquhoun das Problem überbewertete. „Aber das ist – das ist so *absurd!* Ich könnte Euch jede Menge verarmter Gentlemen zeigen, die Ladys mit weit größeren Vermögen als meinem geheiratet haben und die es überhaupt nicht stört."

„Verarmte *Gentlemen*, ja. Doch ich würde wetten, dass in den meisten, vermutlich in allen diesen Fällen, die betreffenden Gentlemen etwas anderes im Austausch zu bieten hatten: einen Titel, zum Beispiel, oder einen großen Grundbesitz, oder einen langen Stammbaum. Euer Ehemann hat nichts von alledem."

„Und keine Freu würde je an einem hellen Verstand

und einem liebenswerten Charakter etwas Wertvolles finden, geschweige denn, wenn diese Eigenschaften von einem gut aussehenden jungen Mann verkörpert werden", gab sie zurück. „Wirklich, Mr. Colquhoun, Ihr unterstellt zu viel."

Mr. Colquhoun hob beschwichtigend eine Hand. „Vielleicht tue ich das. Ich nehme an, es ist nicht verwunderlich, dass Ihr ihn in einem solchen Licht betrachtet; in der Tat ist es nur richtig, dass Ihr dies tut. Aber ich ..." – er stieß einen Seufzer bei der Erinnerung aus – „... ich sehe manchmal einen vierzehnjährigen Taschendieb mit einem blauen Auge und einer gebrochenen Nase."

Sie legte ihre Hand auf seine und tätschelte sie verständnisvoll. „Ich weiß, dass Ihr es gut meint, Mr. Colquhoun, und ich schätze Euch deshalb, aber ich denke, Ihr macht Euch um nichts Sorgen. Es ist ja nicht so, dass meine Jahresrente so groß wäre. Ich kenne viele Leute, die weit mehr haben, und ich denke, Ihr auch. Ich würde meine eher ein Auskommen als ein Vermögen nennen."

Er lehnte sich in die Sofakissen zurück und musterte sie mit einem abschätzenden Ausdruck in seinen scharfen, blauen Augen, der sie sich unangenehm wie eine Verbrecherin fühlen ließ, die vor seine Richterbank gebracht wurde. „Euer Mann – Euer erster Ehemann, meine ich – hinterließ Euch ein Einkommen von vierhundert Pfund pro Jahr, nicht wahr?"

„Ja, zusammen mit einem Haus in Kensington, das ich verkaufte, um dieses zu kaufen. Wenn ich von meiner Jahresrente Miete für eine Unterkunft bezahlen müsste, würde mir das sehr schwerfallen."

Der Richter schien jedoch von diesem Argument wenig beeindruckt. „Und wenn Ihr vierhundert Pfund im Jahr als ein bloßes Auskommen betrachtet, wie würdet Ihr dann fünfundzwanzig Schilling pro Woche bezeichnen?"

Julia geriet bei dieser Frage in Verlegenheit und suchte ihr Heil im Gegenangriff. „Aber Mr. Colquhoun, es ist so – so *unwichtig!*"

„Ich verstehe, dass Eure erste Ehe Euch ein sehr schlechtes Beispiel dafür gab, was diese Institution sein sollte, daher werde ich Euch einen guten Rat geben: wenn es einem von Euch wichtig ist – und ich kann Euch versichern, dass dies für ihn äußerst wichtig ist – dann sollte es dem anderen besser auch wichtig sein." Er erhob sich und streckte ihr die Hand hin. „Seid gut zu ihm, Mrs. Pickett. Das ist alles, worum ich bitte."

* * *

Pickett hatte in der Zwischenzeit den Grosvenor Square erreicht und seine Karte zu Lady Washbourn hinaufbringen lassen, die ihn in ihrem eleganten Salon mit dem Porträt über dem Kaminsims empfing.

„Mylady", sagte er und beugte sich über ihre Hand.

„Ich hoffe, Lord Washbourn ist wohlauf?"

Sie neigte den Kopf. „Ja, allerdings, Mr. Pickett. Er ist auf einer Ausfahrt mit dem Four Horse Club unterwegs, daher erwarte ich ihn nicht vor heute Abend spät zurück. Es wird ihm leidtun, Euch verpasst zu haben."

Pickett bezweifelte das eher, doch segnete im Stillen die Scharfsinnigkeit der Lady, seine unausgesprochene Frage zu beantworten.

„Auch meine Schwiegermutter liegt zu Bett, sodass Ihr mich heute ganz allein findet", fuhr sie ausdruckslos fort.

Pickett machte eine ausgesprochen unaufrichtige Bemerkung des Bedauerns über die Abwesenheit der Witwe und fügte dann hinzu: „Ich hoffe, sie ist nicht krank."

„Nein, sie hat sich nur furchtbar über Annies Tod aufgeregt." Sie verzog das Gesicht. „Oder über die Erkenntnis, dass ihr Sohn ein Mörder sein könnte."

„Ihr glaubt, sie verdächtigt ihn?"

Die Gräfin schüttelte den Kopf. „Wenn sie das tut, hat sie zu mir nichts davon gesagt. Aber das würde ich auch nicht erwarten. Es wäre schon selten, wenn eine Frau sich eher auf die Seite ihrer Schwiegertochter als auf die ihres Sohnes stellen würde."

„Jeder sonst scheint mit dem Beschluss über Miss Bartons Tod zufrieden zu sein?"

„Ja." Sie runzelte nachdenklich die Stirn. „Ich wünschte nur, ich könnte es auch glauben. Ich muss ständig daran denken, dass Washbourn mir ein Glas Ratafia brachte, das ich wegstellen musste, um mich mit einer kleinen Unannehmlichkeit im Ruheraum der Damen zu befassen."

„Lady Carringtons Ohnmachtsanfall", sagte Pickett und nickte verstehend. „Ich erinnere mich."

Sie schauderte. „Ich kann nicht umhin, mich zu fragen, ob es dasselbe Glas war, das Annie austrank. Ich schätze, das werde ich nie erfahren."

Hier war der Ansatzpunkt, auf den Pickett gehofft hatte. „Lady Washbourn, ich erwarte Eure Anweisungen. Wenn Ihr möchtet, dass ich Eure Rubine zurückbringe, kann ich das tun und Euren Mann mit einer Geschichte abspeisen, dass sie gefunden wurden, doch wenn Ihr keine Einwände habt, würde ich lieber tun, was ich kann, um herauszufinden, was mit diesem armen Mädchen geschah."

„Vielen Dank, Mr. Pickett. Das würde ich auch vorziehen. Wenn Ihr bereit wäret, die Rubine ein wenig länger zu behalten, würde ihr angeblicher Diebstahl Euch einen Vorwand geben, mich hin und wieder zu besuchen, um mich über Eure Fortschritte auf dem Laufenden zu halten."

„Ich fürchte, ich werde mehr Grund brauchen als das,

um euch aufzusuchen, Mylady. Wenn ich Annies Tod untersuchen soll, muss ich mehr über ihr Leben erfahren. Dazu werde ich Euer Personal befragen müssen."

„Aber ich dachte, wir wären uns einig, dass ich das eigentliche Opfer hätte sein sollen und Annies Tod nicht mehr war als ein tragischer Unfall!"

„Ich halte das für wahrscheinlich, aber keinesfalls für sicher. Angesichts von Annies Schwa– äh, delikaten Umständen besteht noch immer die Möglichkeit, dass sie vom Vater ihres Kindes getötet wurde." Es gab eine kurze, unbehagliche Pause, während er darüber nachdachte, wie er seine nächste Frage formulieren sollte. „Ich nehme nicht an, dass sie – das heißt, habt Ihr eine Ahnung, wer der Vater gewesen sein könnte?"

„Ich glaube, es war Ben Bradley – einer der Stallburschen. Annie war seit einiger Zeit mit ihm ausgegangen, aber sie konnten es sich noch nicht leisten, zu heiraten. Mrs. Mitchum, die Haushälterin, sagte mir, sie hätte Annie ein paar ziemlich scharfe Worte darüber sagen müssen, dass diese nachts in die Stallungen schlüpfte, um sich mit ihm zu treffen. Ich glaube, sie hatte erwartet, dass ich das Mädchen entlassen würde – in der Tat glaube ich, dass ich ihr gegenüber an Gesicht verloren habe, weil ich es nicht tat – aber Annie und ihr Verehrer taten mir ein bisschen leid. Es muss für die jungen Leute, die als Dienstboten arbeiten, sehr schwer sein, alle natürlichen

Bedürfnisse von Menschen ihres Alters zu haben und finanziell nicht zum Heiraten in der Lage zu sein."

„Wusste Ben von dem Baby?"

Lady Washbourn schüttelte den Kopf. „Ich fürchte, Sie fragen die falsche Person, Mr. Pickett. Er hat mich nicht ins Vertrauen gezogen."

„Darf ich mit ihm sprechen? Ich habe ein paar Fragen, die ich gern stellen würde."

„Natürlich. Ihr findet ihn in den Ställen hinter dem Haus." Sie streckte die Hand nach dem Klingelzug aus. „Ich werde den Butler Euch hinführen lassen und Anweisung geben, dass das gesamte Personal Euch jede Frage zu beantworten hat, die Ihr stellen möchtet."

„Vielen Dank, Mylady."

Der Butler kam auf Lady Washbourns Klingeln hin und, nachdem er die Befehle seiner Herrin entgegengenommen hatte, führte er Pickett die Treppe hinab durch die Räume der Dienstboten (wo er Gegenstand vieler neugieriger Blicke wurde) und schließlich aus der Hintertür in einen kleinen Garten. Ein Tor im hinteren Teil der Gartenmauer führte zur Stallgasse, wo Pickett Jenkins, dem Stallmeister, übergeben wurde, der ihn an Reihen von Boxen vorbeiführte. Schließlich blieb er vor einer Box stehen, in der ein kräftiger blonder junger Mann mit langen Strichen die Flanke eines schönen Kastanienbraunen striegelte. Auf halber Höhe zwischen Ellbogen und

Schulter war ein schwarzes Band am Ärmel des jungen Mannes befestigt.

„Ben", sprach der Stallmeister diesen Mann an, „das hier ist Mr. Pickett aus der Bow Street. Er möchte dir ein paar Fragen stellen."

Der Stallbursche sah von seiner Arbeit auf und Pickett erkannte, dass Lady Washbourn nicht übertrieben hatte, als sie von dem jugendlichen Alter des Paares sprach. Trotz seiner beträchtlichen Größe schien der Junge noch keine Zwanzig zu sein. Seine hellblauen Augen waren vom Weinen rot gerändert und Pickett dachte, er hätte noch nie jemanden gesehen, bei dem es so unwahrscheinlich schien, er könnte seine Liebste und ihr ungeborenes Kind getötet haben. Selbst, wenn er nicht der Vater wäre und von einem Anfall eifersüchtiger Wut dazu getrieben worden wäre, seine treulose Liebste zu ermorden, ein Blick auf Bens fleischige Hände reichte aus, um Pickett klarzumachen, dass er das viel einfacher hätte tun können, indem er sie erwürgte, statt sich die Mühe zu machen, nicht nur Blausäure zu beschaffen, sondern auch einen Weg zu finden, um sie ihr beizubringen.

„Danke, Jenkins", sagte Pickett zu dem Stallmeister und nickte, um ihn zu entlassen. Allein geblieben mit Ben, fügte er hinzu: „Du brauchst meinetwegen deine Arbeit nicht zu unterbrechen." Er nahm an, dass Ben nicht an Müßiggang gewöhnt war und dachte, der Junge könnte offener sein, wenn er etwas mit seinen Händen zu tun hätte.

„Ich habe noch nie mit der Bow Street zu tun gehabt", sagte Ben mit einem weiteren Strich des Striegels. „Was wollt Ihr wissen?"

„Ich glaube, Miss Barton war eine besondere Freundin von Euch", begann Pickett. „Lasst mich sagen, wie sehr ich Euren Verlust bedauere."

„Annie war mehr als eine Freundin", sagte Benn und fuhr sich mit dem langen Ärmel seines Kittels über die Augen. „Wir wollten heiraten, sobald wir genug Geld gespart hätten."

„Es ist teuer, sich einzurichten, besonders in London", bemerkte Pickett mitfühlend.

„Aye, so ist es."

Pickett erinnerte sich daran, dass er den Diebstahl einer angeblich gestohlenen Rubinkette untersuchen sollte und bemerkte: „Es ist eine Schande, dass Miss Barton Lady Washbourns fehlende Juwelen nicht gefunden haben konnte."

Ben setzte ein böses Gesicht auf. „Wollt Ihr sagen, Annie könnte sie gestohlen haben?"

„Nein, nicht doch", versicherte Pickett ihm völlig wahrheitsgemäß. „Ich meinte nur, wenn Miss Barton sie entdeckt hätte und ihre Herrin sie belohnt hätte, könnte es euch beiden geholfen haben." Nach einer rücksichtsvollen

Pause fügte er hinzu: „Ich habe gehört, es gab einen speziellen Grund, warum ihr beide so schnell wie möglich hättet heiraten sollen."

„Ja", stimmte Ben mit einem Nicken zu. „Das Kindchen."

„Also war es dein Kind?"

Das war ein taktischer Fehler. Ben machte drohend einen Schritt auf Pickett zu, der seine ganze Willenskraft aufbieten musste, um stehenzubleiben.

„Worauf wollt Ihr hinaus?", wollte der empörte Liebhaber wissen. „Sie war ein gutes Mädchen, als sie noch lebte, meine Annie, und ich lasse niemanden etwas anderes sagen, wo sie jetzt tot ist, verstanden?"

„Natürlich", sagte Pickett hastig. „Ich wollte nicht respektlos sein. Es ist nur, nun, man hört Geschichten über Hausmädchen, die von Männern, die keine Skrupel haben, sich an hübsche Mädchen heranzumachen – andere Diener, Hausgäste, selbst die Dienstherren – in schwierige Lagen gebracht werden."

„Das ist wohl wahr", räumte Ben ein und entspannte sich etwas. „Aber Annie war im Untergeschoss sicher genug aufgehoben, denn es gibt nicht viele Kerle beim Personal, die mir in die Quere kommen wollen würden. Und oben, nun, Annie hielt sich, was das angeht, für sehr glücklich. Lord Washbourn mag ein bisschen wie ein kalter Fisch wirken, aber er hat doch ein gutes Herz, und

Lady Washbourn ist so freundlich, wie man sich wünschen kann, obwohl sie nicht so hochgeboren ist."

„Das ist sie sicher. Aber du sagst, Lord Washbourn wäre ein guter Mann. Wie kommst du dazu?" Als ihm klar wurde, wie diese Frage klingen musste, fügte Pickett rasch hinzu: „Ich wollte gegenüber deinem Dienstherrn natürlich nicht respektlos sein. Ich schätze, Miss Barton wird dir ihre eigene Meinung über ihre Herrin gesagt haben, aber ich hätte nicht gedacht, dass deine Arbeit hier im Stall dir viel Gelegenheit geben würde, dir eine Meinung über den Charakter seiner Lordschaft zu bilden."

Ben deutete mit einer Hand in die Richtung der Reihen von Boxen, die alle von glänzenden, wohlgepflegten Vierbeinern belegt waren. „Das sind seine Pferde, nicht wahr? Kein Mann, der seine Tiere so gut behandelt, kann, wie sagt man, bösartig sein."

Es war ein interessanter Maßstab zur Beurteilung der menschlichen Natur, doch Pickett stellte fest, dass er nichts dagegen sagen konnte. Er sprach Ben noch einmal sein Beileid auf, verließ dann die Stallungen und kehrte durch die Räume der Dienerschaft ins Haus zurück. Er hatte fast die Treppe erreicht, die zu den Zimmern der Familie oben führte, als er von einer Stimme begrüßt wurde, die vage vertraut klang.

„Wie, ist das nicht Mr. Pickett aus der Bow Street!"

Er drehte sich um und erblickte eine ziemlich dünne

junge Frau, deren mausbraune Haarsträhnen unter ihrer gestärkten weißen Haube hervorschauten. Der linke Ärmel ihres Kleids aus dunklem Stoff trug eine schwarze Armbinde, ähnlich der, die Ben getragen hatte.

„Miss – Soames, nicht wahr?", fragte er.

„Um Himmels willen, Sir, wenn ich arbeite, bin ich nur ‚Mary'", sagte sie und zerknüllte ihre Schürze in den Händen. „Aber was bringt Euch her?"

„Ich wollte nur Ben, dem Stallburschen, mein Beileid aussprechen", sagte Pickett, vielleicht nicht ganz der Wahrheit entsprechend.

Mary schüttelte den Kopf. „Armer Ben, er ist von Annies Tod völlig verzweifelt. Wenn Ihr glaubt, er hätte etwas damit zu tun, Mr. Pickett, vergesst das ganz schnell. Er hat das Mädchen geradezu angebetet, ja, und hätte ihr kein Haar auf dem Kopf gekrümmt."

„Ja, den Eindruck hatte ich auch." In der Tat hörte er Mary kaum zu. Seine Aufmerksamkeit war vom Butler abgelenkt worden, der eine direkt vom Flur abgehende Tür aufgeschlossen, sie geöffnet hatte, um dahinter zu verschwinden. Durch den Türspalt erhaschte Pickett einen Blick auf einen kleinen Raum, der vom Boden bis zur Decke von Regalen gesäumt war, die mit glänzenden schwarzen oder grünen Flaschen gefüllt waren. Dort waren also der Champagner und Ratafia gelagert worden, bevor sie beim Maskenball serviert wurden.

„Miss Soames", sagte Pickett und unterbrach einen langen Bericht über Annies und Bens heimliche Werbung. „Wo kaufen Lord und Lady Washbourn ihren Wein?"

Sie blinzelte ihn überrascht an. „Warum, bei Berry Brothers, in der St. James's Street." Sie fügte nicht hinzu: ‚Macht das nicht jeder?', aber ihr Tonfall sagte es deutlich.

„Und der Butler nimmt die Lieferungen entgegen?" Soviel wusste er selbst aus der kurzen Zeit, als er im vergangenen Sommer inkognito als Lakai gearbeitet hatte.

„Aye. Mr. Forrest überprüft die Sendung anhand der Rechnung und achtet dann darauf, dass die Flaschen ordnungsgemäß gelagert werden." Marys kurzer Blick in den Raum, aus dem der Butler in diesem Moment mit einer staubigen schwarzen Flasche auftauchte, bestätigte Picketts Theorie.

„Ich nehme an, der Weinkeller bleibt die meiste Zeit verschlossen?", fragte er.

„Ja, und Mr. Forrest bewahrt den Schlüssel auf."

Das hieß, dachte sich Pickett, dass es für jedermann schwierig wäre, in den Weinkeller zu schleichen und Blausäure in eine der Flaschen zu füllen, selbst, wenn man voraussetzte, dass jemand es geschafft hätte, sich das Gift zu beschaffen. Als Herr des Hauses hätte Lord Washbourn natürlich an einen Schlüssel kommen können, doch seine Pflichten als Gastgeber hätten ihn während des Maskenballs im Obergeschoss festgehalten. Selbst, wenn

Seine Lordschaft es fertiggebracht hätte, nach unten zu schlüpfen und eine der Flaschen zu vergiften, bevor das Fest begann, wäre seine Anwesenheit in den Personalräumen sicher ungewöhnlich genug gewesen, um aufzufallen. Dann war da die Wahrscheinlichkeit, dass das vergiftete Getränk seinen Weg in den falschen Hals finden könnte, wobei Pickett davon überzeugt war, dass sich genau das ereignet hatte. Es schien nicht richtig zu sein. Es war schlampig, chaotisch, nachlässig – keines dieser Worte schien zu Lady Washbourns Ehemann zu passen, nach den zugegebenermaßen begrenzten Beobachtungen, die Pickett bei dem Gentleman hatte machen können. Trotzdem lohnte es sich nachzufragen.

„Sagt mir, Miss Soames, ist irgendjemand – jemand aus der Familie, meine ich – während, sagen wir, ein oder zwei Stunden vor dem Zeitpunkt, als der Maskenball anfangen sollte, nach unten gekommen? Um nachzusehen, ob alles in Ordnung wäre, vielleicht, oder um in letzter Minute Änderungen an den Vorkehrungen zu treffen?"

„Nur Mylady. Sie kam eine halbe Stunde, bevor die Gäste ankommen sollten, herunter, mit der Anweisung, dass ihr eigener Pfirsich-Ratafia, den sie besonders zubereitet, zusammen mit dem Champagner und dem Negus von Berry Brothers serviert werden sollte."

Das war ein merkwürdiger Umstand, dachte Pickett, und machte sich eine Notiz in seinem Berichtsheft, doch er war sich selbst nicht sicher, welche Bedeutung er haben mochte. Natürlich, wenn es Lord Washbourn gewesen wäre statt seiner Frau, der solche Anweisungen erteilt hätte, wäre das etwas völlig anderes gewesen.

„Kam Euch diese Änderung nicht ungewöhnlich vor?"

„Oh nein, Sir, gar nicht." Marys neugieriger Gesichtsausdruck reichte aus, um Pickett zu warnen, dass er Gefahr lief, sich zu verraten. „Sie ist so stolz auf ihren Ratafia, wisst Ihr, weil sie ihn selbst nach einem Rezept macht, das von ihrer eigenen Mama stammt."

Er dankte Mary Soames für ihre Informationen und ging dann nach oben, um sich von Lady Washbourn zu verabschieden.

„Ihr könnt gern alle Nachforschungen anstellen, wann immer Ihr wollt", versicherte sie ihm und reichte ihm zum Abschied die Hand, „nur – Mr. Pickett, ich muss Euch ersuchen, meinen Mann nicht merken zu lassen, was Ihr vorhabt. Ich denke – ich hoffe, dass der Tod der armen Annie mir Schutz bieten wird, jedenfalls für eine Weile." Sie schenkte ihm ein angestrengtes Lächeln. „Schließlich wären zwei plötzliche Todesfälle im gleichen Haus innerhalb weniger Tage doch etwas schwer zu entschuldigen, selbst für Mr. Bagley."

Pickett dachte lange über die Möglichkeiten dieses tragischen Ereignisses nach. „Mylady, glaubt Ihr nicht, dass es vielleicht das Klügste sein könnte, wenn Ihr ein wenig verreisen würdet? Ich weiß, dass Ihr nicht in das Haus Eures Vaters zurückkehren könnt, da er verstorben ist, aber könntet Ihr Euch nicht eine nicht näher bezeichnete Krankheit zuziehen, die Seeluft erfordert oder sonst irgendwie eine Notwendigkeit entdecken, eine Trinkkur in Bath zu machen?"

„Ich verstehe, was Ihr sagt, Mr. Pickett, aber was wäre, wenn mein Mann beschließen würde, mich zu begleiten? Eine solche Reise könnte ihm sogar mehr Möglichkeiten bieten, als er hier in der Stadt finden könnte. Außerdem bietet mir die Anwesenheit der Gräfinwitwe in diesem Haus einen gewissen Schutz; schließlich möchte kein Mann, dass seine Mutter ihn als Ungeheuer sieht."

„Und trotzdem hat die Anwesenheit Eurer Schwiegermutter Euch bisher nicht geschützt", betonte er. Er schlug mehrere andere Möglichkeiten vor, eine unwahrscheinlicher als die andere, durch die sie ihrem Mann, wenn auch nur vorübergehend, entkommen könnte, aber sie blieb unnachgiebig.

„Nein, Mr. Pickett, ich muss bleiben, wo ich bin", beharrte sie sanft, aber fest. „Nur versprecht mir, sollte ich plötzlich sterben, ganz gleich, unter welchen Umständen, es keinem Untersuchungsrichter zu erlauben, das schlicht als natürlichen Tod oder vielleicht tragischen Unfall abzutun."

Pickett stimmte widerwillig zu, verwirrt von ihrer Entschlossenheit, bei einem Mann zu bleiben, der höchstwahrscheinlich versuchte, sie zu töten. Er fragte sich, ob Lord Washbourns finanzielle Angelegenheiten so arrangiert waren, dass seine Frau unfähig wäre, allein ihren Lebensunterhalt zu bestreiten. Er nahm an, er hätte sich nach dem Namen des Anwalts erkundigen können, der mit dem Aufsetzen des Ehevertrags beauftragt gewesen war, doch verwarf diesen Einfall sofort; selbst wenn Lady Washbourn den Namen des Anwalts kannte, würde doch jeder Versuch Picketts, diesen Herrn zu befragen, mit Sicherheit Lord Washbourn zu Ohren kommen und das würde seinen Ermittlungen ein Ende bereiten – und seiner Karriere vermutlich auch.

Es gab jedoch eine andere Person in seiner Bekanntschaft, die in diesen Dingen nicht ohne Erfahrung war. Und daher lenkte Pickett seine Füße nach seinem Abschied von Lady Washbourn zu einem Ziel, das er seit vielen Jahren nicht aufgesucht hatte: Cecil Street und das Haus seines früheren Herrn, Mr. Elias Granger.

10

In dem eine alte Bekanntschaft erneuert wird

Es war irgendwie ein seltsames Gefühl, den eisernen Klopfer an der Vordertür des Hauses zu heben, wo er nur sechs Jahre zuvor die steile, schmale Hintertreppe zu dem winzigen Kellerraum hinabgegangen wäre, wo er damals schlief. Der Butler antwortete auf sein Klopfen, und wenn der Diener Mr. Grangers ehemaligen Lehrling erkannte, ließ er sich das nicht anmerken. Pickett übergab seine Karte.

„John Pickett; ich möchte Mr. Granger sprechen", sagte er und sah befriedigt, wie der Butler überrascht die Augen aufriss.

„Einen Moment, John – ähm, Mr. Pickett", sagte der Butler, der sich angesichts der früheren Stellung von Pickett im Haus eindeutig nicht sicher war, welche Haltung er diesem unerwarteten Gast gegenüber einnehmen sollte. Er verschwand im Inneren und kehrte einen Moment später zurück. „Wenn, äh, Ihr mir folgen wollt, Sir?"

Elias Granger war etwas dicker geworden und sein Haar war etwas grauer, als Pickett sich erinnerte, aber jeder anderen Hinsicht war er unverändert. Als Pickett den Salon betrat, warf der ältere Mann seine Zeitung beiseite und erhob sich mühsam.

„Da soll mich doch der Schlag treffen, wenn das nicht der junge John Pickett ist!", rief er aus und schüttelte seinem früheren Lehrling herzlich die Hand. „Ich hätte dich überall erkannt, denn du hast dich gar nicht verändert – oh, ein bisschen sauberer bist du, das muss ich zugeben, aber sonst noch genau derselbe. Komm und setz dich, und erzähle mir, was aus dir geworden ist. Bist du noch bei Patrick Colquhoun in der Bow Street?"

„Aber ja", sagte Pickett und setzte sich auf den Stuhl, den Mr. Granger ihm anbot. „In der Tat ist es das, was mich herbringt – nicht, dass ich mich nicht gefreut hätte, eine Entschuldigung zu finden, um Euch aufzusuchen."

„Wann immer du kommst, du kannst sicher sein, dass du hier willkommen bist", versicherte der Kohlenhändler ihm und wandte sich dann an den Butler, der noch in der Tür herumstand. „Smithers, holt eine Flasche Portwein, seid so gut, und dann können John und ich auf unsere Freundschaft trinken."

„Ich danke Ihnen, Sir, aber ich bin im Dienst",

entgegnete Pickett.

„Na gut. Dann also Tee, Smithers."

Während Mr. Granger dem Butler Anweisungen gab, sah sich Pickett im Raum um. Die Wände waren noch immer von der Verkleidung bis zur Decke mit den wohlbekannten Werken alter Meister bedeckt und die Regale mit den Büchern im Kalbsledereinband gefüllt, an die er sich so gut erinnerte, Bücher, die selbst nach sechs Jahren noch so neu aussehen, dass er sich fragte, ob jemand darin gelesen hatte, seit er aus Mr. Grangers Diensten geschieden war. Alles war fast genau so wie in seiner Erinnerung, mit einem wesentlichen Unterschied. Als er zuerst als vierzehnjähriger Taschendieb in dieses Zimmer gebracht worden war, hatte er Mr. Grangers Haus für einen regelrechten Palast gehalten und war ziemlich sicher gewesen, dass es in ganz London keine schöneres geben könnte. Nachdem er jedoch die Viscountess Fieldhurst kennengelernt und sich zumindest ein wenig mit der Welt vertraut gemacht hatte, in der sie lebte, erkannte er nun die Gemälde als Kopien von mäßiger Qualität und dass die Bücher eher der Schaustellung als Bildung oder Unterhaltung dienten. Tatsächlich war jede Einzelheit der Einrichtung des Hauses zu keinem anderen Zweck bestimmt, als einer Familie, deren Vermögen aus dem Handel stammte, und zwar aus einem düsteren und schmutzigen Handel, einen Hauch von Vornehmheit zu verleihen.

Nicht, dass er die Ambitionen der Familie Granger als verurteilungswürdig angesehen hätte; im Gegenteil, er fand an einem Mann, der aus eigenem Bemühen reich geworden war, viel zu bewundern. Tatsächlich war Mr. Grangers Aufstieg in die Welt viel bewundernswerter als sein eigener. Immerhin hatte Mr. Granger gearbeitet und investiert, um ein Kohleimperium aufzubauen, durch das tausende von Häusern und Geschäften beheizt wurden. Er, John Pickett, hatte nichts mehr getan, als eine Lady zu lieben, die er von dem ersten Moment an, als er sie erblickte, angebetet hatte. Infolgedessen war eine ungeplante Ehe durch Erklärung einer Annullierung unzugänglich geworden und sein eigenes Schicksal hatte sich für immer geändert.

Ihm wurde plötzlich eine unnatürliche Stille bewusst und er bemerkte, dass Mr. Granger ihm eine Frage gestellt hatte, auf die er jetzt eine Antwort erwartete.

„Verzeihung, Sir", sagte er hastig. „Wieder in diesem Zimmer zu sein, hat so viele Erinnerungen in mir wachgerufen, ich fürchte, ich habe vor mich hin geträumt. Ihr habt gesagt …?"

„Ich fragte nur, was dich herbringt. Ich glaube, du sagtest, es hätte mit deiner Arbeit in der Bow Street zu tun?"

„Ja, Sir. Ich fragte mich, ob Ihr mir einen Einblick in

etwas geben könntet, das mit einem Fall zusammenhängt, in dem ich ermittle."

„Ich werde mein Bestes geben, aber ich kann nicht sagen, dass ich viel über Verbrechen weiß. Ich hoffe, du wirst dich an mich als ehrlichen Mann erinnern." Der umfangreiche Bauch des Kaufmanns bebte, als er über seinen eigenen Witz lachte.

„Oh ja, Sir, sonst würde ich nicht um Euren Rat bitten. Wie ich mich erinnere, wollte Eure Tochter zu der Zeit, als ich aus Euren Diensten ausschied, ihre Tante in Tunbridge Wells zu besuchen, in der Hoffnung, eine vorteilhafte Ehe zu schließen."

Daran war natürlich mehr – viel mehr. Sophy Granger hatte sich weit höhere Ziele gesetzt als eine nur vorteilhafte Ehe; sie wollte eine brillante. Nichts weniger als ein Lord wäre gut genug, und sie hatte nicht gezögert, das dem neunzehnjährigen Lehrling zu sagen, der sie angefleht hatte, stattdessen ihn zu heiraten. Er hatte seit Jahren nicht an Sophy gedacht – mit Sicherheit nicht mehr, seit er die verwitwete Lady Fieldhurst zu Gesicht bekommen hatte – doch er war überrascht, wie deutlich der Schmerz von Sophys Zurückweisung ihm wieder in Erinnerung kam, selbst nach sechs langen Jahren.

„Ja, und genau das hat sie getan", sagte Sophys stolzer Papa, ohne Picketts längst vergessenen Schmerz zu bemerken. „Hat Lord Gerald Broadbridge geheiratet, ja, und er ist der vierte Sohn des Herzogs von Aldrington. Wohlgemerkt, sie war ein bisschen enttäuscht zu erfahren, dass sie „Lady Gerald" anstelle von „Lady Broadbridge" und dass jeder Sohn von ihr nur „Mister" sein würde. Trotzdem ist der Großvater väterlicherseits des Jungen ein Herzog, und das ist keine Kleinigkeit."

„Und der Großvater mütterlicherseits des Jungen ist ein guter Mann, und das ist auch keine Kleinigkeit, Sir.

„Gott segne dich, mein Junge." Er musterte seinen früheren Lehrling mit einem Ausdruck des Bedauerns. „Manchmal wünschte ich fast … aber das ist jetzt egal. Was möchtest du wissen?"

„Ich gehe davon aus, dass die Verhandlungen über den Ehevertrag zwischen Sophy – äh, Miss Granger – und Lord Gerald ziemlich kompliziert gewesen sein müssen …"

„Oh ja, das waren sie, das kann ich nicht leugnen."

„Daher dachte ich, Ihr könntet mir erklären, wie in einem solchen Fall, wenn eine junge Frau mit einigem Vermögen einen Gentleman heiratet, die Bedingungen aussehen, die der Vater der Frau zum Schutz seiner Tochter stellt. Offen gesagt, Sir, was kann den Gentleman davon abhalten, die Mitgift der Braut in seine Tasche zu stecken und sie dann … loszuwerden?"

Mr. Grangers durchdringende schwarze Augen, die denen seiner Tochter so ähnlich waren, verengten sich nachdenklich. „Scheidung, meinst du?"

„Eigentlich habe ich an etwas – Endgültigeres gedacht."

„Himmel hilf!", rief Mr. Granger aus. „Hat irgend so ein Schuft seine Frau umgebracht?"

„Nein – zumindest noch nicht – doch die Lady befürchtet, dass das seine Absicht sein könnte."

„Wer …?"

Pickett schüttelte den Kopf. „Ihr werdet wissen, dass ich Euch das nicht sagen darf."

„Nein, nein, natürlich nicht", räumte der Kohlenhändler mit einem Seufzer des Bedauerns ein. „Ob Vorkehrungen getroffen wurden, die die Sicherheit der Lady gewährleisten könnten, hängt davon ab, welche Bedingungen in den Ehevertrag aufgenommen wurden. Der Anwalt, der die Vereinbarung ausgearbeitet hat, würde es wissen."

„Ja, aber selbst, wenn ich den Namen des Anwalts kennen würde – was ich nicht tue – kann ich nicht sicher sein, dass meine Erkundigungen nicht dem Ehemann der Lady zu Ohren kommen würden. In der Tat halte ich es für sehr wahrscheinlich, dass das geschehen könnte. Ich weiß, dass Ihr mir nur ganz allgemein antworten könnt, aber selbst das wäre hilfreich."

Beide Männer verstummten, als der Butler mit dem Teetablett zurückkam.

„Ich fürchte, ich muss einschenken", sagte Mr. Granger entschuldigend und hob die Teekanne hoch. „Meine Frau erlag im letzten Winter einem Fieber."

„Tut mir leid, das zu hören, Sir", sagte Pickett vielleicht nicht ganz aufrichtig. Mrs. Granger hatte ihn nie gemocht – tatsächlich hatte Pickett immer den Eindruck gehabt, dass sie erwartete, er würde bei der ersten Gelegenheit das Silber stehlen – und ihre Anwesenheit bei diesem Besuch hätte Picketts Anliegen nicht geholfen.

Nachdem Tee und Sandwiches verteilt waren und Smithers gegangen war, lehnte Mr. Granger sich auf seinem Platz zurück und faltete die Hände vor dem Bauch. „Wo waren wir jetzt? Oh ja, Eheverträge. Ich würde sagen, dass es in den meisten Fällen zum Vorteil des Gentlemans wäre, seine Frau am Leben zu erhalten. Meine Sophy kam zu Lord Gerald mit vierzigtausend Pfund, doch ich habe sie nicht einfach in bar übergeben, weißt du; sie sind auf vier Prozent angelegt und wenn Seine Lordschaft klug ist, lässt er das so und begnügt sich mit den Zinsen. Außerdem erhält Seine Lordschaft fünftausend Pfund pro Jahr, solange ich lebe, oder, sollte Sophy vor mir sterben, solange sie lebt. Solche Vereinbarungen sind recht üblich, daher kann ich nur annehmen, dass der Vater Eurer geheimnisvollen Lady etwas Ähnliches angeboten haben dürfte."

„Und wenn der Vater der Lady irgendwann nach der

Hochzeit versterben würde und sie seine Geschäfte erbte?"

Mr. Granger rieb sich die Nase. „Nun, das ist etwas anderes. Eine verheiratete Frau kann nicht unabhängig von ihrem Mann Eigentum besitzen, wie du weißt, daher würde das Vermögen, auch wenn es ihr hinterlassen wurde, in den Augen des Gesetzes ihrem Mann gehören." Das war keine Überraschung für Pickett, der genau auf diese Weise rechtlich Eigentümer des Hauses seiner Frau geworden war. „Trotzdem vermute ich, dass ein vorsichtiger Mann vermeiden könnte, dass sein Schwiegersohn es in die Hände bekommt, indem er es ihr als Treuhandvermögen hinterlässt – auf diese Weise könnte der Ehemann das Kapital nicht antasten – oder noch besser, treuhänderisch für ihre Kinder verwalten und den Vater ganz außen vor lässt, aber ich muss zugeben, dass eine solche Regelung unwahrscheinlich ist."

„Warum das?"

„Um es offen zu sagen, kein Gentleman, der eine reiche Braut braucht, würde je zustimmen, das Mädchen unter solchen Bedingungen zu nehmen. Sie haben eine mächtig hohe Meinung von sich, diese ‚Lordschaften', und wenn ein Kaufmann nicht bereit ist, Bargeld auszuspucken, um seiner Tochter einen Titel zu verschaffen, gibt es ein Dutzend andere, die es tun werden. Dann muss man natürlich auch an die Mädchen denken." Er verzog das Gesicht. „Ich hätte gern selbst härter verhandelt, denn Lord Gerald machte auf mich den Eindruck eines Spielers und Verschwenders – das tut er noch immer, genauer gesagt – aber Sophy hatte ihn sich den Kopf gesetzt und es half nichts, wir mussten Lord Gerald geben, was auch immer er forderte, im Austausch gegen das Privileg, dass sie ‚Mylady‘ genannt wird."

Das klang ganz wie Sophy Granger, wie Pickett sie zuletzt in Erinnerung hatte und ihm kam der Gedanke, dass er, als sie ihn abwies, ziemlich gut davongekommen war.

„Und wenn die Ehe schiefgehen sollte?", fragte er. „Könnte es Vorkehrungen geben, wie die Lady ihren eigenen Hausstand gründen könnte?"

Mr. Granger fielen bei der Vorstellung fast die Augen heraus. „Ich bezweifle, dass irgendein lebender Mann *gleich welchen* Standes einer solchen Klausel zustimmen würde! Warum sollte ein Mann es seiner Frau ermöglichen, ihn zu verlassen?"

Pickett nickte nur, denn das hatte er erwartet. Es schien, dass seine Vermutungen richtig waren: Lady Washbourn war in einer potenziell gefährlichen Lage gefangen, weil sie keine Möglichkeit hatte, ihr zu entkommen.

„Also gibt es nichts, was diese Lady tun kann, außer zu warten und darauf zu vertrauen, dass sie sich irrt, oder dass ich genug Beweise finden kann, um ihren Ehemann zu verhaften, bevor sein nächster Anschlagsversuch sich als erfolgreicher erweist als der vorige."

Mr. Granger musterte ihn mit leicht zusammen-gekniffenen Augen. „Ich sagte, du hättest dich nicht verändert, aber ich habe mich geirrt. Irgendetwas an dir ist anders. Zum Teil liegt es daran, wie du sprichst – meine Sophy, Gott segne sie, hat nie ganz gelernt, wie die feinen Pinkel zu reden, aber es scheint, dass du es leicht genug übernommen hast – doch da ist noch etwas anderes. Oder vielleicht ist es nur, dass du als Junge hier weggegangen bist und jetzt als Mann wiederkommst." Er wog den Kopf bedauernd hin und her. „Ich hätte Colquhoun mir fünfzig Pfund für deine Entlassung zahlen lassen sollen, wie ich gefordert hatte, oder sie ihm völlig verweigern und dich für meine Sophy behalten sollen."

Pickett hatte gewusst, dass Mr. Colquhoun großzügig bezahlt hatte, um Mr. Granger davon zu überzeugen, ihn aus seiner Lehre zu entlassen, aber er fühlte sich gezwungen, gegen diese beiläufige Annahme zu pro-testieren, dass sein Meister seine Zukunft so leicht hätte bestimmen können. „Ich bin doch kein Schoßhund!"

Mr. Granger gluckste und sein Bauch wackelte dabei. „Nein, aber ich möchte meinen, dass es eine Zeit gab, wo du schnell genug auf Sophys Ruf gekommen wärest."

Das konnte Pickett nicht leugnen, aber es gefiel ihm auch nicht, daran erinnert zu werden. „Ja, nun, wie Ihr sagt, das ist lange her. Aber warum solltet Ihr Euch wünschen, dass Sophy mich geheiratet hätte, wenn Ihr, wie Ihr sagt, den vierten Sohn eines Herzogs als Schwiegersohn bekommen habt? Ist sie nicht glücklich mit ihm?"

„Oh, sie ist so fröhlich wie ein Vögelchen, aber ..."

Seine Meinung über Sophys Ehe wurde unterbrochen, als die Tür sich öffnete und die Lady höchstpersönlich in den Raum rauschte. „Papa, Smithers sagt ..." Sie unterbrach sich abrupt, als sie des Besuchers ihres Vaters ansichtig wurde. *„John!"*

Pickett war bei ihrem Eintreten aufgesprungen, wie er es für jede Dame getan hätte, und machte jetzt eine kurze Verbeugung. „Es ist lange her, Sophy."

Sie schenkte ihm ein scheues Lächeln, als sie ihm die Hand reichte. „Eigentlich werde ich jetzt Sophia genannt." Sie sprach es mit langem „i" aus, sodass es sich auf „Paria" reimte, was Julia geworden war, weil sie ihn geheiratet hatte.

Sein erster Eindruck war, dass Sophy sich nicht viel verändert hätte, aber eine nähere Betrachtung bewies, dass diese Annahme, wie die Eindrücke ihres Vaters über ihn selbst, falsch war. Ihr glänzendes schwarzes Haar, das sie früher einfach und anziehend in losen Locken getragen hatte, war nun der letzten Mode entsprechend in Ringellocken gepresst und ihre schlichten Schulmädchenkleider waren durch elegante, üppig mit Bändern und Spitzen geschmückte Gewänder ersetzt worden. Der neunzehnjährige John Pickett hätte sich von dieser Zurschaustellung von Reichtum vielleicht blenden lassen, aber der neunzehnjährige John Pickett hatte auch noch nicht Julia, Lady Fieldhurst, gesehen, die das strengste Schwarz der Trauer mit mehr Anmut getragen hatte als Sophia, Lady Gerald Broadbridge, ihre ganze modische Pracht.

Noch vielsagender als Sophys Kleidung war jedoch ihr Gesicht. Sophy – oder besser gesagt, Lady Gerald – war immer noch eine sehr attraktive Frau, aber die schwarzen Augen, die einst vor Mutwillen geglänzt hatten, waren hart und berechnend geworden, und Linien der Unzufriedenheit umrahmten jetzt ihren Mund.

„Man nennt Euch Sophia?", wiederholte Pickett überrascht. „Euer Vater gab mir zu verstehen, dass Ihr jetzt Lady Gerald Broadbridge heißt."

„Oh, *das*!" Sie wedelte mit einer Hand, als ob sie ihn mit einem unsichtbaren Fächer auf den Arm schlagen wollte. „Ich bin sicher, John, wir müssen uns nicht an solche Förmlichkeiten halten, wo wir doch so alte Freunde sind. Schließlich, wenn nicht mein lieber Gerry gewesen wäre, würde ich vielleicht Mrs. Pickett heißen."

„Wo wir davon sprechen", warf ihr Vater ein, „gibt es eine andere Dame dieses Namens?"

„Oh ja", sagte Pickett mit einer gewissen Befriedigung und ertappte sich bei dem Wunsch, an diesem Tag einen der neuen Röcke angezogen zu haben, die seine Frau ihm geschenkt hatte.

„Du bist *verheiratet*?" Sophys Mund verzog sich unwillig, was die Falten in ihren Wangen tiefer werden ließ.

„Glückwunsch, mein Junge!", rief Mr. Granger aus, ergriff seine Hand und schüttelte sie begeistert. „Wie lange denn schon?"

Pickett war sich nicht ganz sicher, wie er antworten sollte. Sollte er die Dauer ihrer Ehe von Oktober an berechnen, als er und Julia aus Erwägungen der Zweckmäßigkeit erklärt hatten, Mann und Frau zu sein, ohne sich darüber im Klaren zu sein, dass in Schottland eine solche Behauptung eine Ehe durch Erklärung darstellen könnte? Oder sollte er ab Ende Februar rechnen, als sie alle Vorkehrungen, die zur Annullierung dieser Ehe getroffen worden waren, beiseitegeschoben und die Ehe vollzogen hatten?

„Noch nicht ganz zwei Monate", sagte er und entschied sich für letzteres.

„Also eigentlich noch jung verheiratet", stellte Mr. Granger fest. „Nun, ich hoffe, du und Mrs. Pickett werdet sehr glücklich."

„Danke, Sir, das sind wir."

„Aber wer ist deine Frau?", verlangte Sophy in süßem Ton zu wissen, der von ihrem spröden Lächeln Lügen gestraft wurde. „Jemand, den ich kenne? Eines der Küchenmädchen, vielleicht? Ich hatte immer den Verdacht, dass Betty, das zweite Zimmermädchen, versuchte, dich einzufangen."

„Wenn das so war, habe ich es nie bemerkt. Nein, meine Frau ist die ehemalige Lady Fieldhurst, die Witwe des sechsten Viscounts dieses Namens", sagte Pickett und versuchte erfolglos, die Selbstgefälligkeit in seiner Stimme auf ein Mindestmaß zu beschränken.

„Eine *Lady*? Du willst sagen, du hättest eine *Lady* geheiratet?" Sophy hatte ihre Gefühle nie verbergen können und ihre Bestürzung war einen Augenblick lang nur zu deutlich, bis sie die Fassung wiedergewann und ein kleines Lachen ausstieß. „Wie seltsam, denken zu müssen, wenn wir alle zum gleichen Diner eingeladen würden, hätte ich Vorrang vor deiner Viscountess."

Er wusste genau, was sie beabsichtigte, stellte aber fest, dass er kein Interesse daran hatte, die Art von Spielchen zu betreiben, die ihr offensichtlich immer noch Spaß machten. „Ich fürchte, da irrst du dich sehr, Sophy."

„Ich kann dir versichern, dass ich recht habe", beharrte sie und schob ihre Unterlippe schmollend vor. „Die jüngeren Söhne eines Herzogs haben Vorrang vor Viscounts und daher haben ihre Frauen Vorrang vor Viscountessen. Ich habe mich sehr bemüht, das zu lernen, weißt du."

Daran hatte Pickett keinen Zweifel; in der Tat wäre er nicht im Geringsten überrascht gewesen zu erfahren, dass sie sich ihren Mann aus den Seiten von *Debretts Peerage* ausgesucht hatte. „Aber meine Frau ist keine Viscountess mehr", erklärte er. „Sie ist jetzt Mrs. John Pickett und scheint glücklich mit ihrem neuen Titel, so bescheiden er auch ist."

„Oh, ich verstehe!", rief Sophy aus und ihre Laune hellte sich auf. „Aber es ist ziemlich grausam von dir, mich so zu necken. Wie schade, dass Frauen Ladys werden, wenn sie Lords heiraten, aber Männer nicht Lords werden, wenn sie Ladys heiraten! Dann könntest du ‚Lord John' werden. Wäre das nicht komisch?"

„Höchst amüsant", murmelte Pickett und stand auf, um sich zu verabschieden, wobei er erwähnte, dass er in die Bow Street zurückkehren müsste.

„Oh, John", warf ihr Vater ein, „ich habe überlegt, ob du Patrick Colquhoun eine Ausgabe des *Observer* mitnehmen könntest, die ich ihm versprochen habe. Ich weiß, dass er großes Interesse an der Manufaktur hat, und hier ist ein Artikel über die Baumwollverarbeitung, der er meiner Meinung nach interessant finden könnte."

Pickett nickte. „Das tue ich gern, Sir."

„Einen Moment, ich hole ihn aus meinem Arbeitszimmer."

„Dafür hast du doch Personal, Papa", tadelte Sophy

ihn.

„Unfug! Ich kann ihn schneller holen, als ich einen Diener herbeirufen und ihm erklären könnte, wo er danach suchen soll."

Er ließ dem Wort die Tat folgen und verschwand, um Pickett mit seiner ersten Liebe zum ersten Mal in sechs Jahren allein zu lassen.

„Erlaube mir, dir noch verspätet zu deiner Hochzeit zu gratulieren", sagte er und brach das angespannte Schweigen. „Du hattest gesagt, du würdest einen Lord heiraten, und das hast du getan."

„Ja, aber – oh, John, ich bin so unglücklich!", jammerte sie und warf sich an seine Brust.

„Unglücklich?" Unter dem Vorwand, ihr ins Gesicht zu sehen, fasste er sie bei den Oberarmen und zog sie von seiner Brust weg – keine einfache Aufgabe, da sie seine Rockaufschläge mit beiden Händen gepackt hielt. „Was ist denn mit dem ,lieben Gerry'?"

„Das musste ich doch um Papas willen sagen", beharrte sie. „Er hat so viel bezahlt, damit ich einen Lord heiraten konnte, weißt du. Aber Gerry ist einfach *uralt* – mindestens fünfundvierzig – und ich möchte doch so gern von einem Mann meines Alters geliebt werden. Ach John, du weißt doch, dass ich nie wirklich einen anderen als dich geliebt habe!"

Pickett vermutete, dass Sophy niemanden außer

Sophy je wirklich geliebt hatte, aber da er keine Lust verspürte, weitere hysterische Anfälle zu provozieren, verzichtete er darauf, dies auszusprechen. Außerdem konnte er sie kaum wegen ihrer Heuchelei schelten, wo er nicht besser gewesen war: mit Abstand von sechs Jahren konnte er zurückschauen und erkennen, dass er nicht in Sophy verliebt gewesen war, sondern in das, was sie repräsentierte – Wohlstand und Seriosität in einer schönen und lebendigen Hülle. Es war ein raues Erwachen gewesen, aber er hatte schließlich entdeckt, dass ihre Lebhaftigkeit eine Spur von Grausamkeit enthielt und ihr Anstand nur eine ganz dünne Lackschicht auf der Seele einer Kurtisane war.

„Was auch immer zwischen uns war, ist längst vorbei", sagte er sanft, aber bestimmt und widerstand dem Drang, darauf hinzuweisen, dass ihr eigener Ehrgeiz es beendet hatte. „Wir sind nicht mehr die gleichen Leute wie damals. Du bist jetzt verheiratet und ich auch."

„Ja!" Sie stürzte sich verzweifelt auf diese Veränderung ihrer Umstände. „Gerry ist ein vierter Sohn, also bin ich nicht verpflichtet, ihm Erben seines Blutes zu verschaffen. Wir haben unsere großartigen Partien gemacht, du und ich, und jetzt können wir tun, was uns gefällt!"

„Ich glaube, du missverstehst da etwas, Sophy. Vielleicht habe ich eine brillante Partie gemacht, aber ich habe Julia geheiratet, weil ich sie liebe. Ich hätte sie auch geheiratet, wenn sie gar nichts besessen hätte."

„Hmpf!" Sophy riss ihre Arme aus seinem Griff, zog dann ein besticktes Taschentuch aus ihrem Ärmel und betupfte verdächtig trockene Augen. „Das glaube ich gern, denn du warst immer ein romantischer Narr."

„Wenn es mich zu einem romantischen Narren macht, aus Liebe zu heiraten und meiner Gattin treu zu sein, dann muss ich mich wohl schuldig bekennen."

Bevor Sophy erneut zum Angriff übergehen konnte, öffnete sich die Tür und ihr Vater trat mit einer gefalteten Zeitung in der Hand ein. Pickett glaubte nicht, dass sein früherer Meister Sophys gerötete Wangen oder das zornige Funkeln in ihren Augen übersehen konnte, aber trotz all seines Scharfsinns in geschäftlichen Dingen war Mr. Granger schon immer erstaunlich schwer von Begriff gewesen, wenn es um seine Tochter ging.

„Das ist sie", erklärte der Kaufmann fröhlich und überreichte die Zeitung. „Gebt sie ihm mit einem Gruß von mir und sagt ihm, er kann sich so viel Zeit lassen, sie zu lesen, wie er braucht."

„Das richte ich gern aus, Sir", versprach Pickett. Er verabschiedete sich von Mr. Granger, der ihm kräftig die Hand schüttelte, und von Sophy, die ihn mit ihren harten, schwarzen Augen erdolchte, und empfand einen Stich des Mitleids für sie beide: Mr. Granger, deren Tochter nie die rosigen Erwartungen ihres Vaters erfüllen würde, und für Sophy, die, selbst, wenn sie ein Dutzend Lords heiratete, nie, niemals eine Lady sein könnte.

11

In dem John Pickett die Zeche zahlen muss

Nachdem Pickett das Haus der Grangers verlassen hatte, kehrte er in die Bow Street zurück. Er hatte auf dem Weg vieles zu überdenken, und sehr wenig davon betraf den Washbourn-Fall. Als er die Amtsstube in der Bow Street betreten hatte, wartete er, bis Mr. Colquhoun frei war, trat dann an die Richterbank heran und reichte die Zeitung über die Schranke.

„Mr. Granger sendet dies zusammen mit einem Gruß, Sir. Die Zeitung enthält einen Artikel über die Baumwollverarbeitung, den er, wie er sagte, Euch versprochen hätte."

„Oh ja, ich erinnere mich. Also wart Ihr zu Besuch bei Elias Granger, ja? Da Ihr im Dienst seid, nehme ich an, es war kein reiner Freundschaftsbesuch."

„Nein, Sir, ich habe versucht, so viel wie möglich über die Feinheiten einer Heirat zwischen einer

Industriellentochter und einem Mitglied der Aristokratie zu erfahren."

„Und?", drängte der Magistrat.

Pickett schüttelte den Kopf. „Nicht sehr hilfreich, fürchte ich. Ich hatte mich gefragt, warum Lady Washbourn sich weigert, ihren Ehemann zu verlassen, obwohl sie vielleicht ihr Leben in Gefahr bringt, wenn sie bei ihm bleibt. Ich kann das Gefühl nicht abschütteln, dass sie mir etwas verschweigt. Nachdem ich mit Mr. Granger gesprochen habe, vermute ich, dass Lord Washbourn die Hand so fest auf der Börse hat, dass sie nicht entkommen kann, auch nicht, wenn Lebensgefahr besteht."

„Ich wage zu behaupten, dass sie nicht die einzige Frau in dieser misslichen Lage ist. Nicht, dass es so viele mordlustige Ehemänner gäbe – zumindest sollte man das hoffen – aber es gibt sicher mehr als nur ein paar Frauen, die gezwungen sind, grausame Behandlung von den Männern, die sie geheiratet haben, zu erdulden, und denen wenig rechtliche Mittel zur Verfügung stehen."

Pickett, der an der hölzernen Brüstung lehnte, antwortete nur mit einem zerstreuten Nicken. Mr. Colquhoun musterte ihn eindringlich.

„Beunruhigt Euch etwas, John?"

„‚Beunruhigt' ist eigentlich nicht das richtige Wort. „Es war nur so, dass, nun ja, Sophy Granger ihren Vater gerade besuchte und …" Er unterbrach sich abrupt und sah seinen Mentor flehend an. „Sir, bitte sagt mir, dass ich mich nicht wegen dieses Mädchens zum Narren gemacht habe!"

In den zu scharfen blauen Augen stand der Hauch eines Zwinkerns. „Möchtet Ihr, dass ich lüge?"

Pickett stöhnte. „Also stimmt es, ja?" Es war ein Geständnis, keine Frage.

„Das tun wir alle hin oder wieder. Warum solltet Ihr anders sein als alle anderen Männer?"

Pickett betrachtete den Richter mit einer Mischung aus Bewunderung und Groll. „Ich kann mir nicht vorstellen, dass *Ihr* Euch jemals so getäuscht habt."

„Nur, weil meine vorübergehende Geisteskrankheit lange Zeit zurückliegt, und einen Ozean entfernt in Virginia, sodass verbleibende Zeugen nichts verraten können." Seine Miene wurde abwesend und in seinen Augen erschien ein Glanz der Erinnerung. „Lieber Gott, sie muss jetzt sechzig Jahre alt sein."

„Sophy Granger ist aber sehr wohl in London", sagte Pickett. „Nur nennt sie sich jetzt ‚Sophia' – das heißt, wenn sie nicht ‚Lady Gerald Broadbridge' genannt wird."

„Pah!" Mr. Colquhoun gab ein abschätziges Schnauben von sich. „Seine Gnaden von Aldrington hat fünf Söhne und jeder von ihnen ist ein größerer Narr als der vorige. Wenn es das ist, was Miss Granger wollte, würde ich sagen, dass sie nicht mehr bekommen hat, als sie verdiente."

„Ich würde eher sagen, dass Lord Gerald jeden Penny verdient, den er durch den Ehevertrag erhalten hat", sagte Pickett nachdrücklich.

„Und was Eure Vernarrtheit in Miss Granger angeht, John, nehmt es Euch nicht so zu Herzen", riet Mr. Colquhoun. „Das ist fünf Jahre her …"

„Sechs", warf Pickett ein, entschlossen, so viel Abstand von seiner jugendlichen Dummheit wie möglich zu halten.

„Sechs also. Und unter den damaligen Umständen, würde ich sagen, war es fast unvermeidlich. Miss Granger konnte recht anziehend sein, wenn sie es darauf anlegte – wie sonst hätte sie all diese Jahre ihren Vater um den kleinen Finger wickeln können? – als Ihr im richtigen Alter wart, um Euch zu verlieben, und das, wo keine andere in der Nähe war. Wenigstens habt Ihr sie nicht geheiratet."

„Nicht, dass ich es nicht versucht hätte." Er schauderte bei dem Gedanken.

„Ach, nun, damals wollte sie Euch nicht und heute kann sie Euch nicht haben, also ist kein Schaden entstanden. Was habt Ihr als Nächstes vor?"

„Den Rocksaum meiner Frau küssen", antwortete Pickett ohne zu zögern.

Mr. Colquhoun lachte laut auf, was zwei Läufer auf der anderen Seite des Raums in ihrem eigenen Gespräch aufblicken ließ. „Ich meinte, was Ihr in diesem Fall zu tun gedenkt, junger Lochinvar! Denkt daran, was immer Ihr in Eurer Freizeit zu küssen wünscht, ist Eure eigene Sache."

„Oh", sagte Pickett und wurde rot.

„Ihr *arbeitet* an einem Fall, wisst Ihr", erinnerte ihn der Richter mit gespielter Strenge.

„Ja, Sir." Pickett schaute ihn an und grinste plötzlich. „Vielleicht sollte ich Lord Washbourn mit Lady Gerald Broadbridge bekannt machen. Dann könnte er lernen, seine Gräfin zu schätzen, nachdem er sieht, was er vielleicht statt ihrer hätte bekommen können."

* * *

Wenn Pickett auch nicht gerade Julias Rocksaum küsste, begrüßte er sie an diesem Abend doch noch wärmer als gewöhnlich und hielt sie lange fest, wenn er sie sonst losgelassen hätte, um sich zum Abendessen umzuziehen.

„Was ist los?", fragte sie und machte keinen sehr merklichen Versuch, sich aus seiner Umarmung zu lösen.

„Nichts, nur – ich liebe dich, Julia. Das weißt du doch, nicht wahr?"

„Ich hatte eine Vermutung", sagte sie und senkte ihre Stimme zu einem verschwörerischen Flüstern. Ihr Lächeln lud ihn ein, den Spaß mitzumachen, doch er sprach im gleichen ernsten Tonfall weiter.

„Ich hätte dich auch geheiratet, wenn du so arm wie ich selbst gewesen wärest", beharrte er.

„Ich habe nie an deiner Liebe zu mir gezweifelt, John, nicht einmal für einen Moment", versicherte sie ihm mit einer Mischung aus Zuneigung und Verzweiflung. „Du hast es hundertmal bewiesen, bevor du die Worte je ausgesprochen hast. Liebling, was ist denn passiert?"

Er schüttelte den Kopf im Versuch, Sophy aus seinen Gedanken zu verbannen. „Achte nicht auf mich. Ich komme mit diesem Fall nicht recht voran, das ist alles."

„Darüber bin ich froh", sagte sie leichthin.

„Du bist froh darüber?"

„Einen Moment glaubte ich, du hättest eine andere Frau gefunden." Als sie das Schuldbewusstsein deutlich auf seinem leicht zu durchschauenden Gesicht las, rief sie aus: „John! Wer ist sie? Nicht Lady Washbourn, nehme ich an?"

„Nein, es ist nicht Lady Washbourn – das heißt, ich habe keine andere Frau gefunden – das heißt, nicht eigentlich." Als er erkannte, dass er sich mit jedem Wort immer tiefer in Schwierigkeiten redete, brach er ab und begann erneut. „Ich wollte einen Ermittlungsansatz verfolgen, der mich in das Haus eines alten Bekannten brachte. Bevor Mr. Colquhoun mich in die Bow Street holte, hatte er für mich eine Lehrstelle bei einem Kohlehändler gefunden ..."

„Ja, ich weiß alles darüber", sagte sie mit einem Nicken.

„Oh?"

„Mr. Colquhoun hat es mir erzählt, als wir in Schottland waren."

Pickett runzelte die Stirn. „Es war nicht seine Sache, das zu erzählen."

„Im Gegenteil, er hatte nur dein Bestes im Sinn. Er dachte, ich würde mit deiner Zuneigung spielen und verlangte, ich sollte mich von dir fernhalten."

„Oh", sagte Pickett, von dieser Eröffnung ziemlich erstaunt. „Ich bin aber froh, dass du nicht auf ihn gehört hast."

„Doch was wolltest du sagen? Über den Kohlehändler, meine ich."

„Was? Oh ja – Sophy. Wie ich sagte, ich war bei einem Kohlehändler in der Lehre. Er hatte eine Tochter in meinem Alter – nun, hat sie noch – und als ich jung war" – bei der Andeutung, dass seine Jugend in einer trüben und fernen Vergangenheit läge, musste Julia lächeln – „nun, ich schätze, man könnte sagen, dass ich ihretwegen den Kopf verloren habe."

„Tatsächlich?", frag sie mit großen Augen angesichts dieses unbekannten und unerwarteten Kapitels seiner Geschichte. „Was ist passiert?"

„Sie sagte mir deutlich, dass sie auf Größeres aus wäre."

„Oh, armer John!"

„Glaube mir, es war das Beste, was sie hätte tun können", fügte er hastig hinzu, „aber das habe ich natürlich nicht so gesehen, als ich neunzehn war."

„Natürlich nicht!" Ihre Stimme war warm vor Mitgefühl, als sie seinen Arm ergriff und ihn zur Treppe führte. „Aber wirst du mich für sehr egoistisch halten, wenn ich sage, dass ich ihr dankbar bin, dass sie dich für mich gelassen hat? Ich habe das Gefühl, ich sollte ihr Blumen schicken oder so etwas. Wirst du sie noch einmal besuchen müssen?"

„Ich habe nicht sie besucht, sondern ihren Vater, und es war nur mein Pech, dass sie gerade zu Besuch kam, während ich dort war. Und nein, ich habe heute nicht viel Wissenswertes herausgefunden, daher glaube ich nicht, dass ein weiterer Besuch produktiver wäre als der erste."

Inzwischen waren sie im Schlafzimmer ange-kommen, und nachdem er Julia hinein gefolgt war und die Tür hinter ihnen geschlossen hatte, zog sich Pickett bis zur Taille aus, goss dann Wasser aus dem Krug in die Schüssel und wusch sich, bevor er ein sauberes Hemd und Kniehosen anzog und versuchte, seine Haare in Ordnung zu bringen. Dieses allabendliche Ritual des sich Umkleidens zum Diner war ein weiteres Zeichen für seinen Aufstieg in der Welt.

„Ich hasse diese Stelle", knurrte er und beugte sich vor, sodass er einen bösen Blick auf sein Spiegelbild im

Spiegel über dem zarten Toilettentisch aus Rosenholz seiner Frau werfen konnte.

„Welche Stelle?", fragte Julia, die seinen Waschungen mit einem anerkennenden Funkeln in ihren Augen zugesehen hatte und nichts an seiner Person bemerkte, das einen solchen Ausbruch hätte verursachen können.

„*Diese* Stelle." Er deutete missbilligend auf seinen Oberkopf, wo ein Haarbüschel, das viel zu kurz war, um in seinen Zopf eingebunden zu werden, aus den längeren Strähnen herausragte, eine anhaltende Erinnerung an die Verletzung, die er nach dem Feuer im Drury Lane Theater erlitten hatte.

„Tut mir leid, John, aber der Arzt musste diese Stelle rasieren, um deine Wunde zu säubern und zu behandeln."

„Ja, ich weiß", räumte er mit einem Seufzer ein. „Ich weiß, dass er tat, was nötig war, und ich tadele dich nicht dafür, dass du es ihm erlaubt hast. Aber jetzt sind die Haare so weit gewachsen, dass es lästig wird."

Sie deutete auf den Stuhl vor dem Spiegel. „Wenn du dich hinsetzt, will ich gern sehen, was ich dagegen tun kann."

„Viel Spaß dabei", sagte er, setzte sich wie angewiesen hin und überließ seinen Kopf ihren Händen.

Sie löste das Band, das seinen Zopf hielt, hob dann ihre silberne Haarbürste auf und begann, damit durch seine langen, braunen Locken zu streichen. „Natürlich würde die kurz geschnittene Stelle nicht so auffallen, wenn der Rest deiner Haare nicht so lang wäre", meinte sie. „Ich muss zugeben, dass ich mich manchmal gefragt habe, warum du noch immer einen Zopf trägst, während die meisten Männer deines Alters ihre Haare schon seit Jahren kurz schneiden lassen."

Er begegnete ihrem Blick im Spiegel ziemlich verlegen. „Ich sage es dir, wenn du es wirklich wissen willst, aber du wirst lachen", warnte er sie.

„Nein, werde ich nicht."

„Es hat mit der Zeit zu tun, als ich noch Kohle auslieferte."

„Für den Vater der schönen Sophy", sagte sie und nickte weise. „Ja, ich erinnere mich."

„Mein Haar war immer ziemlich lang – Moll, die Frau meines Vaters, konnte nicht oft überredet werden, es zu schneiden – aber als ich erst bei Mr. Granger zu arbeiten begann, ließ ich es wachsen und begann, es im Nacken zusammenzubinden. Es gab etwas Schutz, siehst du, damit der Kohlenstaub nicht in meinem Rücken herunterrieselte."

Sie legte die Bürste weg und nahm sich ein frisches schwarzes Samtband. „Und nachdem du von Mr. Granger in die Bow Street gewechselt warst?"

„Gewohnheit, schätze ich", sagte er achselzuckend. „Meine Vermieterin, Mrs. Catchpole, schnitt es für mich, wenn es nötig war. Aber wenn ich es einmal kurz hätte schneiden lassen, dann hätte ich es kurz *halten* müssen. Neben der Zeit und den Kosten dafür hätte ich nicht einmal gewusst, wo ich hätte hingehen sollen", gestand er.

„John, du musst nirgendwohin ‚gehen'", bemerkte sie und musterte sein Spiegelbild leicht verzweifelt. „Jeder Gentleman, den ich kenne, lässt seinen Friseur zu *sich* kommen."

Sie befestigte das Band, zupfte kurz an den samtenen Schlaufen und trat zurück, um das Werk ihrer Hände prüfend zu mustern. „So", verkündete sie. „Das ist nicht perfekt, aber besser als zuvor und du bist so groß, dass ohnehin nur wenige Leute auf deinen Kopf sehen können, solange du nicht sitzt. Soll ich Monsieur Albert eine Nachricht schicken und ihn bitten, dich aufzusuchen? Er hat immer Fredericks Haar geschnitten, weißt du. Ich fürchte, ich kenne keine anderen Friseure, aber ich kann immer noch Emily fragen, wer Lord Dunningtons Haar schneidet, wenn dir das lieber ist."

„Das – das wird nicht nötig sein", sagte Pickett und war überrascht und erleichtert, als Julia diese Antwort ohne Protest hinnahm.

Nachdem Pickett seine Toilette beendet hatte, stand er vom Toilettentisch auf und klingelte nach Thomas, damit dieser ihm in eine Weste und einen Rock helfen sollte, die sich besser als sein brauner Sergerock zum

Diner eigneten. Julia stellte fest, dass er sich so sehen lassen könnte und beide Picketts, er und sie, verließen das Schlafzimmer und stiegen die Treppe zum Speisezimmer hinab.

Von dem Tag an, als Julia ihren Ehemann von niedriger Geburt in ihr Haus in der Curzon Street hatte einziehen lassen, hatte sie sorgfältig darauf geachtet, dass ihm jede Höflichkeit zuteil wurde, die der Herr des Hauses als sein Recht beanspruchen konnte (und in der Tat war mehr als ein Diener im Stillen entlassen worden, der daran gescheitert war, sich dem anzupassen), einschließlich, ihm den Platz am Kopfe der Tafel zu überlassen, der ihr eigener Platz gewesen war, seit sie zuerst einige Monate nach dem Tod ihres Ehemannes allein eingezogen war. Pickett setzte sich jetzt dorthin und sie verzichtete auf den entsprechenden Platz am anderen Tischende zugunsten des Stuhles zu seiner Rechten, wie es ihre Gewohnheit war. Das Gespräch wurde kurz unterbrochen, während Rogers das abendliche Mahl servierte, mit der Hilfe von Andrew, dem Diener, der eingestellt worden war, um Thomas zu ersetzen, als dieser junge Mann zum Kammerdiener befördert worden war. Als die Diener entlassen und sie wieder allein waren, nahm Julia jedoch den Faden ihres früheren Gesprächs erneut auf.

„Was hast du dort zu erfahren gehofft? Von Sophys Vater, meine ich."

Er seufzte. „Ich kann nicht verstehen, warum Lady Washbourn so entschlossen ist, bei ihrem Ehemann zu bleiben, obwohl sie glaubt, dass er versuchen könnte, sie zu töten."

„Und du dachtest, Sophys Vater könnte das wissen?", fragte sie, verwirrt von diesem Gedankensprung. „Kennen sie sich denn? Ich wusste nicht, dass Kohlenhändler in so hohen Kreisen verkehren."

„Nein, aber ich hatte gehofft, dass er mir etwas Einblick darin geben könnte, welche finanziellen Vereinbarungen getroffen worden sein möchten, da er eine ähnliche Ehe für seine eigene Tochter ausgehandelt hat."

„Wäre es nicht einfacher gewesen, Lady Washbourn zu fragen?"

„Natürlich wäre es das – wenn ich sicher sein könnte, dass sie es weiß oder, wenn sie es weiß, mir die Wahrheit sagen würde. Doch als ich vorschlug, sie könnte nach Brighton oder Bath gehen für ein paar Wochen, weigerte sie sich, auch nur darüber nachzudenken. Ich dachte, sie könnte es sich vielleicht nicht leisten, einen eigenen Haushalt zu begründen. Nach meinem Gespräch mit Mr. Granger – das ist Sophys Vater – glaube ich noch immer, dass das die wahrscheinlichste Erklärung ist."

„Aber nicht die einzige Möglichkeit", stellte Julia fest.

„Nein, aber mir fällt nichts ein, was sonst sie davon

gegen ihre eigenes bestes Interesse in der Stadt festhalten könnte."

„Vielleicht möchte sie ihren Ehemann nicht verlassen, weil sie ihn liebt."

Er hielt inne, eine Gabel voll Roastbeef auf halbem Weg zu seinem Mund. „Julia, sie glaubt, der Mann versucht, sie umzubringen!"

„Und natürlich hat noch *nie* jemand einen Menschen geliebt, der nicht gut für ihn war! John, unsere eigene Geschichte muss dir sagen, dass manche Dinge geschehen, und das häufiger, als man denken möchte."

Er musste diese Binsenwahrheit eingestehen, war aber noch immer nicht ganz davon überzeugt, dass sie sich auf den Washbourn-Fall übertragen ließe. „Zu Sophys Gunsten muss ich sagen, dass sie nie versucht hat, mich zu töten, jedenfalls nicht, soweit ich weiß. Ich schätze, das hätte meine Verliebtheit sehr schnell beendet."

„Und du sagst, sie hat in den Adel eingeheiratet?", fragte Julia nachdenklich.

Pickett nickte. „Sie ist jetzt Lady Gerald Broadbridge."

„*Sophia* Broadbridge? Oh, John, nicht doch!"

Er verzog das Gesicht. „Doch. Julia, ich fürchte, dein Mann ist ein Narr."

Julia kannte Lady Gerald nicht gut – tatsächlich waren sie einander nie offiziell vorgestellt worden – aber sie erinnerte sich an ihre erste Saison in London als Braut von Lord Fieldhurst, und sie erinnerte sich gut daran, wie sie Zeuge des Spektakels geworden war, wie die ehemalige Miss Sophia Granger den nicht mehr jungen Lord Gerald Broadbridge von Tunbridge Wells nach London verfolgte, bis sie ihn schließlich einfing. Angesichts des Hintergrunds ihres eigenen Ehemannes vermutete Julia, dass er gegen Miss Granger kaum eine Chance gehabt haben dürfte, wenn die eher skrupellos junge Frau ein Auge auf ihn geworfen hätte.

In der Tat gab das Wissen um seine Vergangenheit mit der Kaufmannstochter Julia einen unerwarteten Einblick in seinen Charakter: Sie erinnerte sich an seine Überzeugung (die, wie sie fürchtete, noch nicht ganz verbannt war), dass er einer Ehe mit ihr nicht würdig wäre, und fragte sich, bis zu welchem Grad die treulose Miss Granger für dieses Gefühl seiner Unzulänglichkeit verantwortlich sein mochte. Im Lichte dieser Offenbarung änderte Julia ihre früheren Gedanken: Statt Lady Gerald Broadbridge Blumen schicken zu wollen, dachte sie mit Vergnügen daran, ihre Hände um den Hals der Frau zu legen und sie zu erwürgen.

Obwohl sie nichts davon zu ihrem Mann sagte, musste ein Teil dieser Gedanken ihr am Gesicht abzulesen gewesen sein, denn Pickett legte seine Gabel zur Seite und nahm ihre Hand. „Mylady, bitte denke nicht, dass du irgendetwas von Sophy zu befürchten hättest, nichts könnte der Wahrheit ferner liegen! Was ich für sie empfunden habe – nun, damals schien mir das echt zu sein, aber nur, weil ich keinerlei Ahnung hatte ..." Seine Stimme war voller Staunen. „Ich wusste nicht, wie es sein kann zwischen einem Mann und einer Frau."

Sie drehte ihre Hand, um seine leicht drücken zu können. „Ich auch nicht, und ich war sechs Jahre verheiratet gewesen! Das mit Sophy musst du nicht bereuen, denn sie und Frederick waren jeder auf seine Weise notwendig, damit wir erkennen konnten, was wir im anderen gefunden haben." Sie wandte sich wieder dem Nächstliegenden zu und fragte: „Was willst du jetzt unternehmen? Wegen der Ermittlungen, meine ich."

„Ich möchte ein bisschen mehr über Vergiftung mit Blausäure erfahren, wenn das möglich ist", sagte er. „Wie hieß der Arzt, der mich behandelte, als ich verletzt war – Portman, stimmt das?"

„Lieber Himmel, nein! Dr. Portman war dieser grässliche Mann, der ein Loch in deinen Schädel bohren wollte. Dr. Gilroy ist der, mit dem du sprechen solltest – Thomas Gilroy. Ich glaube, er hat eine Praxis in der Harley Street."

Pickett notierte sich den Namen an, und das Gespräch ging zu anderen Dingen über. Erst viel später wanderten Julias Gedanken wieder zur ersten Liebe ihres Mannes. Sie war mitten in der Nacht aufgestanden, um den Nachttopf zu benutzen – etwas, das in letzter Zeit häufiger vorkam; es war wirklich kein Wunder, dass sie die ganze Zeit so müde war – und gerade erst wieder ins Bett gekommen. Der Abend war mild für Ende April und daher hatten sie die Bettvorhänge offengelassen. Die Curzon Street war noch nicht mit Straßenlaternen ausgestattet worden wie die, die Pall Mall in der Nähe von St. James erhellten, doch der Mond war fast voll und sein silbernes Licht drang durch das Fenster und beleuchtete das Gesicht ihres schlafenden Mannes. Die reine Schönheit des Mannes raubte ihr den Atem und sie stand eine volle Minute da und sah nur zu, wie er schlief.

Seid gut zu ihm, hatte der Richter gesagt und ihr wurde klar, dass auch er von Sophy wusste, die überhaupt nicht nett gewesen war. Kein Wunder, dass Mr. Colquhoun so vehement gegen ihre eigene Freundschaft mit seinem Protegé eingestellt gewesen war! Sie wusste kaum, ob sie das Mädchen verfluchen sollte, weil es ihn verletzt hatte, oder für den Ehrgeiz segnen, der es so blind gemacht hatte für den Schatz, der der ihre hätte sein können. Doch was das anging, wie sie selbst ihn behandelte, hätte sie Mr. Colquhoun versichern können, dass das etwas völlig anderes war. Sophy war nur damit beschäftigt gewesen, was sie bekommen könnte; sie, Julia, wollte ihn nur mit allem überschütten, was das Leben ihm bislang vorenthalten hatte. Leider schien es, dass ihr dickköpfiger, törichter Liebster nicht den Wunsch hatte, mit irgendetwas überschüttet zu werden. Sie unterdrückte einen Seufzer und kletterte wieder ins Bett.

„Julia?", murmelte Pickett. „Ist etwas nicht in Ordnung?"

„Es ist nichts, Liebling, ich hatte nur ein natürliches Bedürfnis." Sie küsste ihn auf die Stirn. „Schlaf weiter."

Er murmelte etwas Unverständliches, drehte sich um und nahm sich diesen Rat offenbar zu Herzen. Doch sie lag noch einige Zeit wach, dachte an ein Paar spöttischer, schwarzer Augen und einen neunzehnjährigen Jungen mit gebrochenem Herzen.

12

In dem Mr. und Mrs. Pickett uneins sind

Am nächsten Morgen hielt Pickett sich nur lange genug in der Bow Street auf, um Mr. Colquhoun mit seinen Plänen vertraut zu machen, bevor er sich auf den Weg zur Praxis in der Harley Street von Mr. Thomas Gilroy, Arzt, machte. Seine Erinnerungen an den Arzt waren notwendigerweise vage, da er während eines Großteils seiner Zeit unter Dr. Gilroys Obhut bewusstlos gewesen war, aber beim Anblick der hohen, schlanken Figur und der metallgeränderten Brille des Arztes tauchten die wenigen Erinnerungen, die Pickett bewahrte, aus dem Nebel auf. Im Gegensatz dazu schien sich der Arzt recht gut an ihn zu erinnern, wie die Wärme zeigte, mit der er begrüßt wurde.

„Oh, Mr. Pickett, es ist eine Freude, Euch wiederzusehen", rief er und schüttelte Pickett energisch die Hand. „Doch Ihr hättet Euch nicht persönlich bemühen müssen. Auf eine Nachricht hin wäre ich zu Euch gekommen. Sagt mir, leidet Ihr noch immer unter Kopfschmerzen? Sie werden mit der Zeit vergehen, das kann ich Euch versichern."

„Nur sehr selten", antwortete Pickett ihm. „Ich kann mich nicht einmal an das letzte Mal erinnern, als ich welche hatte. Aber ich brauche heute keine medizinische Behandlung. In der Tat möchte ich mit Euch eine – eine etwas heikle Angelegenheit besprechen."

Dr. Gilroy zog die Augenbrauen hoch. „Also wegen Mrs. Pickett? Ist sie …?"

„Nein, nein", warf Pickett hastig ein, darauf bedacht, jede Erwartung des Arztes, einen kräftigen kleinen Pickett auf die Welt bringen zu sollen im Keim zu ersticken. „Nichts dergleichen."

„Ach ja, es ist ja noch früh. Ich schätze, das wird sich mit der Zeit schon einstellen."

Innerlich bezweifelte Pickett das. Schließlich waren sechs Jahre für Julia und ihren ersten Mann nicht genug gewesen, um ein Kind zu zeugen. Doch er war nicht in die Harley Street gekommen, um die Fruchtbarkeit seiner Frau oder den Mangel daran zu diskutieren.

„Eigentlich habe ich mich gefragt, ob Ihr mir in einem Fall, in dem ich ermittle, Rat geben könnt", sagte er.

„Ich kann es jedenfalls versuchen", versprach der Arzt und winkte ihn in einen Stuhl. „Bitte setzt Euch und sagt mir, was Ihr wissen möchtet."

Pickett setzte sich. „Ich möchte, dass Ihr mir die Symptome einer Blausäurevergiftung schildert."

Der Arzt lachte kurz auf. „Das auffälligste Symptom ist der Tod." Als Dr. Gilroy sah, dass Pickett von diesen Worten eher erstaunt war, beeilte er sich, weiteres zu erklären. „Das heißt, der Tod tritt gewöhnlich auf, bevor Symptome zu sehen sind. Daher ist der Einfluss *nach* dem Tod leichter zu erkennen als vorher.

„Verstehe", sagte Pickett, der von dieser Information eher entmutigt war. „Und welche typischen Anzeichen könnte man dann zu sehen erwarten?"

Der Arzt musterte ihn mit Interesse. „Wenn Ihr das Opfer kurz nach Eintritt des Todes untersucht habt, kennt Ihr die Anzeichen vermutlich ebenso gut wie ich selbst: unnatürlich gerötetes Gesicht, Bittermandelgeruch …" Picketts Augen blitzten und Dr. Gilroy fügte hinzu: „Vielleicht sollte ich Euch fragen. Ich muss gestehen, dass ich, obwohl ich diese spezielle Substanz in der medizinischen Fakultät studiert habe, nie wirklich einen Fall zu Gesicht bekommen habe."

„Dann hatte Dr. Humphrey – Edmund Humphrey – Recht, als er sagte, dass solche Vorkommnisse selten sind?"

Der Arzt zögerte einen Moment, bevor er antwortete. „Mein Berufsethos macht es mir unmöglich, Euch zu sagen, was ich von Edmund Humphrey halte, aber in diesem Fall zumindest hat er die Wahrheit gesagt."

Pickett war ebenso erfreut über das Wissen, dass jemand seine schlechte Meinung von Dr. Humphrey teilte, wie er von den Informationen selbst war. „Und wo könnte jemand sich ein solches Gift verschaffen? Bei einem Apotheker?"

„Dort könnte man es versuchen", sagte Dr. Gilroy mit einem solchen Mangel an Überzeugung, dass Pickett kein großes Vertrauen in diese Quelle entwickelte. „Eher noch von einem Künstler oder einem Verkäufer von Künstlerbedarf."

„Von einem Künstler?", wiederholte Pickett ungläubig. „Warum sollte ein Künstler im Besitz eines tödlichen Giftes sein?"

„Weil die Substanz aus dem Pigment Preußischblau stammt, das auf der Farbpalette jeden Künstlers zu finden ist."

„Ein Künstler", wiederholte Pickett nachdenklich und dachte an das große Porträt, das den Ehrenplatz über dem Kaminsims im Salon der Washbourns innehatte, das Porträt, auf dem Lady Washbourn in einem dunkelblauen Kleid gemalt war. Es würde interessant sein herauszufinden, wer es gemalt hatte und wann, und wie aktiv Lord Washbourn diese Tätigkeit begleitet hatte: ob er den Maler bei der Arbeit beobachtet hatte; ob er Fragen gestellt oder anderweitig ein unübliches Interesse an den Vorgängen an den Tag gelegt hatte; oder, was wohl am interessantesten war, ob der Künstler am Ende seines Auftrags seine blaue Farbe vermisst hatte.

* * *

Pickett kehrte an diesem Abend zur Curzon Street zurück, eifrig darauf bedacht, beim Abendessen seine Erkenntnisse mit seiner Frau zu teilen; jedoch stellte sich heraus, dass Julia andere Pläne gemacht hatte. Normalerweise begrüßte sie ihn an der Tür, nachdem sie mit gespitzten Ohren auf seine Rückkehr gewartet hatte, doch dieses Mal wurde er von Rogers in Empfang genommen, der ihm Hut und Handschuhe abnahm und ihn informierte, dass die Herrin ihn im Obergeschoss mit etwas erwartete, das sie als „kleine Überraschung" bezeichnete.

„Eine Überraschung?", wiederholte Pickett und betrachtete den Butler mit einem verblüfften Ausdruck. „Oben, sagt Ihr?"

Rogers neigte den Kopf. „Ja, Sir."

Da die meisten Zimmer in den oberen Stockwerken noch unmöbliert waren, konnte „oben" nur das Schlafzimmer bedeuten. Pickett verlor prompt jegliches Interesse am Abendessen. Er stotterte einen Dank für den Butler und stieg die Treppe hinauf, wobei er dem Drang widerstand, zwei Stufen auf einmal zu nehmen. Er kam an der Tür des Schlafzimmers an und erstarrte auf der Schwelle. Der Raum war leer.

„John, bist du das?", rief Julia aus einem Zimmer weiter unten am Gang. „Ich bin hier drinnen."

Pickett folgte dem Klang ihrer Stimme und fand sie in einem der noch unmöblierten Räume. Ein großes, weißes Laken war auf dem Boden ausgebreitet worden, und der Stuhl, der gewöhnlich vor ihrem Frisiertisch stand, war aus dem Schlafzimmer geholt und mitten auf diesem Laken platziert worden. Julia stand an einer Ecke und lächelte ihn stolz an – und sie war nicht allein. Sie war in Begleitung eines adretten kleinen Mannes, der in einer Hand eine Bürste und in der anderen eine Schere hielt.

„John, das ist Monsieur Albert. Monsieur, mein Ehemann, Mr. Pickett." Als ob eine weitere Erklärung für die Anwesenheit des Franzosen erforderlich wäre, erklärte sie: „Monsieur Albert wird etwas gegen diese Stelle tun, die dich so stört."

„*Bonjour*, Monsieur Pickett." Er sprach den Namen „Pee-*kay*", als ob Pickett so französisch wäre wie er selbst. „Wenn Monsieur bitte den Rock ablegen und sich setzen würde?"

Er deutete auf den einsamen Stuhl. Pickett, der sich recht albern vorkam (von seinem Gefühl sexueller Frustration ganz zu schweigen), legte seinen braunen Sergerock ab und sank leicht benommen auf den Stuhl.

„Was Euch angeht, Madame Pickett", fuhr er in einer Mischung aus Englisch und seiner Muttersprache mit schwerem Akzent fort, „wenn Ihr uns bitte allein lassen würdet?"

„Natürlich." Julia nahm Picketts Rock, zwinkerte ihm dann lächelnd zu und entfernte sich aus dem Zimmer.

„Und jetzt, monsieur, *voilà*! Wir fangen an." Passend zum Wort zur Tat, er an, seine Bürste zu schwingen.

„Auf dem Oberkopf ist eine Stelle mit kurzen Haaren", sagte Pickett, als er schließlich die Sprache wiederfand. „Sie musste rasiert werden ..."

„*Oui, oui, madame* hat mir alles erklärt", versicherte Monsieur Albert ihm. „Das ist kein Problem. *Madames* erster Ehemann, *le vicomte*, hatte eine Stelle mit dünnen Haaren, oh, eine ganz kleine, die ich die Ehre hatte, ihm zu helfen, sie zu verbergen. Aber dies ..." Er fuhr mit einer Hand durch Picketts dicke Locken. „Dies wird mir *un plaisir* sein. *Monsieur* hat Haare, für die manche Lady einen Mord begehen würde."

„Das hat man mir schon einmal gesagt", murmelte Pickett und dachte an die lüsterne Lady auf Washbourns Maskenball. Zu seinem Vorteil mit Julias erstem Ehemann verglichen zu werden, half ihm jedoch sehr dabei, sich mit dieser Überraschung zu versöhnen und er entspannte sich ein wenig auf dem Stuhl – bis er das metallische Flüstern von Klinge auf Klinge hörte und zu seiner Bestürzung bemerkte, dass sein Kopf sich seltsam leicht anfühlte.

Er wirbelte auf dem Stuhl herum und starrte mit Entsetzen auf das Laken, das den Boden bedeckte. Auf der makellosen Fläche lag ein Strang langer, brauner Locken, die an einem Ende mit einem schwarzen Band zusammengebunden waren.

„Ihr habt meine Haare abgeschnitten!" Er schlug sich mit einer Hand in den Nacken und wäre fast von der Schere des Franzosen getroffen worden.

„Vorsicht!", rief Monsieur Albert aus. „Ihr werdet Euch verletzten, *non*? Aber *oui*, ich werde *Monsieur* eine höchst modische Frisur geben, wie *Madame* es gewünscht hat. Ich werde jetzt die Spitzen schneiden, wenn Ihr erlaubt."

„Meine Erlaubnis scheint nicht notwendig zu sein", knurrte Pickett in sich hinein. Trotzdem, der Schaden war angerichtet und so hatte er keine andere Wahl, als den Mann beenden zu lassen, was er begonnen hatte.

Schließlich verkündete Monsieur Albert, es wäre *fini*. Er reichte Pickett einen Handspiegel und trat zurück, zuversichtlich auf den Ausdruck von Lob und Dankbarkeit wartend, der mit Sicherheit folgen müsste, wenn sein Kunde sein Spiegelbild erblickte. Sein Kunde war jedoch sprachlos und nicht unbedingt vor Bewunderung. Pickett, der etwas ängstlich in den Spiegel blickte, stellte erleichtert fest, dass er zumindest von vorne nicht so anders aussah. Erst als er den Kopf zur Seite drehte und sah, dass sich die Haarspitzen über den Kragen seines Hemdes kräuselten, konnte er das Ausmaß der Verletzung erkennen, die seinem ahnungslosen Kopf zugefügt worden war. Vorsichtig streckte er die Hand aus und berührte die geschorenen Haare in seinem Nacken.

„Wenn *Monsieur* es sich ansehen wollen", warf der Friseur ein, „die Stelle, die ihm so missfiel, ist jetzt gut verdeckt."

So viel war jedenfalls wahr. Nachdem die Locken auf seinem Kopf nicht mehr in ihrem Band zusammengefasst waren, verlor sich das kurze Haarbüschel einfach unter ihnen. Er nahm an, er hätte dankbar sein sollen, doch ihm missfiel die Angelegenheit aus Prinzip. Er hatte nie zugestimmt, seine Haare schneiden zu lassen, hatte nicht einmal gesagt, dass er das *wünschte*, und doch hatte Julia einfach von sich aus …

„Oh mein Gott", hauchte eine sanfte weibliche Stimme, eine Stimme, die sicherlich nicht Monsieur Albert gehörte.

Pickett drehte sich um und sah Julia in der Tür stehen und ihn mit großen Augen anstarren. Ihre offensichtliche Bewunderung wirkte wie Balsam auf seinen verwundeten Stolz, bis er sich daran erinnerte, dass sie es natürlich mögen würde; sie hatte das Ganze orchestriert und dies ohne sein Wissen oder seine Erlaubnis getan. Er wandte sich von ihr ab und verhärtete sein Herz.

„Danke, Monsieur Albert", sagte Julia schnell zu dem Friseur und stellte sofort fest, dass mit ihrem Ehemann nicht alles in Ordnung war. „Wie viel schulden wir Euch?"

„Ich werde *Madame* meine Rechnung schicken", versprach er, da er genug von der Lebensart der Aristokratie kannte, um zu wissen, dass seine adligen Kunden es für schockierend vulgär halten würden, wenn er zum Zeitpunkt der Erbringung seiner Dienstleistungen eine Zahlung fordern würde.

Sobald der Franzose sich verabschiedet hatte, wandte Julia sich Pickett zu. „Liebling, was ist denn los?"

„Was los ist?", wiederholte er ungläubig. „*Was los ist*? Julia, ich *wollte* meine Haare nicht abschneiden lassen! Ich habe nie *gesagt*, dass ich mir die Haare schneiden lassen möchte!"

„Doch", erinnerte sie ihn, von seiner Vehemenz überrascht. „Ich bot an, nach Monsieur Albert zu schicken, da er immer Fredericks Haare geschnitten hatte, und fragte dich, ob es dir lieber wäre, wenn ich Emily Dunnington fragte, wer die Haare ihres Mannes schneidet und du sagtest, das würde nicht nötig sein. Also habe ich nach Monsieur geschickt."

„Ich sagte, es würde nicht nötig sein, überhaupt nach jemandem zu schicken!"

„Das hast du nicht!", beharrte sie. „Ich bin sicher,

dass du das nicht gesagt hast!"

„Nun, ich habe es aber so gemeint!"

„Und ich soll deine Gedanken lesen können?"

„Nein, aber du hättest wenigstens *fragen* können!"

Ein hohles Gefühl in ihrer Magengrube ließ Julia ahnen, dass er damit nicht ganz Unrecht haben mochte. Jedoch hatte sie sechs lange Jahre damit verbracht, sich einem Ehemann unterzuordnen, der es immer vermocht hatte, ihr die Schuld zuzuschieben und hatte nicht die Absicht, mit ihrem zweiten Ehemann in das gleiche Muster zurückzufallen. „Um Himmels willen, John, es sind *Haare*! Wenn der Schnitt dir nicht gefällt, kannst du sie immer wieder wachsen lassen." Als sie sah, dass er nicht überzeugt war, schlang sie ihre Arme um ihn und fuhr mit ihren Fingern durch die kurzen Locken in seinem Nacken. „Ich finde, es sieht großartig aus. Kannst du nicht wenigstens *versuchen*, es zu mögen?"

„Ich mag *dich*", sagte er und seufzte resigniert, als er ihre Umarmung erwiderte. „Wenn du glücklich damit bist, bin ich es auch."

Und zu seinen Gunsten musste gesagt werden, dass er sich sehr anstrengte, das zu glauben.

* * *

Pickett stand am nächsten Morgen mit anscheinend wiederhergestellter guter Laune auf, aber es schien Julia, dass eine unsichtbare Wand zwischen ihnen stand, die vorher nicht da gewesen war, und sie wusste (trotz der Wärme seines Abschiedskusses), dass er ihr nicht ganz vergeben hatte . Nachdem er sich auf den Weg zur Bow Street gemacht hatte, beschloss Julia, den Versuch zu machen, durch ein wenig eigene Ermittlungsarbeit wieder in Gnaden bei ihm aufgenommen zu werden. Zu diesem Zweck zog sie sich für den Tag ein pomonagrünes Straßenkleid mit einem passenden Jäckchen an und machte sich zu Fuß auf den Weg zum Grosvenor Square. Als sie in der Washbourn-Residenz ankam, schickte sie ihre Karte hinauf und wurde innerhalb weniger Minuten in den Salon geführt, in dem Lady Washbourn saß und darauf wartete, sie zu empfangen.

„Meine liebe Mrs. Pickett", sagte die Gräfin und erhob sich, um einen Knicks zu machen. „Wie nett, dass Ihr mich besucht! Möchtet Ihr Euch nicht setzen?"

Der Weg war nicht weit, doch die Sonne war warm gewesen und Julia daher nur zu dankbar, sich auf das brokatbezogene Sofa fallen zu lassen, wobei ihr wieder diese Müdigkeit bewusst wurde, die sie in letzter Zeit nur zu häufig quälte.

„Hättet Ihr gern Tee?", fragte ihre Gastgeberin und griff nach dem Klingelzug. „Oder etwas Stärkeres – Sherry vielleicht, oder ein Glas Pfirsich-Ratafia?"

„*Nein!*" Julia erinnerte sich an den Verdacht ihres Mannes bezüglich des Pfirsich-Ratafias und war sich sicher, dass sie ihn nie wieder trinken würde, und schon gar nicht unter Lady Washbourns Dach. Als sie sah, dass ihre Gastgeberin sie mit hochgezogenen Brauen ansah, fügte sie in ruhigerem Ton hinzu: „Das heißt, Tee wäre wundervoll, vielen Dank."

Lady Washbourn gab dem Butler die entsprechenden Anordnungen, zusammen mit ihrer Anweisung, dass er sie allen anderen Besuchern gegenüber verleugnen sollte. Nachdem er den Raum verlassen hatte, wandte sie sich wieder Julia zu. „Darf ich hoffen – das heißt, habt Ihr Neuigkeiten für mich?"

„Ich fürchte, dass da ein Missverständnis besteht", sagte Julia. „Ich bin nicht als Botin meines Mannes gekommen. Ich wollte Euch nur für Eure Gastfreundschaft danken, weil Ihr Mr. Pickett und mich zu Eurem Ball eingeladen habt und mein Bedauern ausdrücken, dass er mit einer solchen Tragödie endete." Was zwar nicht ganz richtig war, aber doch so weit wie möglich der Wahrheit entsprach.

„Oh. Ich verstehe. Ja, ich dachte, es liefe ziemlich gut, bis – bis das mit der armen Annie geschah." Lady Washbourn schenkte ihr ein leicht verzerrtes Lächeln. „Ich fürchte, ich fühle mich in Gesellschaft noch nicht ganz wohl. Es war die Mutter meines Mannes, die vorschlug, dass wir eine Gesellschaft geben sollten, damit ich mich daran gewöhne, Gastgeberin zu sein."

Insgeheim dachte Julia, dass ein oder zwei kleine Diners, gefolgt vielleicht von einem Spielabend oder einem Musikabend, für eine ungeübte Gastgeberin einfacher und daher geeigneter gewesen wären, als eine große Maskerade, bei der Gäste ihre Anonymität ausnutzen würden, um sich in einer Weise zu benehmen, die sie nie riskiert hätten, wenn sie sofort erkennbar gewesen wären. Laut sagte sie jedoch nur: „Dann habt Ihr Glück mit Eurer Schwiegermutter. Ich wünschte, meine wäre so verständnisvoll gewesen."

„Mutter Washbourn war immer nur gütig zu mir", stimmte die Gräfin zu, „und das ist umso bemerkenswerter, wenn man bedenkt, dass sie früher Lady Beatrice Frampton, die Tochter des Herzogs von Moring war, dessen Besitz anscheinend den größten Teil von Hampshire umfasst."

„Aber – verzeiht mir, Mylady ..."

„Oh bitte, nennt mich Eliza."

Julia fand, ihre Bekanntschaft wäre noch nicht so eng, dass sie bereits bei dem Gebrauch von Vornamen angekommen wären, aber schrieb es eher dem Hunger der armen, kleinen Gräfin nach Freundschaft als absichtlicher Verletzung des Anstands von ihrer Seite zu.

„Eliza, also", sagte sie, dieser Bitte folgend, „ich hatte es so verstanden, dass Ihr und Lord Washbourn bereits seit zwei Jahren verheiratet seid. Wie kommt es, dass Ihr erst jetzt begonnen habt, Gesellschaften zu geben?"

Lady Washbourn nickte. „Ja, wir haben im Sommer '07 geheiratet. Doch Washbourns Vater starb ziemlich bald nach der Hochzeit – er war einige Zeit schon krank gewesen und hatte es sich besonders gewünscht, seinen Sohn verheiratet zu sehen, bevor er starb – und mein eigener Vater nicht lange danach, daher haben wir den größten Teil unserer Ehezeit in Trauer verbracht."

Julia suchte in diesen Worten nach heimlicher Kritik an ihrem eigenen Versäumnis, ihren ersten Ehemann für die gesamten zwölf Monate zu betrauern, die die Gesellschaft für richtig hielt, fand aber nichts anderes als eine einfache Tatsachenfeststellung. „Ein trauriger Beginn Eures gemeinsamen Lebens", sagte sie mitfühlend. „Hoffen wir, dass das Ende Eurer Trauer den Beginn glücklicherer Tage bedeutet."

„Das hoffe ich." Die ausdruckslose Miene der Gräfin ließ wenig Hoffnung auf einen so wünschenswerten Ausgang erkennen. „Mrs. Pickett, darf ich – darf ich Euch eine persönliche Frage stellen?"

„Ich denke schon", sagte Julia vorsichtig.

„Wie lange nach Eurer Hochzeit – also Eurer ersten Hochzeit – wie lange hat es gedauert, bis Ihr merktet, dass Ihr einen Fehler gemacht hattet?"

Julia blinzelte verblüfft bei dieser Frage, trotz der Warnung ihrer Gastgeberin, dass es eine persönliche sein würde. Julia hätte vermutlich jeden anderen scharf zurechtgewiesen, der sich angemaßt hätte, nach so kurzer Bekanntschaft solche Vertraulichkeiten zu erwarten, beschloss aber, bei Lady Washbourn um der Ermittlungen ihres Mannes willen nachsichtig zu sein. Wenn Lady Washbourn schließlich solche Vertraulichkeiten forderte, konnte sie sich kaum über Julias eigene Fragen ärgern.

„Anfangs war es nicht so schlecht", erinnerte sich Julia und dachte an die Zeit vor fast sieben Jahren zurück, als sie und ihr erster Ehemann frisch verheiratet waren. „In der Tat war unsere Hochzeitsreise sehr – sehr angenehm." Angenehm, ja, aber sechs Wochen mit Lord Fieldhurst in Paris während des kurzen Friedens von Amiens waren nichts Vergleichbares zu sechs Tagen mit John Pickett in einer schäbigen Zweizimmerwohnung in der Drury Lane. Trotzdem, damals war sie ein geblendetes, neunzehnjähriges Mädchen ohne jegliches Wissen darüber, wie herrlich – oder wie schmerzhaft – eine Ehe sein konnte.

Lady Washbourn beugte sich eifrig in ihrem Stuhl vor. „Oh, ja! Unsere Flitterwochen waren auch sehr schön." Ein Schatten huschte über ihr Gesicht. „Ich wusste natürlich, dass Washbourn mich nicht liebte. Er hatte gehofft, Lady Barbara Stafford heiraten zu können, aber trotz des hohen Ranges ihres Vaters war Lady Barbaras Mitgift nur ansehnlich, und Washbourn musste ein

Vermögen heiraten, wenn er das Erbe seiner Familie retten wollte. Ich wusste, dass ich nicht seine erste Wahl war, und dennoch dachte ich – ich hoffte jedenfalls – dass ich ihn glücklich machen könnte, dass er mit der Zeit lernen könnte, mich zu lieben."

„Aber Flitterwochen müssen irgendwann enden, nicht wahr?", bemerkte Julia mitfühlend. „In meinem Fall war es ein Sommer in Brighton, der den Todesstoß auslöste, denn dort entdeckte ich, dass Fieldhurst eine Vorliebe für Opern-Tänzerinnen hatte. Zu diesem Zeitpunkt waren wir fast ein Jahr verheiratet, und obwohl es Anzeichen dafür gab, dass er untreu war – ungeklärte Abwesenheiten, Halbweltdamen, die ihn ein bisschen zu vertraut anlächelten, wenn wir ihnen im Theater oder im Park begegneten – versicherte er mir, ich würde mir wegen nichts Gedanken machen, und ich war nur zu bereit, ihm zu glauben. Dann kam hinzu, dass ich kein Kind empfangen konnte und das trieb schließlich einen Keil zwischen uns."

„In meinem Fall war es nichts so Greifbares", erinnerte Lady Washbourn sich traurig. „Als wir von unseren Flitterwochen zurückkamen, waren wir – Freunde – oder zumindest dachte ich, wir könnten es mit der Zeit werden. Ich hatte allen Grund zu der Annahme, dass wir lernen könnten, zusammen glücklich zu sein. Aber nachdem wir nach Washbourn Abbey zurückgekehrt waren, änderte sich etwas. Kleine Dinge begannen ihn zu ärgern, und obwohl ich nach Mamas Tod für den Haushalt meines Vaters verantwortlich gewesen war, erledigte ich in der Abbey nichts so, wie es Washbourns Mutter, seine Großmutter und seine Urgroßmutter getan hatten."

„Und ich nehme an, dass das Verbleiben Eurer Vorgängerin unter demselben Dach nicht besonders hilfreich war", bemerkte Julia und fühlte sich verspätet dankbar dafür, dass ihre eigene Schwiegermutter in Erwartung ihrer Rückkehr aus Paris in den Witwensitz gezogen war.

„Nein, nein, damit tut Ihr Mutter Washbourn Unrecht", protestierte die Gräfin. Sie hat mich immer unterstützt. Wann immer ich aus Unwissenheit einen *faux pas* beging, hat sie mich in Schutz genommen. Ich erinnere mich an einen Vorfall kurz nach der Rückkehr von unserer Hochzeitsreise, als ich befahl, die mittelalterlichen Wandteppiche in der Halle abzunehmen, um sie reinigen und reparieren zu lassen. Washbourn war außer sich, als er sah, dass sie weg waren, und Mutter Washbourn erinnerte ihn daran, dass ich mit anderen Werten aufgewachsen wäre und die Bedeutung einer alten Tradition und eines ‚eleganten Verfalls' nicht verstünde, wie sie es ausdrückte. Und ich muss sagen, dass sie Recht hatte", fügte sie mit unerwarteter Offenheit hinzu. „Ich konnte den Sinn nicht erkennen, warum man Familienerbstücke durch respektvolle Vernachlässigung zerfallen lassen soll, wenn man sie durch einen diskreten Stich oder zwei auf der Rückseite, wo es niemandem auffallen würde, hätte retten können."

Julia war geneigt, ihr zuzustimmen, vorausgesetzt, die Restaurierung konnte so durchgeführt werden, dass die Reparaturen unsichtbar waren, aber sie vermutete, dass die Fieldhursts dieser Philosophie nicht mehr zugestimmt hätten als die Washbourns.

„Und dann", fuhr Lady Washbourn fort, „starb Lady Barbaras Ehemann bei einem Jagdunfall. Jetzt ist sie frei und Washbourn – ist es nicht."

„Mylady – äh, Eliza", begann Julia und wählte ihre Worte vorsichtig. „Mein Mann hat mir gesagt, dass er angeregt hätte, Ihr möchtet London für eine Weile verlassen, und dass Ihr Euch geweigert hättet, darüber nachzudenken. Wäre es unter diesen Umständen nicht besser …?"

„Nein!" Lady Washbourn schüttelte nachdrücklich den Kopf. „Ich werde nicht weglaufen und Lady Barbara freie Bahn lassen. Vielleicht könnte ich das tun, wenn ich dächte, dass ihr wirklich an ihm gelegen wäre, wenn ich glaubte, er könnte bei ihr das Glück finden, das er bei mir nicht zu finden scheint. Aber sie ist ein abscheuliches Geschöpf, dem nur an ihr selbst gelegen ist! Er mag mit mir nicht glücklich sein, aber mit ihr wäre er absolut elend dran."

„Vielleicht, wenn Ihr einige Zeit fortginget und ihn ihr überlassen würdet, könnte er das selbst feststellen", schlug Julia vor und versuchte es auf andere Weise. „Es wäre durchaus möglich, dass die Lady, wenn Ihr nicht mehr der Hauch des Verbotenen anhaften würde, viel von ihrer Anziehungskraft verlieren würde."

„Ich verstehe, was Ihr sagt, aber ich kann es nicht", beharrte die Gräfin. „Außer an Washbourn muss ich auch an unsere Tochter denken, versteht Ihr."

„Und um Eurer Tochter willen müsst Ihr tun, was Ihr könnt, um am Leben zu bleiben", sagte Julia ein wenig scharf.

Sie hätte sich den Atem sparen können. Während Lady Washbourn durchaus bereit war, Julias Standpunkt anzuerkennen, blieb sie unnachgiebig. Am Ende musste Julia sich geschlagen geben und verabschiedete sich, ohne ihre Gastgeberin zu irgendwelchen Schritten, die sie zu ihrer eigenen Rettung hätte unternehmen können, überredet zu haben. Trotzdem konnte sie nicht glauben, dass der Besuch eine völlige Zeitverschwendung gewesen war, denn sie hatte eine interessante Entdeckung gemacht: Lady Washbourn war trotz ihres Verdachts sehr in ihren Ehemann verliebt.

13

In welchem die Komödie zur Tragödie wird

Pickett betrat unterdessen unter erheblicher Aufmerksamkeit die Amtsstube in der Bow Street.

„Na, schaut Euch Lord John an!", rief ein Mitglied
der Fußpatrouille laut genug aus, um über einem Chor von
anerkennenden Pfiffen gehört zu werden. „Seine Lady
wird doch noch einen Gentleman aus ihm machen."

„Dreht Euch um", befahl Mr. Dixon und machte eine
kreisende Handbewegung. „Lasst Euch von hinten
ansehen."

Pickett unterdrückte ein ärgerliches Schnauben und
drehte sich um.

„Sehr elegant", sagte Mr. Colquhoun, der diesen
Auftritt von seiner Bank aus beobachtet hatte. „Aber Ihr
hättet uns warnen können. Mr. Carson hier hätte Euch als
Betrüger verhaften können."

„Ihr wurdet ebenso vorgewarnt wie ich selbst", sagte

Pickett mit einiger Ironie. „Als ich gestern Abend nach Hause kam, hatte Julia so einen dämlichen Franzmann da, der mit der Schere in der Hand auf mich wartete."

„Ah, nun, Ihr könntet feststellen, dass es Euch gefällt, wenn Ihr Euch daran gewöhnt habt. Und wenn nicht, es wächst ja wieder. Es sind ja nur Haare, seht Ihr."

„Das sagte sie auch", brummte Pickett.

„Scherz beiseite, was habt Ihr heute vor, in der Washbourn-Sache zu unternehmen?"

Pickett widerstand dem Drang zu protestieren, dass es kein Scherz wäre, und beschrieb stattdessen für den Richter seine Begegnung mit dem Arzt. „Das klingt ziemlich verdächtig, da es im Salon der Washbourns ein großes Porträt gibt, das Lady Washbourn in einem blauen Kleid zeigt", schloss er. „Ich habe vor, zum Grosvenor Square zu gehen und herauszufinden, wer es gemalt hat, und wann."

Mr. Colquhoun nickte zustimmend und Pickett machte sich auf den Weg zum Grosvenor Square. Als er die Washbourn-Residenz erreichte, erlitt er jedoch einen Rückschlag.

„Mylady ist leider beschäftigt", teilte der Butler ihm mit, „aber wenn Ihr eine Nachricht hinterlassen möchtet?"

Pickett fühlte sich versucht, das zu tun, doch erinnerte sich daran, dass eine solche Nachricht Lord Washbourn oder der verwitweten Gräfin zu Ohren kommen könnte. Er schüttelte den Kopf. „Nein, keine Nachricht, vielen Dank."

Da er seinen wichtigsten Ermittlungsansatz nicht weiterverfolgen konnte, machte er sich stattdessen daran, einen Laden für Künstlerbedarf in der Nähe aufzusuchen und den Inhaber zu befragen, ob er Preußischblau in seinem Inventar hätte.

„Oh ja", informierte ihn der Ladenbesitzer. „Es ist eine meiner gefragtesten Farben, und kein Wunder. Wissen Sie, vor hundert Jahren war die einzigen Blautöne, die Künstlern zur Verfügung standen, eher grau- oder grünstichig wie Cerulean oder so teuer wie Ultramarin, das nur etablierte Künstler sich leisten konnten."

Tatsächlich hatte Pickett dies *nicht* gewusst, aber die Informationen verschafften ihm einen Ansatzpunkt, um seine nächste Frage zu stellen.

„Ich hätte nie gedacht, dass Malen ein so teurer Zeitvertreib ist", bemerkte er und fragte sich laut, ob der Ladenbesitzer auch Adlige zu seinen Kunden zählte.

„Ja, mehrere", sagte der Mann stolz. „Besonders diejenigen mit Töchtern, die Aquarelle malen."

Da Lord Washbourns Tochter noch ein Kleinkind war, bezweifelte Pickett, dass sie viel anderes bemalte als die Innenseite ihrer Windeln. „Ich frage mich, ob Sie jemals mit Bekannten von mir Geschäfte gemacht haben", sagte er. „Lady Washbourn, deren Ehemann der Earl dieses Namens ist."

„Washbourn", wiederholte der Ladenbesitzer nachdenklich und runzelte konzentriert die Stirn. Schließlich schüttelte er den Kopf. „Nein, ich kann nicht sagen, dass ich mich an die Lady oder an ihren Gemahl erinnere."

„Na ja, ihre Tochter ist noch ein bisschen jung für Malstunden", sagte Pickett und bewies ein Talent für Untertreibungen.

„Wenn die kleine Lady so weit ist, hoffe ich, Ihr werdet bei ihren Eltern ein gutes Wort für mich einlegen."

Pickett stimmte dem zu und hoffte insgeheim, dass die Mutter des Mädchens zu diesem Zeitpunkt noch am Leben sein würde, um seinen Rat zu hören, und verabschiedete sich. Er wiederholte das Verfahren in etwa einem halben Dutzend Geschäften für Künstlerbedarf, von denen er jeden wegen der Nähe zum Hause der Washbourns auswählte, und erhielt genau die gleichen Antworten. Er gewann ein neues Verständnis für die Schwierigkeiten, natürliche Farben auf Leinwand wiederzugeben, was anscheinend mit der zufälligen Entdeckung des Preußischblaus vor einem Jahrhundert einfacher geworden war, konnte aber nichts darüber in Erfahrung bringen, wie Lord Washbourn sich diese Substanz hatte verschaffen können.

Als er sich schließlich in der Nähe der Curzon Street wiederfand (und sich schmerzlich bewusst war, dass er sich am Morgen nicht unbedingt romantisch von Julia verabschiedet hatte), ging er auf Nummer 22 zu in der Absicht, in Gesellschaft seiner Frau einen Happen zu essen, bevor er in die Bow Street zurückkehrte. Er betrat das Haus und fand sie im Foyer, wo sie gerade Haube und Pelisse ablegte.

„Oh, John, was für eine schöne Überraschung", sagte sie und hob ihr Gesicht, um sich küssen zu lassen. „Hast du Hunger? Soll ich nach Tee und Sandwiches klingeln?"

Dem stimmte er zu und nach einigen Minuten saßen sie Seite an Seite auf dem Sofa im Salon.

„Stell dir vor, wenn ich fünf Minuten später oder du fünf Minuten früher gekommen wärest, hätten wir uns verpasst", bemerkte sie, als sie den Tee in zwei hauchdünne Sèvres-Tassen goss. „Ich habe den größten Teil des Morgens hinter verschlossenen Türen mit Lady Washbourn verbracht."

Pickett stellte seinen Teller so fest hin, dass es klirrte. „Du hast *was*?"

„Ich habe Lady Washbourn besucht", wiederholte sie, erstaunt über seine Reaktion. „Ich wusste, dass ihre Weigerung, ihren Mann zu verlassen, dich sehr gewundert hatte, und ich dachte – ganz richtig, wie sich herausstellte – dass sie eher geneigt sein könnte, sich der Witwe eines Viscounts anzuvertrauen als einem Bow Street Läufer."

„Danke, dass du mich an meine Stellung erinnerst,

Mylady", sagte er gepresst. „Eine Weile lief ich Gefahr, das zu vergessen."

Sie stellte die Teekanne ab und warf ihm einen vorwurfsvollen Blick zu. „Oh, John, sei doch nicht so! Deine ‚Stellung' hat nichts damit zu tun. Die arme Lady Washbourn hat so wenige Freunde, zum großen Teil dank der Machenschaften ‚Tante Mildreds', dass ich dachte, sie würde es begrüßen, eine Vertraute zu finden." Als sie sah, dass er mit dieser Erklärung nicht zufrieden war, fügte sie besänftigend hinzu: „Du hast meine Hilfe immer gern angenommen."

„Das war meine einzige Ausrede, um Zeit mit dir verbringen zu können", bemerkte er.

„Oh, *das* war der Grund? Wie dumm von mir! Ich hatte eigentlich gedacht, ich wäre nützlich!"

„Natürlich warst du das", ergänzte er hastig. „Aber bei diesen Gelegenheiten haben wir *zusammengearbeitet*. Du bist nicht auf eigene Faust losgegangen, ohne mich auch nur zu fragen!"

„Oh, und jetzt muss ich also um deine Erlaubnis bitten, wenn ich nur einen einfachen Besuch machen möchte?", wollte sie mit vor Empörung geschwellter Brust wissen.

„Nicht wegen eines *einfachen* Besuchs, nein. Aber dies war doch etwas mehr als nur ein einfacher Höflichkeitsbesuch, nicht wahr?"

„Es ist durchaus üblich, am Tag nach einer Veranstaltung die Gastgeberin zu besuchen, um ihr für ihre Gastfreundschaft zu danken!"

„Dies ist nicht der Tag nach dem Ball", widersprach er.

„Nein, denn am Morgen danach wurde die Untersuchungsverhandlung durchgeführt. Und ich verstehe nicht, warum du ein so großes Geschrei um nichts machst! Ich dachte, du würdest mir dankbar sein, wenn ich den wahren Grund für Lady Washbourns Weigerung, die Stadt zu verlassen, entdecke, während du deine Zeit damit verschwendest, diese grässliche Lady Gerald Broadbridge zu besuchen!"

„Ich habe Sophy nicht besucht; ich war bei ihrem Vater und sie kam zufällig vorbei."

„Sie hat einen Besuch gemacht?", rief Julia in gespielt schockiertem Ton aus. „Ich hoffe, sie hatte die Erlaubnis ihres Ehemannes!"

„Würdest du bitte Sophy hier herauslassen? Zufällig habe ich versucht, Lady Washbourn aufzusuchen – ich wollte sie fragen, wer dieses riesige Porträt über dem Kaminsims gemalt hat – aber ich wurde mit der Begründung abgewiesen, dass Mylady anderweitig in Anspruch genommen wäre."

„Aber das ist doch leicht", beharrte Julia. „Der Künstler war Mr. Henry Tomkins von der Royal

Academy."

Er blinzelte sie verwirrt an. „Lady Washbourn hat dir das gesagt?"

„Das musste sie nicht. Mr. Tomkins ist der beliebteste Porträtmaler von London im Moment, und seine Darstellung von Licht und Textur ist ziemlich unverwechselbar. Wie du siehst, du hättest Lady Washbourn gar nicht fragen müssen. Du hättest einfach deine Frau fragen können."

Vielleicht war es der Anflug von Triumph in ihrer Stimme oder auch ihr ziemlich selbstgefälliges Lächeln, das ihn ans Ende seiner Geduld brachte. „Sehr schön", gab er zurück. „Vielleicht kann meine Frau mir auch sagen, wann es gemalt wurde und ob Lord Washbourn die Fortschritte überwachte oder übertriebenes Interesse zeigte, oder ob Mr. Tomkins zufällig während der Arbeit eine seiner Farben verlegte." Als er sie sprachlos sah, drängte er: „Nun, Mrs. Pickett? Darf ich nicht von deinem Wissen profitieren?"

Woraufhin Julia, zu ihrer eigenen Bestürzung und dem Entsetzen ihres Mannes prompt in Tränen ausbrach.

„Julia?" Pickett rutschte vom Sofa und fiel vor ihr auf die Knie, nahm ihre Hände in seine, küsste und streichelte sie abwechselnd in einem vergeblichen Versuch, die Flut einzudämmen. „Julia, meine Liebste, nicht doch – bitte, weine nicht!", flehte er hilflos, völlig am Boden zerstört

vom Anblick, wie dieselbe Frau, die vor einem Jahr mit stoischer Ruhe die Aussicht, am Galgen zu lagen, ertragen hatte, sich jetzt wegen ein paar unfreundlicher Worte (zumindest *dachte* er, es wären nur ein paar gewesen, oder nicht?) ihres Mannes in Tränen auflöste. „Schon gut, Liebste, du konntest ja nicht wissen, dass ich Lady Washbourn aufsuchen wollte. Ich bin ein gemeiner Kerl, so mit dir zu sprechen."

Ihre Tränen machten keine Anstalten, weniger zu werden, und daher nahm er ihre beiden Hände in eine von seinen, um die andere freizumachen und in seiner Rocktasche nach einem Taschentuch zu suchen. Unglücklicherweise erwies sich dies als ein Überbleibsel aus den Tagen vor seiner Ehe, als er gezwungen gewesen war, solche Dinge gebraucht zu erwerben, und daher trug es ein fremdes Monogramm in einer Ecke. Anscheinend störte sie dieser Anblick, denn es schien Pickett, dass ihre Tränen noch heftiger flossen.

„Sieh nur", sagte er in steigender Verzweiflung und erinnerte sich an etwas anderes, das er in seiner Tasche gefühlt hatte, als er nach dem Taschentuch wühlte. Er griff erneut hinein und zog eine schmale Börse heraus. „Heute habe ich meinen Lohn für die Woche bekommen – fünfundzwanzig Schilling. Lass ihn uns auf den Kopf hauen, ja?"

Dieser Vorschlag, so schien es, war ungewöhnlich

genug, dass er sie mit geschwollenen Augen und roter Nase aus den Falten seines gebraucht erworbenen Taschentuchs auftauchen ließ. „Was, alles?"

„Wie du selbst gesagt hast, wir müssen ja nicht davon leben." Er war fast stolz auf den sorgfältig neutralen Tonfall seiner Stimme. „Was meinst du? Diner im Grillon's? Theater? Natürlich nicht Drury Lane, da es ja abgebrannt ist, aber in Covent Garden muss es doch eine Aufführung geben."

„Oh, John, ist das dein Ernst?", fragte sie und lächelte zittrig unter Tränen.

Ihre Begeisterung beschämte ihn. Seit der Rückkehr von ihrer Hochzeitsreise waren sie nur einmal zusammen ausgegangen – zum Maskenball der Washbourns – und selbst das war eine berufliche Notwendigkeit gewesen. Für ihn gab es nichts Schöneres, als am Ende des Tages zu seiner Frau nach Hause zu kommen; er neigte dazu zu vergessen, dass sie daran gewöhnt war, die Abende mit gesellschaftlichen Veranstaltungen zu füllen, wogegen seine einsame Kameradschaft im Vergleich blass wirken musste.

„Ja", verkündete er leichtsinnig. „Ich werde dich mitnehmen, wohin du willst, und du darfst mich ankleiden, wie immer du möchtest." Er sah auf die Kaminuhr. „Ich muss jetzt zurück zur Bow Street, aber soll ich beim Covent Garden Theater vorbeigehen und Karten kaufen?"

Sie stimmte diesem Plan bereitwillig zu und küsste ihn liebevoll (mehrmals) dazwischen, um sich dafür zu entschuldigen, dass sie seine Pläne für die Ermittlung gestört hatte. Er war, eher diplomatisch als wahrheitsgemäß, gezwungen, darauf zu bestehen, dass sie nichts dergleichen getan hätte und sie trennten sich so liebevoll, dass er bereits halb in der Bow Street war, bis ihm aufging, dass er sich vielleicht hatte zum Narren halten lassen.

Nein, widersprach sein Herz seinem Verstand, *das ist nicht möglich. Sie gehört nicht zu dieser Art Frauen.*

Doch seine Bedenken wurden nicht geringer, als er an der Kasse des Covent Garden Theaters anhielt und entdeckte, dass an diesem Abend eine Komödie gespielt wurde, die den unglücklichen Titel trug: *Der getäuschte Bräutigam.*

* * *

Julia andererseits dachte mit einer Mischung aus Beschämung und Verwirrung über den Vorfall nach. Nein, in ihrem ganzen Leben hatte sie noch nie so reagiert! In der Tat verachtete sie diese Art von Frauen, die Tränen und Hysterie benutzten, um ihren Willen durchzusetzen. Sie hatte keine Ahnung, was diesen plötzlichen Tränenausbruch ausgelöst hatte, noch viel weniger, warum er so abrupt geendet hatte, aber rückblickend konnte sie sehen, wie ihr ungewöhnliches Verhalten in solchem Licht interpretiert werden konnte. Es war zu kränkend, denken zu müssen, dass er sie solch manipulativer Künste für fähig halten könnte.

Daher gab es nur eine Lösung, um sicherzustellen, dass ihr Ehemann ihr ganz verzeihen würde: Sie würde den Nachmittag damit verbringen, sich hinzulegen mit kalten Kompressen auf den Augen, um die Schwellung verschwinden zu lassen, und wenn er dann am Abend in die Curzon Street zurückkehrte, würde sie sich bemühen, ihn erneut zu fesseln.

* * *

Daher kam es, als Pickett an diesem Abend in die Curzon Street zurückkam mit einem großen Blumenstrauß im Arm (den er auf dem gleichen Markt in Covent Garden gekauft hatte, wo er in seinen Jugendtagen Taschen ausgeräumt oder gelegentlich Äpfel geklaut hatte), Rogers ihm Hut und Handschuhe abnahm und ihn informierte, dass er Madam oben finden würde, wo sie sich darauf vorbereitete, am Abend auszugehen.

Pickett dankte dem Butler für die Information und lief die Treppe zwei Stufen auf einmal hinauf. Er klopfte sacht an die Tür des Schlafzimmers, öffnete sie, trat ein –

Und erstarrte, die Blumen in seiner Hand waren vergessen. Seine Lady stand am Fenster (war es möglich, dass sie nach ihm Ausschau gehalten hatte?), für den abendlichen Ausgang in ein tief ausgeschnittenes Kleid mit hoher Taille aus einem durchscheinenden weißen Stoff gekleidet, der im Licht der sinkenden Sonne golden schimmerte. So hatte er sie erst einmal zuvor gesehen, nur war es bei der anderen Gelegenheit das Feuer im Kamin gewesen, das sie wirken ließ, als hätte Midas sie berührt.

„Du erinnerst dich", stellte sie mit einiger Befriedigung fest, als ihr die Bewunderung in seinen Augen auffiel.

Er öffnete seinen Mund, um zu antworten, aber kein Wort kam heraus. Er schloss den Mund, schluckte und versuchte es erneut. „Du hast dieses Kleid in der Nacht getragen, in der wir uns kennenlernten." Es war eine seltsam romantische Interpretation des Abends des Mordes an einem Mann, aber unter den gegebenen Umständen vielleicht verständlich. Pickett schüttelte erstaunt den Kopf. „Wenn mir damals jemand gesagt hätte, dass du und ich in weniger als einem Jahr verheiratet sein würden, hätte ich gedacht, er gehöre nach Bedlam."

„Das Beste, was Frederick je für mich getan hat, war, mich zu dir zu führen." Ihr Blick fiel auf die Last in seinen Armen. „Aber was ist all das denn?"

Er sah auf die Blumen in seinen Händen, als wäre er überrascht, sie dort zu sehen, dann streckte er sie ihr unbeholfen entgegen. „Sie sind für dich. Es ist nur, na ja, ich habe dich noch nie zum Weinen gebracht. Das will ich nie wieder tun."

Sie ertappte sich dabei, wie sie Tränen zurückblinzelte, als sie ihm die Blumen abnahm. „Zu spät", sagte sie und lachte ein wenig über ihre eigene Narrheit. „Wie lieb von dir, John. Ich werde Rogers sie ins Wasser stellen lassen, ja?"

„Rogers kann warten", sagte Pickett, zog sie in seine Arme und küsste sie auf eine Weise, die eine erhebliche Bedrohung für die Blumen darstellte, die zwischen ihnen eingezwängt waren.

Endlich spürte sie, wie seine Finger ihre Haarnadeln lösten, was sie zum Protestieren veranlasste. „John, du ruinierst meine Frisur."

„Zum Teufel mit deiner Frisur", gab er zurück und machte keinen nennenswerten Versuch, sein Verhalten zu ändern.

„Was für einen herrischen Mann ich geheiratet habe", klagte sie mit einem auffälligen Mangel an Bedauern. „Aber du solltest dich besser umziehen, wenn wir am Covent Garden Theater ankommen wollen, bevor der Vorhang hochgeht."

Widerwillig stimmte Pickett dem zu, legte seinen Alltagsrock aus braunem Serge ab und wusch sich, um dann nach Thomas zu klingeln, um sich in die Abendkleidung helfen zu lassen, die er bei seiner Hochzeit getragen hatte. Als dieser Vorgang abgeschlossen war (und Pickett musste zugeben, dass es mit Thomas Hilfe weniger Zeit brauchte, als er allein gebraucht hätte), machten sich die Picketts zusammen auf den Weg nach Covent Garden.

Und wenn es einem der beiden in den Sinn gekommen wäre, dass sie sich vielleicht beide ein wenig zu sehr bemühten, das Thema ihrer früheren Meinungsverschiedenheit zu meiden, wäre zweifelhaft gewesen, ob sie dies als etwas anderes als sehr gute Sache betrachtet hätten.

* * *

Als Pickett und Julia vor dem Theater in Covent Garden ausstiegen, waren sie der Gegenstand des Jubels und nicht weniger scherzhafter Bemerkungen von Mitgliedern der Nachtpatrouille, die gerade in der Bow Street Amtsstube neben dem Theater Dienst hatten.

„Beachte sie nicht", sagte Pickett und funkelte seine Kollegen böse an, bevor er seine Frau nach drinnen führte.

Sie ließ ihren neuen Abendumhang in der Garderobe (in der Hoffnung, dass ihm das Schicksal seines Vorgängers, der ein Opfer des Feuers im Drury Lane Theater geworden war, erspart bleiben möge), und nahm dann Picketts Arm, als sie die Treppe zu den oberen Logen hinaufstiegen. Sie war eher schockiert zu entdecken, dass ihr in Gelddingen sonst so vorsichtiger Mann keine Kosten gespart hatte, als es um diesen Abend ging; die Loge, die er gemietet hatte, war eine der besten und daher auch teuersten. Die Karten und die Blumen, die er gekauft hatte, mussten einen großen Teil seiner fünfundzwanzig Schilling verschlungen haben.

Nachdem sie jedoch Platz genommen hatten, bemerkte sie, dass er seinen Blick über das Theater schweifen ließ, und erkannte, dass es ihm weniger darum ging, eine aufwendige Geste zu machen, als dass er die Ausgänge auskundschaftete und den besten Fluchtweg für den Notfall suchte; offensichtlich war sie nicht die Einzige, die lebhafte Erinnerungen an ihre Flucht aus dem brennenden Drury Lane Theatre zwei Monate zuvor hatte. Sie konnte nicht umhin, als froh darüber zu sein, da es dabei half, seine Aufmerksamkeit von den neugierigen Blicken, erhobenen Operngläsern und gelegentlich auf sie deutenden Fingern abzulenken. Sie hob trotzig den Kopf, rückte ihren Stuhl näher an seinen und machte sich daran, auffällig mit ihm zu flirten.

Oder zumindest versuchte sie es. Es war schwierig, mit einem Mann zu flirten, der nicht dabei mitmachte.

„Was ist los, John?", fragte sie schließlich und fand seinen Blick fest auf die gegenüberliegende Seite des Theaters gerichtet.

„Sieh einmal in die Loge dort – die vierte vom Proszenium aus. Sind das Lord und Lady Washbourn?"

„Ich denke schon", sagte sie und griff instinktiv nach ihrem Retikül, bevor sie sich daran erinnerte, dass das

Objekt, das sie herausholen wollte, nicht da war. „Ich wünschte, ich hätte mein Opernglas nicht im Feuer verloren!"

Er schob seine Finger zwischen ihre. „Ich bin einfach nur froh, dass das *alles* war, was du verloren hast."

„Ich habe auch meinen Abendumhang verloren", erinnerte sie ihn und er drückte ihre Hand. „Doch sieh nur, was ich gefunden habe."

Es gab keine Gelegenheit mehr, noch etwas zu sagen, denn in diesem Augenblick hob sich der Vorhang und das Stück begann. Die Washbourns und ihre Probleme wurden bis zur Pause vergessen, als sich die Logen leerten, da die Mitglieder der Aristokratie sich zu den Erfrischungen in die Lobby begaben.

„Möchtest du etwas trinken?", fragte Pickett und machte eine vage Handbewegung in Richtung der Lobby. „Champagner, vielleicht? Heute Abend bin ich nicht im Dienst, wie du weißt."

Er schien von der Aussicht, nach unten zu gehen, um ihn zu holen, nicht sonderlich angetan zu sein und ihr wurde klar, dass ihm die neugierigen Blicke bewusster gewesen waren, als er sich hatte anmerken lassen. Sie hätte nicht überrascht sein sollen; schließlich hing sein Lebensunterhalt (zumindest vor der Ehe mit ihr) davon ab, dass er aufmerksam war. Obwohl ein Glas Champagner verlockend klang, wollte sie ihn nicht dieser Art von

Musterung aussetzen, der er begegnen würde, wenn er es holen gingen.

„Danke, Liebling, aber ich bin nicht durstig", sagte sie nicht ganz wahrheitsgemäß. „Bleiben wir doch hier, ja? Oh, sieh doch! Nun, was hältst du *davon*?"

Ohne so vulgär zu sein, mit dem Finger zu zeigen, schaffte sie es, ihren Fächer so zu halten, dass er seine Aufmerksamkeit auf eine Loge auf der gegenüberliegenden Seite lenkte, eine Etage unter der Loge der Washbourns und ein wenig weiter rechts davon. Lord Washbourn hatte sie gerade betreten und stand da im Gespräch mit einer Dame, deren üppiger Busen drohte, aus ihrem tiefen Ausschnitt zu entkommen.

„Wenn ich raten sollte, würde ich meinen, dass das Lady Barbara Brennan ist", sagte er.

Julia nickte. „Ebendiese. Und in der Zwischenzeit sitzt die arme kleine Lady Washbourn ganz allein dort."

„Dagegen könnten wir etwas unternehmen", sagte Pickett, schob seinen Stuhl zurück und erhob sich.

„Was machst du da?"

„Alles scheinen Besuche zu machen. Warum sollten wir das nicht tun?"

„Eine ausgezeichnete Idee." Sie reichte ihm ihre Hand und erlaubte ihm, ihr beim Aufstehen zu helfen. „Ich kann allerdings nicht umhin, mich zu fragen, ob es schlicht menschliche Freundlichkeit ist, die dich treibt, oder ob du hoffst, etwas Nützliches zu erfahren."

„Ein bisschen von beidem vielleicht."

Sie nickte weise. „Das dachte ich mir. Also gut, Mr. Pickett, geh voran!"

Das tat er, und während sie den langen, geschwungenen Korridor zur anderen Seite des Theaters entlang gingen, bemerkte sie wieder einmal, dass die Unbeholfenheit, mit der er sich bei rein gesellschaftlichen Anlässen bewegte, verschwand, wenn er ein Mann mit einem Ziel wurde. Pickett seinerseits zählte Türen, als sie vorbeigingen, und fragte sich, wie sie die richtige Loge erkennen würden, wenn sie bei ihr ankamen. Glücklicherweise erledigte sich dieses Dilemma, als er einen Lakaien in der Livree der Washbourns erkannte, der vor einer solchen Tür Stellung bezogen hatte.

„Lord und Lady Washbourn?", erkundigte sich Pickett, nur um sicherzugehen.

„Seine Lordschaft hat die Loge verlassen, aber Mylady ist drinnen."

„Ausgezeichnet!"

Der Lakai schwang die Tür auf und trat beiseite, um ihnen den Zutritt zu ermöglichen.

„Schon so bald zurück, mein Lieber?", begann Lady Washbourn und drehte sich beim Geräusch der aufgehenden Tür um. „Oh, Mr. Pickett! Und Mrs. Pickett, ich freue mich sehr, Euch zu sehen." Sie erhob sich von ihrem Stuhl und versank in einem Knicks.

Man begrüßte sich und dann deutete die Gräfin auf den Stuhl, den ihr Mann geräumt hatte. „Washbourn ist im Moment nicht hier, aber er müsste gleich wieder da sein. Möchtet Ihr Euch nicht inzwischen setzen?"

Sie nahmen Platz und Pickett brachte das Gespräch auf das Thema, das er am Morgen nicht mit der Gräfin hatte besprechen können. „Mylady, meine Frau und ich sprachen über das Porträt, das über Eurem Kaminsims hängt", sagte er, was sicher eine neue Art war, um die Unterhaltung zu beschreiben, die vor ein paar Stunden stattgefunden hatte. „Mrs. Pickett meint, es wäre von einem Mr. Tomkins gemalt worden."

„Ihr habt ein gutes Auge, Mrs. Pickett", sagte sie zu Julia und wandte sich dann an Pickett. „Ja, Mr. Henry Tomkins von der Royal Academy."

„Wurde es kurz nach Eurer Hochzeit gemalt oder erst kürzlich?"

Lady Washbourn musterte ihn eindringlich und erkannte, dass hinter seiner unschuldigen Befragung mehr steckte als nur ein Interesse an der Kunst. „Es wurde vor sechs Monaten gemalt, als wir zur Herbstsitzung des Parlaments in der Stadt waren. Mr. Tomkins ist sehr gefragt, wisst Ihr, und es ist praktisch unmöglich, seine Dienste während der Saison in Anspruch zu nehmen."

„Hat Euer Mann zusehen, als Mr. Tomkins Euch

malte?" Da ihm auffiel, dass er von neugierigen Ohren in den benachbarten Logen belauscht werden könnte, fügte Pickett beiläufig hinzu: „Ich schätze, das Porträt dürfte nicht billig gewesen sein, daher wäre ich nicht überrascht, wenn Seine Lordschaft sich davon hätte überzeugen wollen, dass er auch etwas für sein Geld bekam."

„Nein, denn Mr. Tomkins erlaubt niemandem, ihm beim Malen zuzusehen. Ich gestehe, dass ich mehr als ein bisschen nervös wegen des fertigen Bildes war, denn ich brauche keinen Künstler, um mir zu sagen, dass ich keine Schönheit bin. Trotzdem kann ich nicht anders, als mit dem Ergebnis zufrieden zu sein. Es ist ein sehr schmeichelhaftes Abbild, nicht wahr?"

„Im Gegenteil, ich fand, der Künstler hätte Euch sehr gut getroffen", sagte Pickett. Er senkte die Stimme, um zu fragen: „Als Mr. Tomkins seinen Auftrag erfüllt hatte und seine Rechnung präsentierte, hat er erwähnt, dass er eine seiner Farben verloren oder verlegt hätte?"

„Äh, nein, Mr. Pickett", antwortete sie ebenso gedämpft, aber ihr Gesichtsausdruck war verwirrt. „Hätte er das tun sollen?"

„Das ist, was ich gern wissen würde, Mylady. Wenn Ihr Euch an einen solchen Vorfall erinnert, würdet Ihr mir eine Nachricht schicken, entweder in die Bow oder die Curzon Street?"

„Natürlich." Da sie zu Recht annahm, dass das Thema

erledigt wäre, zumindest vorläufig, wandte sie sich in völlig anderem Ton an Julia. „Sagt mir, Mrs. Pickett, was haltet Ihr von dem *Getäuschten Bräutigam?*"

Julia schüttelte den Kopf. „Es ist ein sehr amüsantes Stück, aber ich fürchte, ich kann nicht viel von der Intelligenz eines Mannes halten, der seine Frau nicht in einer Verkleidung erkennt." Sie lächelte Pickett zu. „Ich vermute, dass mein eigener Mann eine solche List sehr schnell aufdecken würde."

„Ja, aber Ihr seid auch mit einem besonders klugen Mann verheiratet", wandte Lady Washbourn ein. „Außerdem hat Mr. Goodman keinen Anlass zu der Vermutung, dass seine Braut eine Prinzessin ist, daher auch keinen Grund zu erwarten, sie in einer solchen Rolle zu sehen."

„Es wird interessant sein zu sehen, wie er reagiert, wenn er es herausfindet", bemerkte Pickett mit vielleicht unangemessenem Ernst, da das zur Diskussion stehende Stück eine Komödie war.

„Ihr werdet nicht lange warten müssen, denn der zweite Akt sollte bald anfangen. Ich hoffe doch, dass Washbourn nicht zu spät kommen wird – ach, da bist du ja", sagte sie ein bisschen zu aufgeräumt und schaute auf eine Stelle hinter Picketts Schulter.

„Verzeih mir, meine Liebe – Mrs. Pickett, Mr. Pickett", fügte er hinzu und nickte seinen Besuchern nacheinander zu. „Irgendwelcher Unsinn wegen eines verlorenen Fächers. Lady Barbara ist überzeugt, dass sie ihn in der Nacht unseres Maskenballs verloren haben muss."

„Sie hat dich in ihre Loge gerufen, um über einen verlorenen Fächer zu reden?", fragte Lady Washbourn, anscheinend unfähig zu verhindern, dass sich ein Hauch von Ironie in ihre Stimme schlich.

Seine Lordschaft nickte. „Dieser besondere Fächer war ein Geschenk von – von einem früheren Verehrer." Sein leises Zögern ließ bei Pickett keinen Zweifel an der Identität des fraglichen Verehrers. „Ich sagte ihr, du hättest nicht erwähnt, dass so etwas gefunden worden wäre – obwohl es dir wegen des Todes der armen Annie sicher hätte entfallen können – und dass sie diese Frage besser dir stellen sollte."

„Ja, natürlich", stimmte die Gräfin mit einem Eifer zu, den Pickett gleichzeitig rührend und mitleiderregend fand. „Ich kann mich nicht daran erinnern, dass ein solcher Gegenstand aufgetaucht wäre, aber ich werde das Personal befragen."

Die Unterhaltung wurde nach der Ankunft des Earls mühsamer und es schien Pickett, dass sie alle ein wenig zu angestrengt versuchten, das Thema von Annies Tod zu meiden. Schließlich war es eine Erleichterung, als der Gong ertönte, um anzukündigen, dass die Theaterbesucher für den zweiten Akt auf ihre Plätze zurückzukehren sollten.

Leider tauschte Pickett nur ein Problem gegen das andere aus. Er entkam dem realen Drama der Ehe der Washbourns, nur, um sich dem auf der Bühne inszenierten gegenüber zu sehen, wo die Probleme des begriffsstutzigen Mr. Goodmans Picketts eigener Situation nur zu sehr ähnelten.

Anscheinend war Julia sich dieser Parallele ebenso bewusst, denn sie hatten sich kaum auf ihren Plätzen niedergelassen, als sie ihn scharf ansah und bemerkte: „Ich schätze, Mr. Goodman wird über seinen unerwarteten Aufstieg in der Welt recht erfreut sein."

„Sie könnten sehr glücklich sein, wenn sie von seinem Einkommen leben", meinte er. „Es ist ja nicht so, als würden sie auf der Straße betteln müssen."

„Ja, aber warum sollten sie das tun? Warum sollte sie ihr Königreich nur seinem Stolz zuliebe aufgeben?"

„‚Nur seinem Stolz zuliebe', Julia? Dazu kommt noch das kleine Problem mit ihrer Täuschung, weißt du. Sie nennen es nicht umsonst *Der getäuschte Bräutigam*. Sie hätte es ihm sagen müssen."

„Vielleicht hatte sie das Gefühl, dass sie das nicht könnte", gab Julia zurück. „Vielleicht wusste sie, wenn sie es ihm von Anfang an gesagt hätte, wäre er zu – zu verdammt *edelmütig* gewesen, um sie überhaupt zu heiraten!"

„Verdammt, Julia, er fand es in seinen *Flitterwochen* heraus! Ausgerechnet von seinem *Schwiegervater*!"

„Was?" Völlig verwirrt blickte sie auf das gedruckte Programm in ihrer Hand hinunter, dessen Beschreibung der Handlung absolut keine Ähnlichkeit mit dem Szenario hatte, das er gerade beschrieben hatte.

In diesem Moment öffnete sich, vielleicht zum Glück, der Vorhang zum zweiten Akt.

„Egal", murmelte Pickett, als er seine Augen auf die Bühne richtete, da ihm unangenehm bewusst wurde, dass er zu viel gesagt hatte.

Das Stück ging seinem unvermeidlichen Ende zu: Die schöne Gwendolyn wurde als die echte Prinzessin von Sylvania entlarvt, der gut aussehende, aber begriffsstutzige Mr. Goodman nahm seinen Platz an ihrer Seite ohne weitere Bedenken ein und alle lebten glücklich bis an ihr Ende. Trotzdem, ein wenig von der Stimmung des Abends war verloren gegangen. Als sie sich nach ihrer Rückkehr in die Curzon Street zum Schlafen fertig machten, gab Pickett Julia einen kurzen Kuss auf die Wange, blies die Kerze aus und drehte sich um. Doch es dauerte lange, bis er einschlief.

14

*In den John Picketts Ermittlungen
eine unerwartete Wendung nehmen*

Bevor Pickett sich am nächsten Morgen in der Bow Street meldete, ging er im Atelier von Mr. Henry Tomkins, R.A., vorbei. Als er die Tür öffnete, kündigte eine über dem Türrahmen angebrachte Glocke seinen Eintritt an und eine männliche Stimme aus dem Obergeschoss rief die Frage herunter, was sein Anliegen wäre.

„John Pickett, Bow Street", sagte er und fühlte sich mehr als nur ein wenig albern, die Treppe hinauf zu einem unsichtbaren Sprecher rufen zu müssen. „Ich würde Ihnen gern ein paar Fragen stellen, wenn ich darf."

„Bow Street, sagt Ihr? Oh, na gut", gab die körperlose Stimme widerwillig zu. „Ich schätze, Ihr kommt besser herauf."

Pickett kletterte die Treppe ins obere Stockwerk hinauf, wo, wie er annahm, der Künstler in dem Raum an der Vorderseite des Hauses arbeitete, um das Licht der großen Fenster, die auf die Straße hinausgingen, zu nutzen. Diese Theorie erwies sich als richtig; leider entdeckte Pickett zu seinem Kummer, dass der Künstler Gesellschaft hatte. Tatsächlich arbeitete Mr. Tomkins intensiv an einem neuen Porträt, dessen Modell sich auf einer Chaiselongue räkelte und nur mit einem strategisch platzierten Schal bekleidet war.

„Ähm, es tut mir leid", stammelte Pickett, wurde dunkelrot und drehte dem übermäßig sichtbaren und ziemlich verlegenen Modell schnell den Rücken zu. „Ich wusste nicht – ich dachte, Ihr wäret allein."

Mr. Tomkins legte seinen Pinsel hin, nahm ein Tuch und begann, sich die Farbe von den Händen zu wischen. „Schon gut, Mr. Pickett", sagte er mit einem Seufzer, der das Gegenteil besagte.

Zu spät wurde Pickett klar, dass er seine Anschrift besser mit Curzon Street angegeben hätte und eine Geschichte erfunden, dass er die Dienste des Malers in Anspruch nehmen wollte. Die nächsten Worte des Künstlers verdrängten jedoch solche kleinlichen Überlegungen aus seinen Gedanken.

„Wenn du mich entschuldigen willst, Persephone, kannst du dich etwas ausruhen, bevor wir weitermachen."

„*Persephone?*" Bei der Erwähnung des Namens wirbelte Pickett herum, um das Modell des Künstlers zu mustern, ihren Mangel an Kleidung vergessend.

Doch nicht lange. Die Frau hatte ihren Schal auf den Sitz der Chaiselongue fallen lassen und einen Satin-Morgenrock aufgehoben, wobei sie es nicht eilig zu haben schien, diesen anzuziehen. Als sie ihren Namen in einem Tonfall ungläubiger Bestürzung ausgerufen hörte, schaute sie Pickett an und zwinkerte ihm zu.

Mr. Tomkins sah von einem zum anderen. „Ihr beide kennt Euch?"

„Wir, äh, wir sind einander nicht wirklich vorgestellt worden", meinte Pickett zögernd.

„Oh doch", warf das Modell des Künstlers ein und fuhr mit den Armen in die Ärmel ihres Morgenmantels. „Dr. Humphrey stellte uns vor. Erinnerst du dich nicht?"

In der Tat hatte Pickett sein Bestes getan, um überhaupt nicht an dieses Erlebnis zu denken, doch es war unwahrscheinlich, dass er seine Begegnung mit Persephone oder Electra, einem weiteren Mitglied dieser Schwesternschaft, je vergessen würde, die den Auftrag gehabt hatten, seine Männlichkeit (oder genauer gesagt, den Mangel daran), zu beweisen, um eine Annullierung erwirken zu können, während Dr. Edmund Humphrey die Vorgänge beobachtete und sich Notizen machte. Pickett hatte gehofft, nie wieder ein Mitglied dieses unheiligen Kleeblatts zu Gesicht zu bekommen, und jetzt war er bereits zwei von den dreien innerhalb weniger als zwei

Wochen begegnet.

„Ich, äh, …"

„Macht nichts, Süßer, ich sage nichts", versicherte sie ihm, während ihr Blick in freundlicher Erinnerung über seine Gestalt glitt. „Ich hoffe, die kleine Angelegenheit wurde zur allgemeinen Zufriedenheit geregelt?"

„Ja, sehr zur Zufriedenheit", sagte Pickett mit einem Anflug von Trotz. „In der Tat beschlossen die Dame und ich, verheiratet zu bleiben."

„Oh, gut gemacht", schnurrte sie zustimmend. „Ich muss sagen, ich dachte damals, dass es eine richtige Schande wäre."

„Wenn du nebenan auf mich warten würdest", unterbrach der Künstler ungeduldig, „möchte ich diese Angelegenheit mit Mr. Pickett gern erledigen, damit ich weiterarbeiten kann, bevor ich das Morgenlicht verliere."

„Natürlich, Hank", gurrte sie und rauschte dann aus dem Raum.

„Nun, Mr. Pickett, was kann ich für Euch tun?"

„Ich glaube, Ihr habt vor Kurzem ein Porträt der Gräfin von Washbourn gemalt."

Mr. Tomkins nickte. „Ja, vor ungefähr sechs Monaten. Was ist damit?"

Pickett betrachtete Persephones verlassene Chaiselongue mit einiger Bestürzung, als ihm ein neuer und unerwünschter Gedanke kam. „Ist Lady Washbourn für ihre Sitzungen hierher in Euer Studio gekommen?"

„Nein, natürlich nicht. Das Atelier ist sehr gut für Leute von der Art Persephones, aber für Aufträge wie Lord Washbourns stehe ich ihm natürlich zur Verfügung – oder zur Verfügung Myladys, wie es der Fall war."

„Und nachdem er Euch beauftragt hatte, das Bild seiner Gattin zu malen, hat Seine Lordschaft besonderes Interesse an den Arbeiten selbst gezeigt – wollte er vielleicht zusehen, als Ihr gemalt habt?"

„Nein, das wollte er nicht, und ich bin dankbar dafür", gestand der Maler. „Im Allgemeinen erlaube ich anderen nicht, mich bei der Arbeit zu beobachten, aber wenn man so viel bezahlt wie Lord Washbourn – nun, es wäre unangenehm gewesen, dieses Verbot bei ihm durchzusetzen."

Pickett sah auf den offenen Farbkasten, der auf einem Tisch neben der Staffelei des Malers stand. „Es muss eine Herausforderung sein, an einem anderen Ort als in Eurem Atelier zu arbeiten. Ihr müsst sehr aufpassen, dass Ihr nichts vergesst."

„Nicht so schlimm", sagte Mr. Tomkins zu Picketts Enttäuschung. „Lange bevor ich es mir leisten konnte, ein Studio einzurichten, habe ich mich bemüht, Aufträge von Tür zu Tür einzuholen, sodass ich bereits eine etablierte Routine für die Arbeit an verschiedenen Standorten hatte. Das größere Risiko besteht darin, etwas im Atelier zu vergessen und mir dann zu wünschen, ich hätte daran gedacht, es in meinen Farbenkasten zu legen. Das heißt natürlich nicht, dass ich nie etwas vergesse. Tatsächlich wurde mir ein oder zwei Tage nach Abschluss des Washbourn-Auftrags klar, dass ich etwas in ihrem Haus am Grosvenor Square zurückgelassen hatte."

„In der Tat?", fragte Pickett und spitzte bei dieser Eröffnung die Ohren. „Vielleicht eine Farbtube?"

Die Augenbrauen des Künstlers hoben sich überrascht. „Wie, ja, tatsächlich. Woher wisst Ihr das?"

„Gut geraten", sagte Pickett geheimnisvoll. „Ich hoffe, Ihr habt sie wiederbekommen?"

Mr. Tomkins schüttelte den Kopf. „Es war nicht nötig, Lady Washbourn wegen so etwas zu belästigen. Die Tube war fast leer, und Ocker ist ohnehin billig, also" – er brach mit einem Achselzucken ab.

„Dann war die fehlende Farbe nicht Preußischblau?", fragte Pickett und sah sich enttäuscht.

„Nein, es war Ocker, ein gelbliches Braun, das ich – natürlich in Kombination mit mehreren anderen Pigmenten – verwendet habe, um die Haare der Lady sowie bestimmte Teile des Hintergrunds und den Teppich zu ihren Füßen wiederzugeben."

„Verstehe", sagte Pickett und gab mit einigem Bedauern etwas auf, was wie eine sehr vielversprechende Theorie ausgesehen hatte. „Nun, dann will ich Eure wertvolle Zeit nicht weiter in Anspruch nehmen."

Der Maler nickte zum Abschied, offensichtlich ungeduldig, wieder an die Arbeit gehen zu können, und Pickett verließ das Gebäude. Als er in die Bow Street zurückkehrte, fand er Dr. Gilroy auf ihn warten, ein dickes Buch unter einem Arm, dessen Ledereinband rissig und dessen Seiten mit Eselsohren von häufigem Gebrauch verknickt waren.

„Der gute Doktor hier möchte Euch etwas sagen, Mr. Pickett", informierte Mr. Colquhoun ihn ohne Vorrede. „Ihr könnt mein Arbeitszimmer benutzen, um Ruhe zu haben, wenn Ihr möchtet."

Pickett nickte. „Vielen Dank, Sir." Er führte den Doktor in das private Arbeitszimmer des Richters und schloss die Tür hinter ihnen. „Es tut mir leid, dass Ihr warten musstet, Dr. Gilroy. Ihr habt Informationen für mich?"

„Ich denke schon, obwohl Ihr am besten werdet beurteilen können, ob sie nützlich sind oder nicht." Der Arzt legte das schwere Buch auf den Tisch und begann, ein paar Seiten umzublättern. „Ich habe mir die Freiheit genommen, in meinen medizinischen Texten nach Blausäure zu suchen, um sicherzugehen, dass ich nichts vergessen hätte, das Euch nützlich sein könnte."

„Und?"

„Und es scheint, dass das Pigment Preußischblau

nicht die einzige Quelle des Gifts ist. Es kommt auch natürlich in bestimmten Pflanzen vor, einschließlich den Samen gewöhnlicher Früchte."

„Welche Früchte?", fragte Pickett, als eine neue und völlig unerwartete Möglichkeit in seinem Kopf Gestalt anzunehmen begann.

Der Doktor fuhr mit dem Finger die Seite hinab. „Äpfel, zum einen, aber auch bei Steinobst wie Aprikosen, Kirschen, Pfirsichen, Pflaumen …" Dr. Gilroy unterbrach seine Aufzählung, um zu fragen: „Geht es Euch gut, Mr. Pickett?"

„Ja, mir – mir geht es schon gut", stotterte Pickett und kniff die Augen bei dem blendenden Licht der Erleuchtung zu.

Er konnte sich hinterher nicht daran erinnern, was genau er dem Arzt gesagt hatte. Er hoffte, dem Mann für die Informationen gedankt zu haben, bevor er ihn wieder fortgeschickt hatte, aber das hätte er nicht beschwören können. Er konnte sich jedoch daran erinnern, mit wild kreisenden Gedanken im Kopf darauf gewartet zu haben, bis Mr. Colquhoun seine Geschäfte auf der Richterbank beendet hatte.

„Ich fürchte, ich habe es völlig falsch angefangen", sagte er dem Richter, sobald er mit seinem Mentor ein Wort unter vier Augen wechseln konnte.

„So?", fragte Mr. Colquhoun, dessen buschigen

weißen Brauen sich nachdenklich zusammenzogen. „Inwiefern?"

„Lord Washbourn versucht nicht, seine Frau zu töten. Lady Washbourn versucht, ihren Mann zu töten."

„Um Himmels willen! Seid Ihr sicher?"

„Nein, nicht völlig, aber es sieht auf jeden Fall danach aus." Er zählte die Abfolge der Ereignisse an seinen Fingern ab. „Lady Washbourn – deren Vater Brauer war, vergessen wir das nicht – macht ihren eigenen Ratafia mit Pfirsichen und Mandeln; kurz vor dem Maskenball geht die Lady nach unten und weist das Personal an, diesen zusätzlich zu dem Champagner und dem Negus, die sie für die Gesellschaft bestellt hatte, zu servieren; Lord Washbourn bringt ihr ein Glas dieses Getränks, das sie unberührt wegstellt; und schließlich nimmt ein ahnungsloses Dienstmädchen ein Glas Ratafia, trinkt es aus und stirbt innerhalb von Minuten."

„Wir wissen nicht, ob es dasselbe Glas war", wandte der Richter ein.

„Das stimmt, Sir, aber wenn ich wetten würde, könnte ich Euch darauf keine hohe Quote geben."

„Selbst wenn das der Fall wäre, hätte nicht Lady Washbourn dieses Glas ihrem Mann reichen müssen statt andersherum?"

„Ich habe die Einzelheiten noch nicht völlig durchdacht", gestand Pickett. „Ich hatte die Möglichkeit bis gerade eben noch nicht einmal in Betracht gezogen."

„Ich verstehe", sagte Mr. Colquhoun und nickte. „In der Zwischenzeit könntet Ihr mir vielleicht sagen, warum die Lady dies wünschen sollte und warum sie einen Bow Street Läufer auf die Spur setzen wollen würde."

Pickett dachte an Lady Washbourn, die traurig und einsam dasaß, während ihr Ehemann in trautem *tête-à-tête* mit der Dame saß, die er einst zu heiraten gehofft hatte. „Die älteste Geschichte der Welt", erklärte er dem Richter. „Sie ist in ihren Mann verliebt, aber er liebt eine andere Frau, eine, die er einmal zu heiraten gewünscht hatte und die vielleicht sogar jetzt seine Geliebte ist. Lady Washbourn beschließt, dass, wenn sie ihn nicht haben kann – nur für sich – dann soll niemand ihn haben."

„Und der Grund, warum sie Euch hineingezogen hat?"

„Um ihre eigene Unschuld zu beweisen. Sie hat sich als beabsichtigtes Opfer dargestellt, und wenn dann seiner Lordschaft ein tragischer ‚Unfall' zustößt, was sollte ich anders denken, als dass er in seine eigene Falle getappt ist, sozusagen? Der Tod des Dienstmädchens hilft ihr sogar dabei. Schließlich haben wir bereits ein unbeabsichtigtes Opfer; warum kein zweites?"

Der Richter schüttelte den Kopf. „Es ergibt einen gewissen Sinn, aber sie würde ein schreckliches Risiko eingehen. Sie konnte nicht mit Sicherheit wissen, dass Ihr nicht über die Wahrheit stolpern würdet."

Picketts Mund verzog sich zu einem ironischen Lächeln. „Ja, nun, es wäre nicht das erste Mal, dass ich unterschätzt werde."

„Also, mal angenommen, dass Eure Theorie stimmt, wie wollt Ihr sie beweisen?"

„Das ist das Problem, Sir", sagte Pickett mit einem Seufzer. „Als Erstes möchte ich einen Blick auf Lady Washbourns Haushaltsraum werfen, wo sie das Zeug braut. Also muss ich wohl wieder zum Grosvenor Square."

„Nein, das wird nicht helfen."

„Verzeihung, Sir, aber warum nicht?"

„Weil es in einem Stadthaus so etwas nicht gibt. Denkt nach, Mann! Lady Washbourns Haushaltsraum müsste bei ihrem Landhaus untergebracht sein, wo die Obstgärten seiner Lordschaft sind."

„Oh", sagte Pickett, eher verblüfft. „Ja, ich verstehe."

„Also erwarte ich, dass Ihr nach Surrey, nach Washbourn Abbey, fahren wollt." Mr. Colquhoun drehte sich in seinem Stuhl um und blickte auf die große Uhr, die an der Wand über seiner Bank montiert war. „Wenn Ihr Euch beeilt, könnt Ihr die Kutsche, die am Mittag in Cheapside abfährt, noch erreichen, und bei Einbruch der Nacht in Croydon sein."

„Ihr habt nichts dagegen?", fragte Pickett erstaunt über das bereitwillige Eingehen des Richters auf einen

Plan, von dem er geglaubt hatte, er würde beträchtliche Überzeugungsarbeit erfordern.

„Ich bin nicht völlig überzeugt, wohlgemerkt, doch Eure Theorie ist stark genug, dass sie auf jeden Fall untersucht werden muss. Ich hoffe nur, Ihr findet genug Beweise, um Lady Washbourn entweder zu verdammen oder ihre Unschuld zu bestätigen."

„Das hoffe ich auch", sagte Pickett gefühlvoll.

„Und jetzt solltet Ihr besser nach Hause gehen." Der Richter musterte seinen jüngsten Läufer mit einem Zwinkern in seinen blauen Augen. „Außer, dass Ihr Eure Tasche packen müsst, nehme ich an, dass Euer Abschied einige Zeit brauchen wird."

* * *

„Ich wünschte, du würdest nicht so bald nach Sussex zurückkehren, Emily", beklagte Julia sich bei Lady Dunnington, als sie sie an diesem Morgen in der Audley Street aufsuchte. „Was soll ich denn ohne dich machen?"

„Dasselbe, was du getan hast, bevor ich ankam", erklärte Emily. „Einkaufen, zu Hookhams Buchhandlung gehen, im St. James's Park spazieren gehen …" Sie brach diese Aufzählung von Unterhaltungen ab, um eine praktische Bemerkung einzuwerfen. „Selbst wenn ich in London bliebe, könnte ich dich nicht mehr lange begleiten. Der kleine Geist hier macht seine Anwesenheit in wachsendem Maße schwer zu verbergen – und ich meine *wachsend*", fügte sie hinzu, und obwohl sie ihren Mund missbilligend verzog, tätschelte sie doch die Schwellung ihres Leibes liebevoll.

„Aber ich habe vorher nichts gemacht", gestand Julia. „Nicht eigentlich. Man kann nicht ständig Blumen im Foyer arrangieren oder die Mahlzeiten für die Woche planen oder der Haushälterin Anweisungen erteilen oder die Socken seines Mannes stopfen – oh, das muss ich von der Liste streichen, weil ich ihm neue gekauft und die alten entsorgt habe. Vielleicht sollte ich Monogramme auf seine Taschentücher sticken", murmelte sie und erinnerte sich an das eine, mit dem er ihre Tränen getrocknet hatte.

Lady Dunnington rümpfte die Nase. „Monogramme auf Taschentücher sticken klingt nicht nach meiner Vorstellung einer schwindelerregenden Zerstreuung, aber solange es dich aus dem Haus bringt …" Sie zuckte mit den Schultern.

„Ich würde wohl eher den Herrenausstatter ein halbes Dutzend – oder vielleicht ein ganzes – schicken lassen", fügte Julia hinzu und dachte an die weiteren Stunden, die die Stickerei füllen würde.

„Julia Runyon Fieldhurst Pickett, *versteckst du dich*?", wollte Emily wissen.

„Natürlich nicht! Nun – ja – ich schätze doch – ich meine, irgendwie", gestand Julia verlegen.

„Dann *bereust* du deine *mésalliance*!"

„Nein, überhaupt nicht. Wenn überhaupt, sind meine Gefühle für John in den letzten zwei Monaten nur noch stärker geworden. Aber wenn ich ausgehe, werde ich mit Sicherheit angestarrt und es wird geflüstert und auf mich gezeigt – wenn man mich nicht direkt schneidet, was ebenso wahrscheinlich ist."

„Du wusstest, dass es so sein würde", erinnerte Emily sie, allerdings nicht unfreundlich. „Trotzdem warst du gestern Abend im Theater, nicht wahr?"

„Ja, aber das war etwas anderes, denn John war bei mir. Solange wir zusammen sind, kann ich alles ertragen. Ich muss ihn nur anschauen, um zu wissen, dass er zehnmal so viel wert ist wie jeder, der über ihn die Nase rümpft." Sie seufzte. „Doch tagsüber muss er arbeiten, und daher hänge ich ein wenig in der Luft."

„Er könnte das aufgeben", meinte die Gräfin. „Deine Witwenversorgung ist so eingerichtet, dass sie auch nach deiner Heirat weiterläuft, nicht wahr?"

„Ja, und das habe ich vorgeschlagen." Sie schauderte bei der Erinnerung. „Das kam nicht gut an."

„Nein, ich wage zu behaupten, dass er nicht die Art von Mann ist, der zufrieden wäre, als Mr. Julia Fieldhurst zu leben."

Julia kam schnell zur Verteidigung ihres Mannes. „Und das würde mir auch gar nicht gefallen!"

„Ich muss sagen, ich halte nur umso mehr von ihm.

Aber meine Liebe, du kannst dich nicht auf ewig vor der Gesellschaft verstecken. Du musst dich ihnen stellen. Je eher du das tust, desto früher werden sie etwas – oder jemanden! – anderes finden, um darüber zu klatschen."

„Ich weiß, dass du recht hast", gab Julia zu. „Trotzdem, das ist viel einfacher gesagt als getan."

Emily sprang ihr so schnell auf die Füße, wie es ihr wachsender Umfang erlaubte, und streckte Julia die Hand hin. „Dann treten wir ihnen doch gemeinsam entgegen, ja?"

Mit einigen Bedenken ergriff Julia die Hand ihrer Freundin. „Und was ist mit dem kleinen Geist?", fragte sie und deutete mit der freien Hand auf Emilys Taille.

„Ich werde meine weiteste Pelisse tragen und wenn wir nicht gegen einen starken Wind gehen, wage ich zu behaupten, dass niemand etwas merken wird. Und wenn doch, werden sie *zwei* schockierende Frauen haben, über die sie reden können, statt nur einer!"

Emily in solche aufrührerischer Stimmung konnte recht überwältigend sein, und sie walzte jeden Einwand, den Julia hätte erheben können, nieder. Bis sie den Park von St. James erreicht hatten, war Julia mehr als versöhnt mit diesem Spaziergang; in der Tat freute sie sich darauf. Die Bäume im Park entfalteten ihr frisches Grün und die Blumen begannen zu blühen, und es schien, dass die Fülle der Natur dazu diente, die Verheißung ihrer neuen Ehe widerzuspiegeln.

Leider waren sie noch nicht weit den Weg entlang gegangen, als ihre früheren Befürchtungen bestätigt wurden. Mehrere Damen ihrer Bekanntschaft bemühten sich sehr, ihren Blicken auszuweichen und andere gönnten ihr im Vorbeigehen nur ein äußerst knappes Nicken, während zwei junge Stutzer sie ziemlich unverschämt durch ihre Augengläser beäugten, als ob ihr Abstieg in der Welt ihnen eine Entschuldigung gäbe, ihr auch nicht das geringste Maß an Höflichkeit zuteilwerden zu lassen.

Ihre Kritiker hatten jedoch die Rechnung ohne Lady Dunnington gemacht. „Ach, Mrs. Langford-Hicks!", rief Emily aus und eilte voraus, um die Hände einer kräftigen Dame zu ergreifen, die alle Anzeichen gezeigt hatte, dass sie ihre Röcke raffen wollte, damit sie nicht durch eine zufällige Berührung mit der früheren Viscountess beschmutzt werden könnten. „Wie schön, Euch so wohl aussehend zu finden!"

„Lady Dunnington", grüßte die Frau und löste sich vorsichtig aus Emilys Griff. „Wie geht es Euch?"

„Umso besser, da ich die Gesellschaft meiner lieben Julia habe", erklärte sie und zog Julia ins Gespräch, ob diese es wollte oder nicht. „Ihr seid doch miteinander bekannt, nicht wahr?"

Da Mrs. Langford-Hicks keine Wahl hatte, nickte sie steif. „Mylady, äh, das heißt …"

„Mrs. Pickett", sagte Julia und gab die richtige Anrede mit mehr als nur einem Hauch von Trotz bekannt.

„Ja, denn sie hat kürzlich wieder geheiratet, wisst Ihr", warf Emily ein.

„Das hatte ich gehört", sagte die andere Dame und rümpfte die Nase, als ob sie etwas Widerwärtiges gerochen hätte. „Einen Bow Street Läufer oder eine solche Person, wenn das Gerücht nicht lügt."

„Oh, aber nicht irgendeinen Bow Street Läufer, denn ihr Mr. Pickett ist wohl der klügste von ihnen allen und wahrscheinlich auch der bestaussehende." Lady Dunnington fuhr fort, Picketts Person und Aussichten in so glühenden Worten zu beschreiben, dass der junge Mann sich wohl kaum selbst darin erkannt hätte. „Ich wäre keineswegs überrascht, wenn er zum Richter ernannt würde, bevor er dreißig ist und mit vierzig zum Ritter geschlagen", schloss sie. „Dann werden alle, die ihn in seinen Tagen in der Bow Street schräg angesehen haben, wie ein Haufen ziemlicher Narren wirken, nicht wahr?"

„Wirklich, Emily", tadelte Julia und unterdrückte ihr Gelächter, bis Mrs. Langford-Hicks fassungslos vor dem Ansturm der Worte zurückgewichen war. „Ich hatte keine Ahnung, dass du eine so hohe Meinung von John hast!"

„Nein, und wenn du ihm jemals verrätst, dass ich so etwas gesagt habe, werde ich es mit meinem letzten Atemzug leugnen! Aber Mrs. Langford-Hicks' Hochmut brauchte einen Dämpfer, denn was war sie denn vor ihrer Ehe anderes als Mr. Langford-Hicks' Haushälterin?" Als sie Julias Miene schockierter Schadenfreude sah, fügte sie hinzu: „Oh, das wusstest du nicht? Das war in '92 der große Skandal – oder meine ich '93? Wie auch immer, sie hat keinen Grund, auf jemanden herunterzusehen. Und die Tatsache, dass du zehn Jahre danach in die Gesellschaft eingeführt wurdest und nie von dieser Geschichte gehört hast, beweise genau, was ich dir zu sagen versuchte: Die Leute werden alles vergessen – oder zumindest das Interesse verlieren – wenn ein neuer Skandal kommt."

Was auch immer Julia zu dieser Behauptung hätte sagen wollen, sollte unausgesprochen bleiben, denn in diesem Moment wurde ihr Name von einer weiblichen Stimme gerufen.

„Mrs. Pickett! Ihr *seid* Mrs. John Pickett, nicht wahr?"

Erfreut, dass wenigstens *jemand* sie noch kennen wollte, drehte sich Julia um und sah eine junge Frau mit fest gedrehten dunklen Ringellocken in einem Straßenkleid, das so üppig mit Rüschen und Spitzen verziert war, dass der purpurrote Sarsenett unter der Verzierung kaum sichtbar war. „Ja, ich bin Mrs. Pickett. Was kann ich für Euch tun?"

„Oh, ich bin sicher, dass *Ihr* nichts für *mich* tun könntet! Ich bin Lady Gerald Broadbridge, wie Ihr wohl wisst."

Tatsächlich hatte Julia die erste Liebe ihres Mannes von dem Moment an erkannt, als sie sie sich nähern sah, aber sie weigerte sich, der Eitelkeit der jungen Frau zu schmeicheln, indem sie das merken ließ. „Ich freue mich, Euch zu sehen, Lady Gerald", sagte sie mit einem Knicks. „Sagt, kennt Ihr Lady Dunnington?"

Sophy schien weniger als erfreut über diese Begegnung, zweifellos, weil eine Gräfin höher stand als die Frau eines bloßen vierten Sohnes, selbst, wenn dessen Vater ein Herzog war. „Lady Dunnington", sagte sie wenig begeistert und machte einen winzigen Knicks.

„Lady Gerald." Emily wusste haargenau, wie man Arroganz dämpfte und gewährte Lady Gerald Broadbridge einen Knicks, der irgendwie alle Erfordernisse der Höflichkeit mit dem absolut richtigen Maß an Herablassung kombinierte.

„Ich freue mich, Eure Bekanntschaft zu machen, Euer beider", sagte Sophy und wandte sich mit einer Mischung aus Eifer und Bosheit an Julia. „Aber vor allem die Eure, Mrs. Pickett. Ich kenne Euren Ehemann, wisst Ihr."

„Ja, das ist mir bekannt", sagte Julia und hielt mühsam ihr Lächeln aufrecht. „Er hat wohl einmal für Euren Vater gearbeitet, glaube ich."

Sophy war nicht sehr erfreut über diese Erinnerung an ihre eigene bescheidene Herkunft, doch nachdem sie sich auf ihre Bekanntschaft mit John Pickett berufen hatte, konnte sie das kaum abwehren. „Ja, er war Papas Lehrling. Wie Ihr gelacht hättet, wenn Ihr ihn so gesehen hättet wie ich, ganz schwarz von Kohlenstaub! Er war ziemlich vernarrt in mich, wisst Ihr – in der Tat hat er mich angefleht, ihn zu heiraten."

„Ja, das hat er mir erzählt", sagte Julia, entschlossen, Sophy jede Illusion zu rauben, dass John Pickett noch immer seine jugendliche Leidenschaft als tiefes, dunkles Geheimnis pflegte. „Wie gut, dass man uns nicht erlaubt, unsere erste Liebe zu heiraten! Als ich sechzehn war, hatte ich eine große Leidenschaft für einen der Stallburschen."

„Bei mir war es der Tanzmeister", stimmte Emily zu.

„Ja, aber John war neunzehn", betonte Sophy.

„Umso schlimmer!", rief Julia aus. „Als ich neunzehn war, habe ich Fieldhurst geheiratet!"

Emily nickte. „Es ist doch seltsam, nicht wahr, dass junge Damen mit neunzehn oder noch jünger für heiratsfähig gehalten werden, doch wie viele junge Männer dieses Alters sieht man eine Ehe anstreben? Man könnte glauben, dass sie länger brauchen, um die nötige Reife zu finden."

„Vielleicht hindert die Natur sie auf diese Art und Weise daran, katastrophale Ehen zu schließen", schlug Julia trocken vor.

„Wie Eure mit Lord Fieldhurst?", wandte Sophy mit

einem spröden Lächeln ein. „Ich hoffe nur, dass der arme John länger lebt als Euer erster Ehemann."

„Das hoffe ich auch", stimmte Julia zu und ignorierte entschieden Sophys zu vertraulichen Gebrauch des Vornamens ihres Mannes, ebenso wie die Andeutung, dass sie für Lord Fieldhursts Tod verantwortlich gewesen wäre. „Aber wenn er – was Gott verhüten möge – das nicht tut, wird er wenigstens glücklich sterben. Ich hoffe nur, dass Lord Gerald ebenso glücklich ist."

Sophy wirkte bei dieser Bemerkung ein wenig verwirrt, als ob sie eine Beleidigung spürte, die sie nicht ganz begreifen konnte. „Wo Ihr von meinem lieben Gerry sprecht, ich darf ihn nicht warten lassen", sagte Sophy ein wenig zu aufgeräumt und sah sich über ihre Schulter nach dem untersetzten, rotgesichtigen Gentleman um, der den Pfad in ihre Richtung entlang gestapft kam. „Es hat mich so gefreut, Eure Bekanntschaft zu machen, Lady Dunnington, Mrs. Pickett."

Sie drehte sich auf dem Absatz um und eilte in Lord Geralds Richtung davon, wobei die gefärbten Straußenfedern auf ihrer Haube bei jedem Schritt empört hüpften.

„Katze!", sagte Emily und unterdrückte ihr Gelächter.

Julia musterte Sophys sich entfernende Rückseite. „Ja, das ist sie, nicht wahr?"

„Ich sprach von dir, meine Liebe. ‚Ich hoffe nur, Lord Gerald wird ebenso glücklich sein!' Wirklich, Julia, ich wusste nicht, dass du so etwas kannst."

„Ich nehme an, ich sollte mich schämen, aber ich konnte *nicht* zulassen, dass sie sich einbildet, John hätte ihr all diese Jahre noch nachgetrauert!" Sie seufzte. „Es ist sehr demütigend zu denken, dass der eigene Mann, der in jeder anderen Hinsicht ein außergewöhnlich kluger Mensch ist, sich von den Ränken eines solches Geschöpfs hat einfangen lassen!"

„Hattest *du* dir geschmeichelt, dass du, weil du die erste Frau in seinem Bett warst, auch die erste gewesen sein müsstest, die sein Herz erweckt hat?" Emily schüttelte den Kopf. „Dein Mr. Pickett mag jung sein, aber er ist ein gesunder Engländer mit genug rotem Blut, weißt du, und wenn es stimmt, dass er einmal der Lehrling eines Kohlenhändlers war, dann würde ich sagen, dass er nur wenigen anständigen Frauen begegnet ist. Ich hätte es bemerkenswerter gefunden, wenn er dieser da *nicht* erlegen wäre. Auf jeden Fall scheint mir, dass du mit deinem Stallburschen keinen großen Grund hast, etwas dazu zu sagen."

Julia sah ziemlich beschämt aus. „Es gab keinen Stallburschen. Nun, ich meine, doch, natürlich, aber ich hatte nicht das leiseste romantische Interesse an einem von ihnen. Ich wollte nur dieses grässliche Frauenzimmer auf ihren Platz verweisen." Sie warf Lord Gerald Broadbridge einen grollenden Blick zu, dessen Bauch seine geblümten

Weste sich spannen ließ, während er mit mühsamen Schritten dahin zockelte, die darauf schließen ließen, dass Seine Lordschaft unter Gicht litt. „Sieh ihn dir an! Er muss mehr als doppelt so alt sein wie sie, denn Lord Gerald ist mindestens fünfzig, wenn nicht älter – und man sieht ihm jedes Jahr an, dank der langen Jahre, die er sich mit Prinnys Carlton-House-Freunden herumgetrieben hat. Und doch wird er für einen großartigen Fang gehalten, während mein armer John ein Nichts ist, soweit es die Gesellschaft betrifft – zumindest so lange, bis sie ihn brauchen", fügte sie bitter hinzu.

„Das ist der Lauf der Welt, Julia", sagte Emily nicht ohne Mitgefühl. „Du kannst die Regeln missachten, auf eigene Gefahr, aber du wirst sie niemals ändern."

15

In dem die Flitterwochen ein plötzliches Ende nehmen

Nachdem er die Bow Street verlassen hatte, machte sich Pickett nicht sofort auf den Weg in die Curzon Street, sondern begab sich zum Grosvenor Square. Er hatte noch eine Kleinigkeit zu erledigen, bevor er diese Reise antreten konnte. Er wusste, dass es eine notwendige Vorbereitung für seine Ermittlungen in Washbourn Abbey war, aber dieses Wissen trug nicht dazu bei, das Gefühl zu verringern, dass er Lady Washbourn hinterging, da er sie selbst des Verbrechens verdächtigte, vor dem zu schützen sie ihn angestellt hatte.

Er schüttelte den Kopf, wie um den Gedanken zu vertreiben. Mr. Colquhoun hatte ihn schon vor langer Zeit davor gewarnt, persönliche Gefühle bei den Fällen zu entwickeln, an denen er arbeiten würde – und diese Warnungen eindringlich wiederholt, als die frisch verwitwete Lady Fieldhurst seinen Weg zum ersten Mal kreuzte. In allen anderen Fällen (na ja, den meisten von ihnen sowieso, zumindest denjenigen, an denen nicht die Dame beteiligt gewesen war, die jetzt seine Frau war), glaubte er, dass es ihm gelungen war, berufliche Distanz zu wahren. Aber irgendetwas an Lady Washbourns Situation erinnerte ihn ein wenig zu sehr an seine eigene. Wie die Gräfin hatte er über seinem Stand geheiratet, und obwohl die Parallelen nicht genau waren – er hatte weder ein Vermögen noch glaubte er, dass Julia das geringste Verlangen hegte, seinem Leben ein Ende zu bereiten – schien das Scheitern der Ehe der Washbourns irgendwie ein schlechtes Omen für die der Picketts zu sein.

Nachdem er die Washbourn-Residenz am Grosvenor Square erreicht hatte, schickte er seine Karte zu der Lady hinauf und wurde bald in den inzwischen vertrauten Salon geführt.

„Guten Morgen, Mr. Pickett", sagte die Gräfin und erhob sich, um ihn zu begrüßen. „Habt Ihr heute Neuigkeiten für mich?"

„Ich fürchte, nein", sagte er und wartete, bis der Butler die Tür hinter sich geschlossen hatte, bevor er fortfuhr. „Ich muss nach Washbourn Abbey fahren, um eine mögliche Spur zu verfolgen."

„Eine Spur? In Washbourn Abbey? Was …?"

„Ich kann im Moment nicht mehr sagen, Mylady", sagte Pickett hastig. „Bitte stellt mir keine Fragen, die ich nicht beantworten kann. Unterdessen fragte ich mich jedoch, ob Ihr mir ein Schreiben für Euer Personal dort mitgeben könntet. Ich möchte ungern den ganzen Weg nach Croydon reisen, nur, um an der Tür abgewiesen zu werden."

„Ja, natürlich."

Die Gräfin ging ohne zu zögern zu ihrem Schreibtisch vor dem Fenster hinüber, anscheinend ohne jeden Verdacht, dass sie, wenn sie diese Bitte erfüllte, ihr eigenes Schicksal besiegeln könnte. Entweder lag er mit seinem Verdacht völlig falsch, überlegte Pickett, oder die Lady verließ sich darauf, dass er nichts finden würde, das sie belasten könnte. Er hoffte er, dass das erstere stimmte.

Während der nächsten paar Minuten war kein Geräusch zu hören, außer dem Kratzen der Feder auf dem Papier. Schließlich steckte Lady Washbourn die Feder wieder in ihren Stand und streute Sand über die nasse Tinte, faltete dann das einzelne Blatt zusammen und siegelte es mit einer Oblate.

„Das sollte genügen, Mr. Pickett", sagte Lady Washbourn und reichte ihm den Brief. „Ich habe Anweisung erteilt, dass jedes Mitglied des Personals Euch bei Euren Ermittlungen in vollem Umfang unterstützen soll, einschließlich, alle Fragen zu beantworten, die Ihr stellen könntet und Euch alles zeigen, was ihr vielleicht sehen möchtet. Ich gehe davon aus, dass das ausreichen wird.“

„Ja, vielen Dank, Mylady.“

Er steckte den Brief in die Innentasche seines Rocks und verabschiedete sich, wobei er sich eher fühlte, wie Judas es wohl getan haben musste.

* * *

Er kehrte in die Curzon Street zurück, nur, um Julia nicht vorzufinden, und wurde sich eines Stichs der Enttäuschung bewusst; wenn man bedachte, dass sie bald getrennt sein würden, wollte er keine Minute ihrer Gesellschaft in der Zwischenzeit verlieren.

„Sie müsste bald zurück sein“, versicherte Rogers ihm. „Sie ist in die Audley Street gegangen, um die Gräfin von Dunnington zu besuchen. Wenn Ihr eine Nachricht schicken wollt, werde ich den jungen Andrew, den neuen Diener, sie überbringen lassen.“

„Nein, das wird nicht nötig sein“, sagte Pickett und unterdrückte einen Seufzer. „Ich gehe einfach nach oben und packe meine Tasche. Mit etwas Glück wird sie bis zu dem Zeitpunkt, wenn ich fertig bin, zurückgekehrt sein.“

„Ihr wollt verreisen, Sir? Möchtet Ihr, dass Thomas Euch begleitet?“

„Lieber Himmel, nein!“, sagte Pickett, erschrocken über die Vorstellung, versuchen zu müssen, eine diskrete Ermittlung mit einem Kammerdiener im Schlepptau durchzuführen. „Ich erwarte nicht, länger als einen Tag

270

unterwegs zu sein, daher werde ich sehr gut allein zurechtkommen."

„Thomas wird enttäuscht sein, Sir", bemerkte Rogers.

„Vermutlich, aber ich fürchte, das lässt sich nicht ändern."

Nachdem er sich entschlossen mit der Frage von Thomas' Empfindlichkeiten befasst hatte, begab sich Pickett nach oben und fand schließlich seinen abgeschabten Koffer in einem der unmöblierten Räume. Er trug ihn in sein Schlafzimmer, wo er ihn aufs Bett legte, öffnete dann die Kleiderschränke und holte so viel frische Wäsche heraus, wie er für eine Übernachtung benötigen würde. Und hier fand ihn Julia, eine Viertelstunde später.

„John?" Ihr Blick fiel auf den halb gefüllten Koffer auf dem Bett. „Gehst du fort?"

„Ich muss eine kurze Reise nach Croydon machen."

Ihr Gesicht hellte sich auf. „Ausgezeichnet! Ich klingele nach Betsy, dass sie meine Sachen packt. Wann reisen wir ab?"

„Nicht ‚wir', Mylady", sagte er entschuldigend und unterbrach das Packen lange genug, um sie in die Arme zu nehmen. „Es tut mir leid, dass ich ohne dich fahren muss, aber wenn alles gut geht, sollte ich morgen Abend wieder zurück sein."

Vierundzwanzig Stunden zuvor hätte Julia diese Zurückweisung mit guter Miene hingenommen. Doch vierundzwanzig Stunden früher war sie noch nicht von Leuten brüskiert worden, die sich früher um ihre Gunst bemüht hatten, noch war sie von Lady Gerald Broadbridge herablassend behandelt worden. Plötzlich schien ihr die Aussicht, allein in London zurückzubleiben, der Gnade solcher Menschen wie dieser ausgeliefert, mehr, als sie ertragen konnte.

„Willst du mich nicht mitnehmen?", fragte sie und klammerte sich an ihn, als er eigentlich hätte weiter packen müssen.

„Ich reise auf Kosten der Bow Street", erinnerte er sie. „Ich habe nur gerade genug, um die einfache Postkutsche zu bezahlen und Gott weiß welche Unterkunft ich zu nehmen gezwungen sein werde, wenn ich in Croydon ankomme."

„Ich werde dir nicht zur Last fallen", sagte sie schmeichelnd. „Schließlich kann ich für mich selbst zahlen."

Es war das Schlimmste, was sie hätte sagen können. „Es geht hier nicht um dein Geld, Julia", sagte er in einer Stimme, die keine Widerrede zuließ. „Selbst, wenn du dein Fahrgeld selbst zahlen würdest, könnte ich dich kaum mit in die gewöhnliche Postkutsche schleppen. Wir müssten eine private Kutsche mieten und dann einen Gasthof ausfindig machen, der sich für eine Lady eignet. Bis wir das alles arrangiert hätten, könnte ich bereits wieder zurück sein."

„Deine Wohnung in Drury Lane war nicht für eine Lady geeignet, und trotzdem habe ich dort fast zwei Wochen lang recht glücklich gelebt", erinnerte sie ihn. „Wir wären zusammen, und das würde sicherlich jede Unannehmlichkeit mehr als wettmachen."

„Aber wir *wären* nicht zusammen", betonte er. „Ich wäre in Washbourn Abbey und bis ich meine Arbeit dort erledigt hätte, müsstest du im Gasthof warten, wo du dich vermutlich bis zu Tränen langweilen würdest. Tut mir leid, Julia. Vielleicht ein anderes Mal, aber nicht heute." Er hielt die Angelegenheit für erledigt und wandte sich wieder zu den auf dem Bett liegenden Kleidern, hob ein Hemd auf und begann, es zusammenzufalten.

„Aber ich könnte dir helfen", beharrte sie und klammerte sich an seinen Ärmel.

„Wie du mir ‚geholfen' hast, indem du Lady Washbourn besucht hast?" Und im Gedanken an seinen Verdacht gegenüber der Gräfin fügte er mit einer ganz anderen Stimme hinzu: „Da ich gerade von Mylady spreche, muss ich dich bitten, sie nicht erneut zu besuchen, bis ich wieder zurück bin."

„Oh, musst du?", fragte sie mit vor Empörung schwellendem Busen. „In diesem Fall frage ich mich, warum du mich nicht lieber mitnehmen *möchtest*, damit du sicher sein kannst, dass ich nichts tue, was dir missfällt!"

„Julia …"

„Ich sehe schon, woran es liegt!", sagte sie anklagend und rote Flecken brannten auf ihren Wangen. „Du bist eifersüchtig! Du bist eifersüchtig, weil *ich* diejenige war, die wusste, wer Lady Washbourns Porträt gemalt hat und *ich* diejenige war, die herausgefunden hat, dass sie ihren Mann liebt und jetzt hast du Angst, ich könnte etwas Wichtiges entdecken, bevor du das tust!"

„Julia, das ist absoluter Unsinn und du weißt es!", fauchte er und feuerte das Hemd in die Tasche mit einer Kraft, die seine sorgfältigen Falten völlig auflöste.

„Oh, weiß ich das? Welchen anderen Grund kannst du haben, um – um mich derart auszuschließen?"

Bei dieser grob unfairen Anschuldigung riss sein Geduldsfaden und ein Dutzend kleiner Dinge, wegen deren er seinen Groll um des ehelichen Friedens willen unterdrückt hatte, brachen aus ihm heraus. „*Dich ausschließen*? Ich möchte sehen, wie ich das anstellen würde. Um Himmels willen, sieh mich an! Ich sehe nicht einmal mehr wie ich selbst aus!" Seine zornige Geste umfasste alles von seiner neuen Kleidung im Schrank bis zu seinem frisch geschorenen Kopf. „Du hast mich dazu gebracht, in deinem Haus zu leben, mich anzuziehen wie dein erster Ehemann, du lässt den Friseur deines ersten Mannes meine Haare schneiden, du lässt mich nicht zu Abend essen, bevor ich nicht herausgeputzt bin wie der

Prinz of Wales und jetzt willst du mich nicht eine einfache Ermittlung durchführen lassen – was ich recht gut hinbekam, bevor ich dir begegnet bin – ohne deine Finger auch da hineinzustecken! Lieber Gott, habe ich keinen Teil meines Lebens mehr, der wirklich *mir* gehört?"

Seine Stimme war mit jeder neuen Anschuldigung lauter geworden, und Julia antwortete ebenso. „Wenn du das so empfindest, frage ich mich, warum du mich überhaupt heiraten wolltest!"

„Ich kann mich nicht erinnern, dabei groß die Wahl gehabt zu haben!"

„Nein, aber du hast sie bereitwillig genug vollzogen, als du Gelegenheit dazu bekamst!"

„*Was*? Zu dem Zeitpunkt war ich kaum bei Bewusstsein!"

„Nun, *das* erklärt eine Menge!"

Er öffnete den Mund, um etwas zu erwidern, erstarrte aber, als ihm der Sinn der Worte klar wurde. Julia sah den betroffenen Ausdruck seiner Augen und hätte den letzten Penny des Vermögens, über das er sich so beklagte, gegeben, wenn sie damit ihre Worte hätte zurückholen können. Doch sie konnten nicht ungesagt gemacht werden; einmal ausgesprochen, hingen sie in der Luft wie ein unsichtbares Hindernis, fest wie eine Mauer und ebenso undurchdringlich.

„Ich verstehe", sagte Pickett schließlich mit kühler,

nüchterner Stimme, die seiner völlig unähnlich war. „In diesem Fall, Mylady, denke ich, dass es wohl nichts mehr zu sagen gibt. Es tut mir leid, dass ich dir nicht den Gefallen tun konnte, impotent zu sein, aber vielleicht kann dein Anwalt sich ja etwas einfallen lassen. Anscheinend ist es nahe genug daran, um keinen großen Unterschied zu machen."

Er klappte den Koffer zu und hob ihn vom Bett, wandte sich dann ab und verließ das Zimmer ohne ein weiteres Wort. Alles in Julia drängte sie, ihm nachzulaufen, ihn zurückzurufen, aber sie stand wie angewurzelt da. Sie hatte solche Szenen in Variationen zuvor erlebt, mit ihrem ersten Ehemann, und obwohl die Streitpunkte unterschiedlich gewesen waren, hatte doch das Ende immer gleich ausgesehen: Sie war immer diejenige gewesen, die ihn um Verzeihung bitten musste, selbst wenn es Lord Fieldhurst gewesen war, der in erster Linie für den Streit verantwortlich war. Sie weigerte sich, in ihrer zweiten Ehe einen solchen Präzedenzfall zu schaffen, obwohl eine kleine Stimme in ihrem Kopf anklagend flüsterte, dass sie ihren geliebten zweiten Ehemann ebenso, wenn nicht mehr verletzt hätte, wie ihr erster Mann sie je verletzt hatte. Sie hörte Picketts Schritte die Treppe hinunter poltern, hörte ihn ein paar Worte mit Rogers sprechen (der sicher einiges mitgehört hatte) und schließlich den leisen Knall der Tür, die sich hinter ihm schloss.

Ich werde nicht weinen, sagte sie sich, als sie zum Fenster ging und seine entschwindende Gestalt beobachtete, bis ihr eigener Atem das Glas benebelte. Sie wischte das Glas mit ihrem Ärmel ab und drückte ihr Gesicht daran, um seinem Weg mit den Augen zu folgen, bis er um die Ecke und damit außer Sicht verschwand. *Ich werde nicht weinen,* sagte sie sich, als sie sich vom Fenster abwandte und sich dem Bett näherte, das noch den Abdruck seines Koffers auf dem Bettüberwurf zeigte. *Ich werde nicht weinen.*

Sie fiel auf das Bett und schluchzte, bis keine Tränen mehr kamen.

* * *

Pickett musste für den ersten Teil der Reise auf dem Dach der überfüllten Postkutsche Platz nehmen und befand sich in der ungewöhnlichen Lage, dankbar für das damit verbundene Unbehagen zu sein. Solange er gezwungen war, seinen Mantel um sich zu ziehen, um sich zu wärmen oder eine Hand auf seinem Hut zu halten, um zu verhindern, dass dieser fortwehte, konnte er, wenn auch nur für einen Moment, den Streit mit Julia und die offene Wunde vergessen, die ihre Abschiedsworte hinterlassen hatten. Er hatte von Anfang an befürchtet, dass sie irgendwann dazu kommen würde, ihre übereilte Ehe zu bereuen, aber in seiner Vorstellung war immer ihr Verlust des Status in den Augen der Gesellschaft der Grund für ihre Reue gewesen. Die Wirklichkeit, wie sie jetzt eingetreten war, war unendlich schlimmer. Es war nicht sein gesellschaftlicher Status, den sie unzureichend fand, sondern er selbst.

Er hatte nicht gewusst, dass sie so empfand. Er hatte es nicht einmal geahnt. Die ersten Tage ihrer Ehe, die sie in seiner Wohnung in der Drury Lane verbracht hatten, waren die glücklichsten seines Lebens gewesen und er hatte angenommen, dass sie genauso fühlte. Wenn sie seine unerfahrenen Bemühungen, sie zu lieben, ungeschickt gefunden hatte – und er gab zu, dass sie so gedacht haben musste – hatte sie sich das nie merken lassen. Sie hatte ihm, wenn nötig, ein wenig sanfte Anleitung gegeben, und weil sie taktvoll gewesen war (oder – ein niederschlagender Gedanke! – schweigend gelitten hatte), hatte er sich geschmeichelt, ein gelehriger Schüler gewesen zu sein. Doch hatte er keine früheren Erfahrungen, an denen er das messen konnte; sie schon, und es war offensichtlich, dass er im Vergleich dazu nicht vorteilhaft abschnitt.

Ihm fiel ein, dass er, wenn er ihr nur erlaubt hätte, ihn zu begleiten, noch immer in glücklicher Unwissenheit leben könnte, und bereute seine Hartnäckigkeit, ihren Wünschen in dieser Angelegenheit nicht nachzugeben, bitter. Er hatte in so vielen Dingen nachgegeben – in der

Tat lag darin das ganze Problem – sodass sicher einmal mehr nicht geschadet hätte, nicht, wenn er damit seine Ehe hätte retten können. Warum hatte er nicht nachgegeben, als er sah, wie viel es ihr bedeutete? Und wie zur Antwort kamen ihm ihre Anschuldigungen wieder in den Sinn. *Du bist eifersüchtig! ... Du hast Angst, dass ich etwas Wichtiges entdecke, bevor du das tust ...*

Könnte sie damit recht gehabt haben? War er wirklich so kleinlich? Nein, das konnte er nicht glauben. Lange, bevor sie verheiratet waren (bevor sie *gewusst* hatten, dass sie verheiratet waren, jedenfalls) hatten sie eine ungewöhnliche Partnerschaft gebildet, wo sie Dinge herausfand, die er wegen seines anderen Standes nicht hätte entdecken können. Es hatte ihn nicht im Geringsten gestört. Im Gegenteil, erinnerte er sich und lächelte ein wenig dabei, es war eher erfreulich gewesen zu sehen, wie sie zu erkennen begann, dass sie Fähigkeiten hatte, die weit darüber hinaus gingen, ein bloßes Schmuckstück zu sein, und zu denken, dass er etwas dazu beigetragen hatte. Sein Lächeln verblasste abrupt. Zumindest hatte er das für sie getan, auch wenn er sie in anderer Weise nicht zufriedenstellen konnte. Nein, schmerzlich, wie es war, hatte er doch das Richtige getan, als er darauf bestand, die Reise ohne sie zu machen und daher den daraus folgenden Streit heraufzubeschwören. Es war sicher besser, der bitteren Wahrheit ins Auge zu sehen, als weiter mit den süßesten Lügen zu leben.

Die Postkutsche fuhr in den Hof des Blue Boar ein, als die Sonne gerade untergehen wollte. Die Passagiere aus dem Innenraum stiegen zuerst aus, dann folgten Pickett und seine Mitreisenden vom Dach ein wenig steif aus ihrer Höhe. Er wartete, während das Gepäck abgeladen wurden, holte dann seinen Koffer und folgte der nach drinnen schlurfenden Menge, um sich ein Zimmer für die Nacht zu sichern. Er wurde schließlich in eine winzige Dachkammer geführt, deren Decke so niedrig war, dass er nicht aufrecht stehen konnte, ohne mit dem Kopf an die Sparren zu schlagen. Weit davon entfernt, sich über diese primitive Unterkunft zu beschweren, fühlte er sich gerechtfertigt; dies war mit Sicherheit kein Platz für eine Lady und Julia wäre zweifellos entsetzt gewesen bei der Aussicht, in einer so bescheidenen Umgebung zu schlafen. Er vertrieb energisch die Erinnerung an die erste Woche seiner Ehe, wo er und seine Lady sich selig ein Bett geteilt hatten, was keinesfalls breiter gewesen war als das in diesem Raum, legte seinen Koffer ans Fußende des schmalen Lagers und ging nach unten in die Wirtsstube auf die Suche nach Abendessen, wobei er ein wenig – ein *klein* wenig – Genugtuung empfand, sich in verknitterten und von der Reise fleckigen Kleidern zum Essen zu setzen.

Der Blue Boar rühmte sich zweier Dinge: des Yorkshire Puddings, der täglich von der Frau des Besitzers zubereitet wurde, und der Stärke seines selbst gebrauten Ales. Während nicht gesagt werden konnte, dass Pickett etwas von ersterem schmeckte (obwohl er, als er den leeren Teller vor sich anblinzelte, erkannte, dass er ihn gegessen haben musste), war er für letzteres weit empfänglicher. In der Tat, als er mit einiger Überraschung feststellte, dass sein Bierkrug leer war, bat er das Schankmädchen, ihm einen neuen zu holen. Und dann noch einen. Und noch einen. Jedoch ungeachtet all seiner guten Eigenschaften erwies das Getränk sich leider unzureichend, um die Erinnerung an Julia oder die letzten Worte, die er sie je würde sagen hören, auszulöschen. Denn es war offensichtlich, dass er nie würde zurückgehen können, nicht jetzt, nachdem er wusste, wie sie über ihn und über ihre Ehe dachte. Er musste in die Bow Street zurückkehren, natürlich – er hatte noch eine Stellung dort, selbst wenn er das einzige andere, was seinem Leben einen Sinn gab, verloren hatte – doch er konnte nicht zu Julia zurückgehen. Nie wieder. Nie …

„Sir? Bitte um Verzeihung, Sir, aber wir schließen für die Nacht."

Nach und nach bemerkte Pickett, dass jemand ihn an der Schulter rüttelte und bemerkte, dass er mit dem Kopf auf dem Tisch eingeschlafen war. Er öffnete verschlafen ein Auge und sah eine junge Frau, die ihm vage bekannt schien. In einer Hand – der, die nicht an seiner Schulter rüttelte – hielt sie einen Zinnkrug. Sein messerscharfer Verstand schloss sofort, dass sie das Schankmädchen sein musste, das ihn den ganzen Abend mit Ale versorgt hatte.

„Ich weiß, wer Ihr seid", teilte er ihr mit und bemerkte mit leichter Neugier, dass seine Worte seltsam verschwommen klangen.

„Das wundert mich nicht, Sir, denn Ihr habt mich den größten Teil des Abends beschäftigt gehalten", sagte sie. „Aber wir schließen jetzt, daher solltet Ihr am besten nach Hause gehen."

„Kann nicht nach Hause gehen", sagte er. „Kann nie mehr … nach Hause gehen …"

Er hätte seinen Kopf wieder auf den Tisch gelegt, aber das Mädchen hielt ihn noch an der Schulter und zog ihn wieder hoch.

„Ihr habt ein Zimmer hier für heute Nacht? Braucht Ihr Hilfe, um die Treppe hinaufzusteigen?"

„Oben", wiederholte Pickett dümmlich und rappelte sich auf.

„Braucht Ihr Hilfe?", fragte das Schankmädchen erneut.

„Nein, danke", sagte Pickett. Er machte einen Schritt und erkannte, dass er voreilig gesprochen hatte, denn der Holzboden unter seinen Füßen wollte sich nicht so benehmen, wie ein Boden das sollte. Er weigerte sich einerseits, stillzuhalten, und die Dielen bestanden darauf, sich in einer Weise übereinander zu schieben, die jeden Schritt zu einer potenziellen Gefahr machten.

„Lasst mich Euch helfen", sagte das Schankmädchen und schlüpfte unter seine Schulter, um ihn zu stützen, indem sie seinen Arm um ihre Schultern legte.

Sein erster Schritt hatte ausgereicht, um Pickett klarzumachen, dass es vermutlich eine weise Entscheidung wäre, die Hilfe des Mädchens anzunehmen. Er protestierte nicht weiter, sondern erlaubte der jungen Frau, sie beide in Richtung der Tür zu lenken. Das Treppensteigen stellte eine Herausforderung dar, aber mit dem Geländer auf der rechten und dem Mädchen auf der linken Seite gelang es ihm, sein kleines Zimmer ohne Missgeschick zu erreichen.

„Da wären wir", sagte sie schließlich und glitt unter ihm heraus. Ihrer Unterstützung beraubt brach er auf dem schmalen Bett zusammen, wo er den inbrünstigen Wunsch äußerte zu sterben.

„Unsinn!", sagte sie fröhlich und zog ihm die Stiefel aus. „Ihr werdet morgen Früh Kopfschmerzen haben, aber ansonsten sollte es Euch gut gehen. Es ist das Ale, wisst Ihr. Bei manchen Leuten wirkt es so, vor allem, wenn sie nicht daran gewöhnt sind." Sie musterte seine liegende Gestalt mit einem berechnenden Glanz in ihren Augen. „Es ist ziemlich kalt hier drinnen ohne Feuer. Wenn Ihr mögt, könnte ich ein bisschen hierbleiben. Euch warmhalten, wie man sagen könnte."

Pickett mochte betrunken sein, doch er war nicht so weit ohne Bewusstsein, dass er nicht genau verstanden hätte, was sie ihm anbot. Er öffnete die Augen und betrachtete sie traurig.

„Ihr würdet es kaum genießen", sagte er mit überraschender Klarheit, schloss dann die Augen und versank in Vergessen.

16

In dem Julia überraschende Nachrichten erhält,
aber niemanden hat, mit dem sie sie teilen könnte

Julia erwachte am nächsten Morgen mit von Schlafmangel geschwollenen Augen. Zugegeben, sie hatte seit einigen Wochen nicht besonders gut geschlafen, aber die Nacht zuvor war mit Abstand die schlimmste gewesen. Sie hatte sich die ganze Nacht herumgewälzt, und als sie endlich eingedöst war, wurde ihr Schlaf von unangenehmen Träumen heimgesucht, die mit Sicherheit nicht schlimmer waren als der Alptraum im Wachen, dem sie sich jetzt gegenübersah. Sie drehte sich um (nicht überrascht zu entdecken, dass sie irgendwann nach dem Kissen ihres Mannes gegriffen und anscheinend den Rest der Nacht mit dem an ihre Brust gedrückten Kissen geschlafen hatte) und sah zu der Ormolu–Uhr über dem Kaminsims. Es war noch nicht acht Uhr; er hatte gesagt, er würde vor dem Abend zurück sein. Wie lange, fragte sie sich, würde sie warten müssen? Acht Stunden vielleicht? Zehn? Zwölf?

Sie wünschte, länger im Bett bleiben zu können, so viele der leeren Stunden wie möglich zu verschlafen, doch sie wusste nur zu gut, was geschehen würde: der Schlaf, der auch während den dunklen Stunden der Nacht so schwer zu finden war, würde sie im Tageslicht völlig meiden, und sie würde wach liegen und in ihren Gedanken jedes Wort ihres Streits neu durchleben. Mit einer Klarheit, die unausweichlich mit dem Morgen kam, erinnerte sie sich an jede seiner Anschuldigungen und musste zu ihrem Kummer erkennen, dass er jedes Recht hatte, ihr zu grollen. Sie hatte natürlich gewusst – obwohl die Erkenntnis zu spät gekommen war, um noch etwas ändern zu können – dass sie zu weit gegangen war, als sie einen Friseur bestellt hatte, um seine Haare zu schneiden, aber sie hatte nicht erkannt, wie dieser relativ kleine Übergriff wirken musste, wenn man ihn zusammen mit allem anderen betrachtete. Sie hatte ihm nur helfen wollen, sich der neuen Welt anzupassen, in die ihre Ehe ihn geworfen hatte. Er andererseits hatte eine völlig andere Botschaft erhalten: *Du bist nicht gut genug für mich, so wie du bist ... du musst dich ändern, wenn du meiner würdig erscheinen willst ...* es war das Letzte, was sie hatte ausdrücken wollen, doch sie hätte wissen müssen, dass er es so verstehen würde, vor allem im Lichte seiner letzten

Erfahrung mit Sophia Broadbridge.

Doch sie konnte Sophia nicht die Schuld an ihrem Streit geben, denn die lag ganz allein auf ihren Schultern. Mr. Colquhoun hatte versucht, sie zu warnen, und sie hatte ihn ignoriert, sicher, dass sie ihre eigene Ehe am besten kannte.

Mit einem resignierten Seufzer warf sie die Decke zurück und griff nach ihrem rosafarbenen Morgenmantel. Sie zog ihn über ihre Arme, band den Gürtel um die Taille und machte sich auf den Weg nach unten ins Frühstückszimmer. Das Sonnenlicht strömte durch die Fenster und schmerzte in ihren Augen und sie bat Rogers, die Vorhänge zuzuziehen.

„Und, Rogers", fügte sie nachdenklich hinzu, als er diese Bitte erfüllt hatte, „was hat Mr. Pickett gesagt, als er gestern das Haus verließ?"

Er warf ihr einen Blick wortlosen Mitgefühls zu. Sie hatten eine lange Geschichte, sie und Rogers, die bis in die Zeit ihrer ersten Ehe zurückreichte. „Er hat mir nur gedankt, Madam. Ich hatte ihm gerade seinen Hut und seine Handschuhe gegeben, daher dankte er mir."

„Verstehe", sagte sie und war sich eines Stichs der Enttäuschung bewusst. Sie war sich nicht ganz sicher, worauf sie gehofft hatte – vielleicht ein paar Worte über seine Rückkehr oder eine Botschaft mit Entschuldigung oder Verzeihung – doch es war klar, dass er trotz seiner bescheidenen Herkunft instinktiv wusste, dass man seine schmutzige Wäsche nicht vor der Dienerschaft wusch.

Der Butler hüstelte diskret. „Äh, Madam ..."

„Ja, Rogers?"

„Verzeiht mir, Madam, es ist nicht ungewöhnlich, dass frisch verheiratete Paare streiten. Es kann schwierig sein zu lernen, mit einem anderen Menschen zu leben, ganz gleich wie tief die Zuneigung ist, die man für ihn empfindet."

Sie hätte eine scharfe Zurückweisung äußern können, um den Butler an seinen Platz zu verweisen, doch sie stellte fest, dass sie das nicht fertigbrachte. Nach dem Mord an dem Viscount hatte Rogers in Mr. Picketts Schuld gestanden, ebenso wie sie; in der Tat vermutete sie, dass der Respekt, den der Butler seinem neuen Herrn vom ersten Tag seit Picketts Ankunft in der Curzon Street zeigte, weit über berufliche Höflichkeit hinausging.

„Danke, Rogers", sagte sie und schenkte ihm ein dankbares, kleines Lächeln.

Sie wandte ihre Aufmerksamkeit dem auf der Anrichte vorbereiteten Frühstück zu und hob die Haube einer Wärmeplatte. Der Duft frisch gebratenen Specks, der gewöhnlich am Morgen so angenehm war, überfiel sie jetzt wie eine Beleidigung ihres Geruchssinns. Sie ließ den Deckel klappernd zurückfallen und wandte sich gerade noch rechtzeitig ab, um sich heftig auf den Boden zu erbrechen. Als ob es nicht schlimmer kommen könnte, ertönte ein Klopfen an der Vordertür des Hauses.

Der Butler blickte hilflos auf seine Herrin und dann in Richtung der Haustür, sichtlich zwischen seinen Pflichten hin und her gerissen.

„Seht nach, wer es ist, Rogers", keuchte Julia würgend. „Sagt, dass ich indisponiert bin."

„Ja, Madam", sagte er und eilte aus dem Zimmer.

Er kehrte sehr kurze Zeit später zurück und blieb unbeholfen in der Tür stehen. „Verzeihung, Madam, aber es ist der Arzt – Mr. Gilroy. Unter diesen Umständen dachte ich, dass Ihr ihn vielleicht sehen möchtet."

Wie aufs Stichwort erschien der Kopf des Arztes hinter Rogers' Schulter. Julia nahm die Serviette fort, die sie vor ihren Mund gepresst hatte. „Verzeihung, Doktor. Ich weiß nicht, was passiert ist, aber es scheint jetzt vorbei zu sein – nur dieses Chaos muss noch beseitigt werden", fügte sie hinzu mit einer Grimasse zu der ekelhaften Pfütze zu ihren Füßen.

Rogers versicherte ihr seine Bereitschaft, sich darum zu kümmern und schlug vor, dass sie sich vielleicht im Salon wohler fühlen würde. Dr. Gilroy nahm ihren Arm, um sie in diesen Raum zu führen und fügte über seine Schulter hinzu, dass der Butler seiner Herrin vielleicht ein wenig – *sehr* wenig – trockenen Toast bringen könnte.

„In der Tat kam ich in der Hoffnung, Euren Ehemann

zu Hause zu finden", sagte der Arzt, als er sie in den Salon begleitete. „Mir fiel ein, dass er vielleicht meine medizinischen Unterlagen über Blausäure ausleihen möchte, zumindest, bis er seine Ermittlungen in diesem speziellen Fall beendet hat. Doch obwohl ich Mr. Pickett anscheinend verpasst habe, sieht es aus, als wäre ich trotzdem zu einem guten Zeitpunkt gekommen."

„Jetzt geht es mir gut, wirklich", sagte Julia zittrig und erlaubte dem Arzt, ihr in einen Sessel zu helfen. „Ich habe nur in letzter Zeit nicht gut geschlafen und hatte nicht viel Appetit. Was das andere angeht, nun, ich fürchte, bei mir braucht es nicht viel, um mich dazu zu bringen, dass ich ‚rückwärts esse', wie man sagt." Das stimmte. Vor noch nicht so langer Zeit hatte der bloße Anblick von John Pickett in leidenschaftlicher Umarmung mit einer anderen Frau genau eine solche Reaktion hervorgerufen. Kein Wunder also, dass ein so bitterer Streit, wie sie ihn am Tag zuvor gehabt hatten, letztlich die gleiche Folge haben würde.

Der Doktor schien jedoch an dieser Begründung wenig interessiert. „Keine Sorge, Mrs. Pickett. Ihr werdet feststellen, dass solche Symptome für eine Frau in Eurem Zustand nicht ungewöhnlich sind, aber das geht nach den ersten paar Monaten vorbei."

„In meinem ‚Zustand'?", wiederholte Julia verwirrt. Sie hatte nicht gewusst, dass ein Streit mit seinem

Ehemann einen ,Zustand' darstellte, geschweige denn, dass er bestimmte verräterische Symptome hervorrief. „Welcher Zustand soll das sein?"

„Ich bitte um Verzeihung", sagte der Doktor leicht bestürzt. „Es scheint, ich war voreilig. Ich hatte natürlich angenommen – aber – verzeiht mir, wenn ich Euch eine so persönliche Frage stelle, Mrs. Pickett, aber wann hattet Ihr zuletzt Euer monatliches Unwohlsein?"

„Das war ..." Sie unterbrach sich abrupt. Wann war das gewesen? Nicht, während sie den verletzten John Pickett in der Drury Lane gepflegt hatte – daran hätte sie sich mit Sicherheit erinnert! – noch, während sie ihre Eltern nach der Hochzeit in Somersetshire besucht hatten. „Februar", sagte sie schließlich. „Ich erinnere mich nicht an das genaue Datum, aber es war sicher vor dem Vierundzwanzigsten, denn das war die Nacht des Feuers im Drury Lane Theater."

„Bei manchen Frauen setzt es manchmal einen Monat aus", bemerkte er.

Sie schüttelte den Kopf. „Nicht bei mir. Da ist es gewöhnlich regelmäßig wie die Uhr." Ihre Augen weiteten sich voller Bestürzung, als der Sinn hinter den Worten des Arztes ihr klar wurde. „Dr. Gilroy, wenn Ihr andeuten wollt ..."

„Genau das, Mrs. Pickett", antwortete er und schenkte ihr ein onkelhaftes Lächeln. „Es ist vielleicht noch ein wenig früh, um ganz sicher zu sein, doch ich bin ziemlich sicher, dass Ihr ein Kind bekommen werdet, sehr wahrscheinlich zu Weihnachten."

Sie lachte ein wenig bitter auf. „Ich kann Euch versichern, Doktor, dass es das nicht ist."

„Was bringt Euch dazu, das zu sagen?"

„Um es ganz offen auszusprechen, Dr. Gilroy, ich bin unfruchtbar. Während der sechs Jahre der Ehe mit meinem ersten Mann habe ich nie das geringste Anzeichen einer Schwangerschaft gezeigt."

„Verstehe. Und der Gedanke ist Euch nie gekommen, dass die Schuld dafür vielleicht bei Eurem ersten Ehemann liegen könnte statt bei Euch?"

„Oh, nein", sagte sie entschieden. „Der Arzt hat sich an diesem Punkt völlig klar ausgedrückt."

„So? Woher wollte er das wissen?"

Sie sah ihn verständnislos an. „Wie bitte?"

„Wenn es nicht offensichtliche Anzeichen gibt – wenn zum Beispiel eine Frau keine monatlichen Blutungen hat, oder der Mann keine entsprechende Flüssigkeit produziert – ist es so gut wie unmöglich, eine bestimmte Ursache für die Kinderlosigkeit eines Paares zu bestimmen. Also frage ich erneut: woher wollte der Arzt das wissen?"

„Das hat er nie gesagt", gestand sie. „Er teilte Lord Fieldhurst – meinem ersten Mann – mit, dass der Fehler bei mir läge und dass es zweifelhaft wäre, ob etwas getan werden könnte, um dem abzuhelfen, doch er hat nie eine Grundlage für seine Schlussfolgerung genannt. Ich nahm an, es müsste ein komplizierter medizinischer Grund sein, den wir nicht hätten verstehen können, selbst wenn er versucht hätte, es uns zu erklären."

Der Arzt nickte weise. „Das dachte ich mir."

„Aber warum? Warum sollte Dr. Humphrey bei so etwas lügen?"

„Humphrey? Meint Ihr zufällig Dr. *Edmund* Humphrey?"

„Wie, ja. Kennt Ihr ihn?"

„Nur dem Ruf nach, aber das ist genug. Dr. Humphrey hat eine lange und lukrative Karriere gemacht, indem er Aristokraten erzählte, was sie am liebsten hören wollten. Er würde eine wertvolle Einnahmequelle nicht dadurch gefährdet haben wollen, indem er Lord Fieldhurst darüber informierte, dass er steril war."

Julia war froh, dass sie saß, denn sie fühlte sich plötzlich schwach. Wenn sie jetzt darüber nachdachte, hatte sie trotz der ständigen Untreue ihres Mannes nie das leiseste Flüstern darüber gehört, dass er mit einer seiner Geliebten ein Kind gezeugt hätte. Das war also kein Wunder: Frederick war steril gewesen. All die Jahre war er, nicht sie, verantwortlich für sein Fehlen eines Erben und die letztendliche Übernahme des Titels durch seinen

Cousin gewesen.

„Fieldhurst wusste es trotzdem", sagte sie schließlich. „Er muss es gewusst haben. Und doch ließ er mich all die Jahre die Schuld tragen!"

„Das war sehr falsch von ihm, natürlich", sagte der Arzt, „er hätte sich schämen sollen. Und dennoch, Mrs. Pickett, wenn ich einen guten Rat geben darf, Lord Fieldhurst ist tot. Lasst seine Sünden gegen Euch mit ihm gestorben sein und konzentriert Euch stattdessen darauf, die Geburt Eures Kindes mit Eurem neuen Ehemann zu feiern."

Sie nickte. „Ja, das ist ein guter Rat, Doktor. Ich danke Euch. Aber Ihr habt von ‚Symptomen' gesprochen, im Plural. Welche anderen Symptome muss ich erwarten?"

„Es scheint, dass Ihr einige von ihnen bereits erlebt." Er zählte sie an den Fingern seiner Hand ab. „Veränderte Schlafgewohnheiten, Appetitlosigkeit und Übelkeit, vor allem am Morgen. Manche Frauen stellen auch Stimmungsschwankungen fest – Gefühlsausbrüche, zum Beispiel, wie plötzliche Weinanfälle oder untypische Gereiztheit …"

„Ich verstehe", sagte sie langsam und erinnerte sich an verschiedene Vorfälle in den letzten paar Wochen, die im Lichte dieser Offenbarung völlig anders erschienen. Vielleicht würde ihr Mann ihr eher verzeihen, wenn er erst den Grund für ihre unerklärlichen Launen erfuhr. Sie warf einen Blick auf die Uhr und sah, dass es noch nicht neun war. *Komm schnell heim,* flehte sie innerlich über all die Meilen hinweg. *Bitte, bitte beeile dich.*

* * *

Pickett seinerseits erwachte an diesem Morgen leicht verwirrt darüber, wo er war und warum er anscheinend in seinen Kleidern geschlafen hatte, und auch, warum sein Kopf so dröhnte und sein Mund sich anfühlte, als wäre er mit Watte gefüllt gewesen. Allmählich kehrten jedoch die Erinnerungen zurück: der Streit mit Julia, der in der Erkenntnis endete, dass er sie nicht befriedigen konnte; die Postkutschenfahrt nach Croydon; das Übermaß an Ale am Abend zuvor.

Er machte sich auf die Schmerzen gefasst, von denen er wusste, dass sie folgen würden, setzte sich im Bett auf und hielt den Kopf in den Händen. Er war in seinem ganzen Leben genau zweimal betrunken gewesen, und diese beiden Erfahrungen hatten ausgereicht, um ihm zu zeigen, warum er nicht den Wunsch empfand, diese Gewohnheit zu pflegen. Das erste Mal war vor einem Jahr gewesen, als er wegen des Mordes an Lord Fieldhurst ermittelte, und war völlig unabsichtlich geschehen: Er hatte eine Person von Interesse in einem Wirtshaus befragt und hatte erst viel zu spät bemerkt, dass dieser Mann versuchte, ihn unter den Tisch zu trinken. Der Exzess der letzten Nacht jedoch war eher absichtlich gewesen, ein verzweifelter Versuch, all das, was er verloren hatte, zu vergessen, und wenn es nur für ein paar Stunden wäre. Das Problem, wenn man versuchte, beim Trinken etwas zu vergessen, dachte er bitter, war jedoch, dass man nüchtern wurde, nur, um zu erkennen, dass sich nichts geändert hatte: das, was man vergessen wollte, existierte immer noch und in der Zwischenzeit fühlte man sich noch viel weniger imstande, sich dem zu stellen. Dann war da noch die Ermittlung, die diese Reise überhaupt erst nötig gemacht hatte; er konnte kaum in diesem Zustand in Washbourn Abbey auftauchen. Er folgte widerwillig dem Ruf der Pflicht, schwang seine Beine aus dem Bett, erhob sich – und knallte mit seinem dröhnenden Kopf an die Balken.

Er stieß einen abgehackten Seufzer aus. Es war wohl einer dieser Tage.

Eine halbe Stunde später fühlte er sich etwas besser, nachdem er sich gewaschen, rasiert und mehrere Tassen starken Kaffees konsumiert hatte, und fragte den Wirt nach dem Weg nach Washbourn Abbey, um sich dann zu Fuß auf den Weg zu machen. Pickett, der in London geboren und aufgewachsen war, liebte das Landleben nicht sonderlich und freute sich nicht sehr auf einen Weg von sieben Meilen über ausgefahrene Landstraßen, vor allem, da sein Kopf bei jedem Schritt dröhnte. Als daher ein Bauernkarren neben ihm anhielt und der Fahrer ihm anbot, ihn mitzunehmen, akzeptierte er das Angebot dankbar; nicht nur würde er so die Strecke in viel kürzerer Zeit zurücklegen, sondern das Geplauder mit dem Bauern, das die Höflichkeit von ihm verlangte, würde helfen, ihn davon abzuhalten, endlos die zornigen Worte in seinen Gedanken zu wiederholen, die er mit seiner Frau gewechselt hatte und ihre letzte Beschuldigung erneut zu hören.

Schließlich nahm der Wagen eine Kurve und der Anblick, der in Sicht kam, brachte Pickett dazu, die fesselnde Schilderung des Fahrers darüber, wie Bauer Dawsons Kuh ein Kalb mit zwei Köpfen zur Welt gebracht hatte, zu unterbrechen.

„Ist *das* Washbourn Abbey?"

„Ja." Der Fahrer beugte sich über die Seite des Kutschbocks, um auf die Straße darunter spucken zu können. „Das ist es."

Rechts von ihnen stieg der Boden mit einem langgezogenen, sanften Grashügel an. Ein riesiges Haus aus verwittertem grauen Stein beherrschte die Anhöhe, als ob es auf die niederen Wesen im Tal darunter hinabsah; seine mächtigen Umrisse spiegelten sich in dem Zierteich, der sich wie eine Robe zu Füßen eines Monarchen unter ihm ausbreitete. Hinter ihm stand eine dunkelgrüne Baumreihe in starkem Kontrast zu den blassen Steinen des Hauses wie zum Blau des Himmels darüber. Pickett starrte es an und konnte nicht umhin, als einen Stich des Mitgefühls für Lady Washbourn zu empfinden; es musste ein ziemlicher Schock gewesen sein, von Miss Eliza Mucklow, der Tochter eines reichen Brauers, zu der Herrin dieses Gemäuers zu werden. Sein eigener Aufstieg aus der Drury Lane zur Curzon war zwar auf seine Weise erschütternd gewesen, doch nichts im Vergleich hierzu. Vielleicht, wenn er seine Unwissenheit zugegeben, gefragt hätte ... doch nein, derselbe Stolz, der sich dagegen wehrte, abhängig von seiner Frau zu leben, hatte ihn daran gehindert, sie nach Unterweisung zu fragen in einer Angelegenheit, die seiner Meinung nach jeder Mann, der dieser Bezeichnung würdig war, instinktiv ausgezeichnet beherrscht hätte. Nun, er hoffte, er und sein Stolz würden zusammen glücklich werden.

Er schüttelte diese unproduktiven Gedanken ab und zwang seine Aufmerksamkeit wieder zum Nächstliegenden. Julia hatte behauptet, Lady Washbourn wäre in ihren Mann verliebt, nachdem sie dem Mund der Lady dieses Geständnis entlockt hatte; was hatte die arme kleine Gräfin ertragen müssen, um sie zu einer so verzweifelten Tat zu treiben, einen Mord an ihrem Mann zu planen? Er befand sich in der merkwürdigen Position zu hoffen, dass er nicht die Beweise gegen sie finden würde, die er aus London zu suchen gekommen war.

„Wohlgemerkt, vor fünf Jahren sah es noch nicht so

gut aus hier", bemerkte der Fahrer. „Das alte Gemäuer stand kurz davor, zusammenzufallen, als Seine Lordschaft heiratete. Aber der Vater Myladys war ein regelrechter Midas, und eine ganze Armee von Handwerkern fiel im Haus und allen Gebäuden ein, bevor noch die Tinte auf dem Ehevertrag trocken war. Gab Arbeit für die Hälfte der Grafschaft für mehr als ein Jahr, ja."

„Ich verstehe", sagte Pickett. „Wenn Ihr mich hier absetzt, kann ich den Rest des Weges zu Fuß gehen."

Der Fahrer brachte die Pferde zum Stehen, Pickett dankte ihm und bot ihm einen Schilling für seine Mühe, den der Mann mit der einfachen Großzügigkeit der Landbewohner ablehnte. Pickett bedankte sich noch einmal bei ihm und kletterte hinab. Er sah zu, wie der Wagen anruckte und außer Sicht geriet, wandte sich dann ab und machte sich auf den Weg in das graue Haus auf dem Hügel.

Er näherte sich nicht der gewaltigen zweiflügligen Tür auf der Vorderseite des Hauses, sondern folgte dem geharkten Kiesweg um die Ostseite herum zu einer unauffälligen Tür an der hinteren Seite. Da er dies als den Dienstboteneingang erkannte, trat er näher und klopfte energisch. Einen Moment später wurde ihm von einem jungen Dienstmädchen in Spitzenhäubchen und voluminöser Schürze geöffnet.

„Ja, Sir?", fragte sie und musterte ihn mit offenem

Mund.

„Mein Name ist John Pickett. Ich komme aus der Bow Street in London." Er gab dem Mädchen seine Karte und fragte sich, ob sie sie lesen könnte. „Ich möchte gern ein paar Worte mit der Haushälterin sprechen, wenn das möglich wäre."

„Ja, Sir", sagte das Mädchen erneut. „Wenn Ihr bitte hier entlang kommen wollt, werde ich Mrs. Hawkins holen."

Sie knickste und ließ ihn gleich hinter der Tür stehen. Als sie kurze Zeit später zurückkehrte, wurde sie von einer hageren Frau unbestimmten Alters begleitet. „Das ist Mr. Pickett, Ma'am", sagte sie, knickste erneut und verschwand.

„Nun, Mr. Pickett? Betty sagte, Ihr kämet von der Bow Street." Mrs. Hawkins betrachtete ihn mit Missfallen, als ob sie vermutete, dass diese Geschichte nichts anderes als ein Vorwand wäre, um seine schändliche Absicht zu verbergen, das weibliche Personal zu verführen. *Wenn sie nur wüsste*, dachte Pickett mit einem Seufzer.

In der Tat hatte die Aussicht, den Grund für seinen Besuch in der Abbey erklären zu müssen, beträchtliches Unbehagen bereitet. Da es keine Möglichkeit gab, dies als Teil seiner Ermittlung wegen Lady Washbourns verschwundenen Rubine auszugeben, hatte er keine andere Wahl, als zuzugeben, dass seine laufende Ermittlung den

Tod betraf, von dem die Geschworenen festgestellt hatten, dass es sich nicht um Mord handelte. Er hoffte nur, dass Lord Washbourn ihm verzeihen würde, da ja die Möglichkeit bestand, dass seine Erkenntnisse das Leben seiner Lordschaft retten könnten.

„Ich untersuche den Tod eines von Lady Washbourns Hausmädchens, einer gewissen Ann Barton." Die Identität des toten Mädchens weckten kein Anzeichen des Wiedererkennens in den Augen der Haushälterin und Pickett wurde klar, dass mit der wahrscheinlichen Ausnahme des Kammerdieners seiner Lordschaft und der Zofe Myladys Lord Washbourn in seinem Stadthaus und auf seinem Landsitz beide Male völlig anderes Personal beschäftigte.

„Ja, was ist damit?", fragte Mrs. Hawkins herausfordernd, die immer noch auf der Hut war.

Glücklicherweise hatte Pickett mit dieser Reaktion gerechnet und zog nun Lady Washbourns Brief aus der Innentasche seines Rocks heraus. „Ich habe hier einen Brief von Lady Washbourn, in dem festgelegt wird, dass das Personal in jeder Weise bei meiner Ermittlung mit mir zusammenarbeiten soll." Als er erkannte, dass diese Neuigkeit ihn kaum bei genau den Leuten beliebt machen würde, von deren Mitarbeit seine Ermittlungen abhingen, fügte er hinzu: „Ich werde nicht viel benötigen, Mrs. Hawkins. In der Tat hoffe ich, in sehr kurzer Zeit wieder meiner Wege gehen zu können."

„Na gut, Mr. Pickett", räumte sie mit einem vorsichtigen Nicken ein. „Was möchtet Ihr also von uns?"

„Sehr wenig. Ich möchte mich nur in Lady Washbourns Haushaltsraum umsehen."

„Ihrem Haushaltsraum?", wiederholte die Haushälterin mit einem skeptischen Heben einer Augenbraue. „Wozu das?"

„Ich bin sicher, dass Ihr verstehen könnt, dass ich nicht in der Lage bin, den Fall in Einzelheiten zu diskutieren", sagte Pickett. „Es sollte ausreichen, wenn ich sage, es betrifft die Feststellung, dass das Mädchen ein Glas vom Pfirsich-Ratafia Lady Washbourns getrunken hat, bevor es starb."

Mrs. Hawkins schnaubte verächtlich. „Mylady hat dieses Getränk seit Jahren hergestellt, nach dem Rezept ihrer eigenen Mutter, und sie schenkt dem Pfarrer jedes Jahr eine Flasche zu Weihnachten! Wenn irgendetwas damit nicht stimmte, würden er und seine Frau seit mindestens zehn Jahren tot sein."

Da Lord und Lady Washbourn erst vor zwei Jahren geheiratet hatten, wusste Pickett, dass das übertrieben war. „Ich würde den Raum trotzdem gern sehen", bekräftigte er mit Nachdruck.

„Na schön."

Mit der Haltung von jemandem, der einen

unverdienten Gefallen gewährte, führte sie Pickett durch die Küche zu einem kleinen Raum, dessen Fenster zum Garten gingen. Ein Arbeitstisch aus einfachem Holz stand unter einem Fenster, um Licht zu haben, während von oben Büschel von trocknenden Kräutern und Blumen von den Sparren hingen, die einen schwachen, aber angenehmen Duft verströmten. Alles in allem schien es ein eher freundlicher Ort zu sein, um einen Mord zu planen.

„Vielen Dank, Mrs. Hawkins", sagte Pickett energisch, als er sah, dass die Haushälterin keine Anstalten machte, sich zu entfernen. „Wenn ich noch etwas benötige, werde ich fragen."

Mrs. Hawkins warf ihm einen letzten düsteren Blick zu, verließ aber den Raum ohne Widerrede. Allein in dem kleinen Raum schloss Pickett die Tür und schaute sich um, unsicher, wonach genau er suchte, ganz zu schweigen davon, dass er gewusst hätte, wie er es finden sollte. Er wählte zufällig ein Glas aus und zog den Korken heraus, rümpfte dann seine Nase über den scharfen Duft, der aus dem feinen, rötlich-braunen Pulver aufstieg. Er musste einräumen, dass es unwahrscheinlich war, dass Ann Barton durch Zimt vergiftet worden wäre, daher schob er den Korkstopfen wieder hinein und stellte das Glas auf das Regal zurück. In Wahrheit war er mehr als nur ein wenig von der Aufgabe entmutigt, wegen der er den ganzen Weg aus London hergekommen war; er hatte nicht erwartet, mit deckenhohen Regalen voller unbeschrifteter Gläser, Flaschen und Schachteln konfrontiert zu werden, von denen jede eine unbekannte und leicht unheimlich wirkende Flüssigkeit oder Pulver enthielt. Es wäre hilfreich gewesen, eines davon zu entdecken, dass mit ‚Blausäure‘, ‚Gift‘ oder ganz allgemein ‚nicht berühren‘ beschriftet gewesen wäre, doch Pickett nahm an, dass diese Möglichkeit eines glücklichen Fundes irgendwo zwischen gering und unmöglich lag. Er dachte wehmütig, wie viel schneller die Suche hätte durchgeführt werden können – ganz zu schweigen davon, wie viel angenehmer die Aufgabe gewesen wäre –, wenn Julia dort gewesen wäre, um die Regale auf der rechten Seite des Raumes zu untersuchen, während er die auf der linken Seite übernahm.

Er verbannte ein Bild aus seinen Gedanken, das zu schmerzlich war, um dabei zu verweilen, und begann mit dem nächsten Regal, einen der Behälter nach dem anderen zu untersuchen, roch hieran und schüttelte dort und fragte sich die ganze Zeit, ob er die Substanz überhaupt erkennen würde, wenn er zufällig darauf stieße. Dr. Gilroy hatte gesagt, dass die Substanz von einem blauen Pigment abgeleitet wurde; bedeutete das, dass es blau erscheinen würde? Aber nein, sicher würde jede deutliche Färbung den Pfirsich–Ratafia dunkle oder trübe haben erscheinen lassen und ein mögliches Opfer – beabsichtigt oder zufällig – gewarnt haben, dass etwas mit dem Getränk nicht in Ordnung war. Außerdem hatte der Arzt auch gesagt, dass es natürlich in Pfirsichkernen, Apfelkernen und Kirschsteinen vorkam, von denen keiner einen solchen Farbton besaß. Er musste diese vielversprechende Idee aufgeben und fand sich mit der Notwendigkeit ab, die Substanz durch den gleichen Bittermandelgeruch zu erkennen, den er an der Leiche des Hausmädchens festgestellt hatte.

Leider war seine Nase bald so von dem scharfen Geruch von Nelken, Anis und Pfefferminze – unter anderem – überwältigt, dass er gezwungen war, ein Fenster zu öffnen und mehrere tiefe Atemzüge zu nehmen, bevor er zu seiner Aufgabe zurückkehrte. Als er sich vom Fenster abwandte, fiel sein Blick auf ein kleines, in schwarzes Leder gebundenes Buch, das so alt war, dass sein Einband fleckig und abgegriffen war und der Rücken Risse aufwies. Pickett wurde plötzlich von der fantasievollen Vorstellung ergriffen, dass es sich um das Zauberbuch einer Hexe handeln müsste und wenn er es öffnete, würde er auf den Seiten lesen können, wie man seine Feinde mit Flüchen belegte oder Zauber herstellte, um das Herz der Geliebten zu erweichen. Das letztere erinnerte ihn natürlich an seine Entfremdung von seiner Frau und er blätterte die Seiten mit einem eher sehnsüchtigen Seufzer auf.

Er wurde jedoch enttäuscht (wenn auch keineswegs überrascht), als er entdeckte, dass es keine solch nützlichen Informationen enthielt. Hier stand ein Rezept für schwarze Apfelbutter, dort eines für Quittenkonserven, beide in schöner, weiblicher Handschrift aufgezeichnet. Da er sich lieber nicht sofort wieder an seine geruchsbeeinträchtigende Untersuchung machen wollte, verbrachte er ein paar Minuten damit, weiterzublättern, wobei er bemerkte, dass das Buch Anweisungen für die Zubereitung von Arzneien und Schönheitsmittelchen ebenso wie Rezepte für Marmeladen und Gelees enthielt. Er schmunzelte, als er einen solchen Eintrag las und fragte sich, was Julia wohl zu einem Gesichtspuder sagen würde, dessen hauptsächliche Zutat getrockneter Pferdemist war. Sein Lächeln verblasste, als er sich daran erinnerte, dass er wohl nie die Gelegenheit haben würde, ihr diese Mixtur zu beschreiben.

Er stellte auch fest, dass es leicht zu sehen war, welche Einträge die beliebtesten waren: Während einige Seiten seinen Bemühungen, sie zu trennen, widerstanden, fielen andere bei einer Berührung auf. Schließlich fand er das Rezept, das er suchte, das die Zubereitung von Pfirsich-Ratafia mit Mandelaroma beschrieb. Obwohl es auf seine Art interessant war, nutzte es ihm für die Ermittlungen doch wenig; es wurde mit Sicherheit nicht erwähnt, dass man die übrigen Pfirsichkerne verwenden könnte, um ein Gift zu produzieren, dessen Wirkung von dem durch die Mandeln verbreiteten Duft kaschiert würde. Pickett seufzte schwer und schloss den hinteren Buchdeckel (denn er war inzwischen fast am Ende des Buchs angelangt) und drehte es um, bereit, es beiseitezulegen und seine Untersuchung der Regale der Destille wieder aufzunehmen. Doch er hatte den vorderen Buchdeckel nicht fest gepackt und daher öffnete sich das Buch auf dem Vorblatt, wo die Eigentümerin ihren Namen eingetragen hatte, zusammen mit dem Jahr, in dem sie begonnen hatte, ihr Rezeptbuch anzulegen.

Statt des Namens Eliza trug die Titelseite die Inschrift *Mildred Frampton, 1747.*

17

In dem ein Sieg zu Asche wird

Die Postkutsche ratterte in den Innenhof des *Swan with Two Necks* in der Gresham Street in Cheapside, gerade, als die Dunkelheit sich über die Stadt legte. Pickett, der wieder auf dem Dach hockte, wartete mit schlecht verhüllter Ungeduld, bis die Passagiere aus dem Innenraum ausgestiegen waren, kletterte dann hinab, fing seinen Koffer aus, als er abgeladen wurde, und betrat den Gasthof. Hier musste er wieder warten, bis er an der Reihe war, während die Passagiere, die hier die Reise für die Nacht unterbrechen wollten, Zimmer zugewiesen bekommen hatten. Als schließlich diese Angekommenen nach oben geschickt worden waren, wandte der Gastwirt sich Pickett zu.

„Tut mir leid, Sir, aber wir haben keine freien Zimmer mehr."

„Schon gut", sagte Pickett seufzend und änderte rasch

seine Pläne für die Nacht. „Aber ich habe mich gefragt, ob Ihr mein Gepäck aufbewahren könntet, bis ich danach schicke – bis ich es abhole", korrigierte er sich lahm, als er sich zu spät daran erinnerte, dass es keinen Diener mit einem solchen Auftrag würde senden können. Wie seine Ehe waren auch diese Tage des Wohlstands vorbei, genau so, als wären sie nichts als ein schöner Traum gewesen. Vielleicht war es besser, an seinen kurzen Geschmack ehelichen Glücks (wenn er überhaupt daran denken musste) ebenso zu denken: wie an einen Traum, einen, aus dem er grob geweckt worden war.

Nachdem er die Aufbewahrung seines Koffers so geregelt hatte, machte er sich zu Fuß zum Stadthaus Lord und Lady Washbourns am Grosvenor Square auf den Weg. Er schickte seine Karte hoch und wurde bald in den Salon geführt, wo er nicht nur die Dame des Hauses fand, sondern auch ihren Ehemann und ihre Schwiegermutter.

„Oh, Mr. Pickett", rief die Gräfin aus und erhob sich, um ihn zu begrüßen. „Wie schön, dass ich heute Abend zu Hause bin, um Euch zu empfangen! Wir – wir haben gute Neuigkeiten, versteht Ihr? Erst heute wurde mein Mann an die britische Botschaft in Konstantinopel berufen und wir sollen innerhalb von vierzehn Tagen abreisen. Washbourn wollte heute Abend ruhig mit seiner Familie feiern, bevor er sich den Glückwünschen seiner Freunde stellte." Ihr Blick fiel auf Picketts braunen Rock, der vom Reisen zerknittert und fast weiß von dem Staub war, der von den Hufen und Wagenrädern der Pferde aufgewirbelt wurde. „Soll ich das so verstehen, dass Ihr gerade zurückgekehrt seid – von Eurer Reise, und neue Informationen habt?"

Pickett sah an sich hinab. „Ja, dem ist so, Mylady, andernfalls hätte ich mich Euch nicht in diesem verschmutzten Zustand aufgedrängt."

„Das spielt doch keine Rolle." Sie wandte sich an ihren Ehemann. „Mein Lieber, wenn Ihr und Mutter Washbourn uns bitte entschuldigen …"

„Verzeiht mir, Mylady", unterbrach Pickett sie, „doch was ich zu sagen habe, betrifft auch sie."

„Also habt Ihr die Rubine gefunden?", wollte Lord Washbourn eifrig wissen. „Guter Mann!"

Pickett antwortete nicht, sondern wandte sich an die Gräfin, die stocksteif an einem Ende des Sofas saß. „Während dieser gesamten Ermittlung haben Eure Diener mir gegenüber den Pfirsich-Ratafia erwähnt, den ‚Mylady' eigenhändig zubereitet. Ich bin, angesichts des Berufs Eures Vaters, immer davon ausgegangen, dass sie Euch meinten. Ich habe inzwischen die Haushälterin in Washbourn Abbey um Bestätigung gebeten, doch ich möchte die Wahrheit bitte aus Eurem eigenen Mund hören: Wer hat den Pfirsich-Ratafia zubereitet, der am Abend des Maskenballs serviert wurde?"

„Mutter Washbourn", sagte die Gräfin mit einer

Handbewegung in Richtung ihrer Schwiegermutter. „Alles, was mit solchen Dingen tun hat, untersteht ihrer Aufsicht. Sie versteht weit mehr davon, als ich es je können werde, daher profitieren wir alle von dieser Lösung."

Nicht wirklich alle, dachte Pickett. *Für Annie ging es nicht so gut aus.* Laut sagte er nur: „Vielen Dank. Und wessen Einfall war es, den Ratafia beim Maskenball zu servieren?"

„Mutter Washbourn schlug es vor. Sie ist zu Recht stolz darauf, wisst Ihr, denn er ist sehr gut und das Rezept stammt von ihrer Mama."

„Das sagte man mir." Pickett wandte sich der verwitweten Gräfin zu. „Wie war der Name Eurer Mutter, Ma' am?"

Die ältere Dame sah ihn hochnäsig an. „Meine Mutter war eine Frampton von den Hampshire-Framptons, Mr. Pickett, aber was es mit dem Verlust der Washbourn-Rubine meiner Schwiegertochter zu tun haben kann, ist mir ziemlich unerklärlich!"

„Und ihr Vorname?"

Der hochmütige Blick der Witwe schwankte nicht. „Mildred."

Die junge Gräfin, die anscheinend verstand, in welche Richtung diese Befragung ging, stieß ein leises, jammerndes Geräusch aus.

„Seht mal", protestierte Lord Washbourn. „Ihr könnt doch sicher nicht andeuten wollen, dass meine Mutter etwas mit dem Verschwinden der Rubine zu tun hatte!"

Pickett blickte Lady Washbourn um Zustimmung heischend an und stellte fest, dass sie ihre Schwiegermutter mit einem schmerzerfüllten Gesichtsausdruck anstarrte. Er wandte sich wieder dem Earl zu. „Nein, Mylord, Eure Mutter hatte mit den vermissten Rubinen nichts zu tun. Eigentlich sind sie auch nicht verloren. Sie befinden sich in der Schmuckschatulle meiner Frau."

„*Was*?" Lord Washbourn wirbelte auf seinem Stuhl zu seiner Frau herum. „Ich hoffe, du hast einen guten Grund dafür, Eliza."

„Ja", sagte sie unsicher, während ihre Augen fest am Gesicht der Witwe hingen. „Zumindest sieht es so aus."

„Wenn Ihr erlaubt, Mylady?", fragte Pickett. Auf ein zerstreutes Nicken der Gräfin hin wandte er sich selbst an ihren Ehemann. „Die Rubine sind nie verloren gegangen, Mylord. Ihr Fehlen war nichts weiter als ein Vorwand für mich, um mit Eurer Frau in einer völlig anderen Sache Besprechungen abhalten zu können."

Das Gesicht des Earl wurde finster. „Wenn das mit dem Hausmädchen Annie zu tun hat, lasst mich Euch daran erinnern, dass die öffentliche Untersuchung feststellte, ihr Tod wäre durch natürliche Ursachen eingetreten. Jetzt lasst bitte dieses arme Mädchen in Frieden ruhen und hört auf, meine Frau zu belästigen, oder ich werde zu Eurem Richter gehen und Beschwerde gegen Euch erheben!"

„Annies Tod hat nur indirekt damit zu tun", erklärte Pickett ihm. „Eigentlich hatte Mylady nach mir geschickt, weil sie befürchtete, ihr eigenes Leben könnte in Gefahr sein."

„Kann das sein, Eliza?", fragte der Earl einigermaßen bestürzt. „Ich habe dir doch schon früher gesagt, dass das nur unglückliche Unfälle waren. Ich hatte keine Ahnung, dass dich das so beängstigt hat. Meine Liebe, warum hast du mir das nicht gesagt?"

Lady Washbourn fand endlich die Sprache wieder. „Weil ich dachte – ich dachte, du wärest es", gestand sie mit leiser, atemloser Stimme.

„*Ich*? Du dachtest, *ich* würde versuchen, dich umzubringen?" Lord Washbourn klang mehr verletzt als zornig.

„Lady Barbaras Ehemann war gerade gestorben", sagte die Gräfin zu ihrer Verteidigung. „Hättest du nur mich loswerden können, würde nichts mehr dich davon abhalten, sie zu heiraten." Sie schenkte ihm ein tapferes und, wie Pickett fand, ziemlich mitleiderregendes Lächeln. „Ich wusste doch, dass sie es war, die du immer hattest haben wollen."

„Meine liebe Eliza!" Der Earl nahm ihre Hand in seine beiden. „Mein Vater war krank. Er bestand darauf, dass ich heiraten sollte, bevor er starb, und mit war längst klar geworden, dass die Ehe für mich eine Verbindung mit einer vermögenden Frau bedeuten müsste, unabhängig von meinen Gefühlen für die Dame selbst – oder ihren für mich, was das angeht. Meine Vernarrtheit in Lady Barbara war nichts weiter als das letzte rebellische Aufbäumen eines dickköpfigen Mannes gegen das Schicksal, das ihm durch die Verschwendungssucht seiner Vorfahren aufgezwungen wurde."

„Du bist aber ihrem Ruf in ihre Loge im Theater bereitwillig genug gefolgt", erinnerte sie ihn.

„Nur, weil ich klarstellen wollte, dass alles, egal, was zwischen uns gewesen war, vorüber wäre, und um sie anzuflehen, ihren Avancen, die zu nichts als Peinlichkeiten für uns beide führen könnten, einzustellen." Er verzog das Gesicht zu einer Grimasse. „Wenn du einen Beweis dafür willst, musst du nur die Leute in den Logen auf beiden Seiten fragen, denn sie hat die Zurückweisung nicht ruhig aufgenommen. Nein, Eliza, binnen achtundvierzig Stunden nach unserer Hochzeit wusste ich, dass jede Ehe zwischen Lady Barbara und mir eine schlichte Katastrophe gewesen wäre. Bis du und ich von unserer Hochzeitsreise zurückkamen, war ich in der unerwarteten Lage, meinen Vorfahren für die Verschwendung zu danken, die es für mich notwendig machte, eine Ehe einzugehen, um die ich andernfalls nicht die Weisheit gehabt hätte, mich zu bemühen." Er hob ihre Hand an seine Lippen. „Daher siehst du, meine Liebe, dass deine Ängste völlig unbegründet waren."

Pickett, der sich inzwischen sehr *de trop* fühlte, räusperte sich. „Nicht völlig unbegründet, Mylord."

Lord Washbourn wandte sich Pickett zu, als wäre er überrascht, ihn noch dort zu sehen. „He, was soll das heißen?"

„In der Tat *gab* es jemanden, der Eure Frau tot sehen wollte – jemand, der vorgab, ihr freundlich gesinnt zu sein, während er keine Gelegenheit versäumte, zuerst ihren Ruf, dann ihre Ehe und schließlich ihren Pfirsich-Ratafia zu vergiften."

„Du hast mir das Glas gebracht, mein Liebster", erinnerte Lady Washbourn ihren Mann. „Ich musste ihn unberührt wegstellen, aber Annie trank ihn – und Annie starb. Du kannst verstehen, wie das aussah – warum ich dachte …"

Lord Washbourns Blick schweifte von Pickett zur Gräfin und wieder zurück. „Ist das wahr, Mr. Pickett?"

„Durchaus, Mylord, ganz gleich was irgendwelche Geschworenen Gegenteiliges gesagt haben. Ich hatte von einem Gift gehört, das einen Geruch nach bitteren Mandeln hinterlässt, und als ich erfuhr, dass ein mit

Mandeln aromatisiertes Getränk in letzter Minute dem Menü hinzugefügt wurde, konnte ich nicht umhin zu denken, dass das ein sehr passendes Mittel gewesen sein könnte, um das Gift zu verdecken. Obwohl es mir nicht gelang, den Untersuchungsrichter von dessen Bedeutung zu überzeugen, habe ich mit der Erlaubnis Myladys ein wenig weiter ermittelt. Ich erfuhr kürzlich von einem Arzt, dass das Gift, an das ich dachte, natürlich in den Kernen von Pfirsichen vorkommt, und daher bin ich nach Washbourn Abbey gereist, um Beweise zu suchen, die meinen Verdacht stützten."

Er vernachlässigte weise die Tatsache, dass sein Verdacht sich zu dieser Zeit eher auf Lady Washbourn selbst konzentriert hatte. Stattdessen griff er in die Innentasche seines Mantels und zog ein kleines Buch aus abgenutztem schwarzem Leder heraus.

„Dies fand ich dort im Haushaltsraum. Man hatte mir gesagt, dass ‚Mylady' den Pfirsich-Ratafia nach einem alten Rezept ihrer Mutter zubereitete und ich fand dieses Rezept hier, so vielbenutzt, dass die Seite sich fast aus der Bindung gelöst hat. Doch als ich Namen und Datum darin fand, wurde mir klar, dass es nicht Lady Washbourn gehörte – ihr Mädchenname war Mucklow – sondern der verwitweten Gräfin. Außerdem war es auf 1747 datiert – zu früh, um Lady Washbourns Mutter gehört zu haben, selbst wenn Mrs. Mucklow erst spät im Leben ein Kind bekommen hätte." Er wandte sich der Witwe zu, die wie versteinert dasaß. „Nun, Ma'am? Was hat Euch dazu gebracht, das zu tun?"

„Seid so gut und lasst meine Mutter in Ruhe!", unterbrach Lord Washbourn sehr auf seine Würde bedacht. „Wie, Mama war nie anders als freundlich zu meiner Frau seit dem Tag, als ich meine Braut nach Washbourn Abbey heimgeholt habe!"

„Von Angesicht zu Angesicht, das glaube ich Euch", räumte Pickett mit einem Nicken ein. „Und während der ganzen Zeit verbreitete sie die bösartigsten Halbwahrheiten, die dazu dienen sollten, sie in so ungünstigem Licht wie möglich dastehen zu lassen." Er sah die Witwe Bestätigung suchend an. „Stimmt das nicht, Mylady – oder sollte ich sagen: ‚Tante Mildred'?"

Der Earl fuhr auf. „Ihr seid beleidigend, Sir! Wie könnt Ihr es wagen anzudeuten, dass meine Mutter etwas mit diesem Schmierblatt zu tun hätte?"

„Das – das warst du, Mutter Washbourn?", stammelte die Gräfin und sprach ihre Schwiegermutter zum ersten Mal an, seit Pickett den Raum betreten hatte.

Die ältere Frau musterte die jüngere, als ob sie ein besonders widerwärtiges Insekt wäre. „Ich bin nicht deine Mutter, du – du gewöhnliche, kleine Abenteurerin! Das war ich nie und werde es nie sein!"

„Und – und du hast Annie umgebracht ..."

Die Witwe drückte beleidigt die Hand auf ihr Herz und der rote Stein an ihrem Finger blinkte anklagend im Licht. „Ist es *meine* Schuld, dass du so lasch mit deinem Personal bist, dass sie glauben, sie könnten sich nehmen, was sie wollen?"

Lord Washbourn, der diesem Wortwechsel mit wachsendem Entsetzen zugehört hatte, starrte sie jetzt voller Abscheu an, als ob seine Mutter sich plötzlich vor seinen Augen in eine Schlange verwandelt hätte. „Du hast mir dieses Glas gegeben und mir aufgetragen, es Eliza zu bringen, und gesagt, sie sollte sich nicht ermüden", erinnerte er sich fassungslos ungläubig. „Du warst so rücksichtsvoll, so besorgt um sie, und doch hast du die ganze Zeit …"

„Ach, schweig doch, Charles!", unterbrach seine Mutter. „Ich habe es um deinetwillen getan! Was glaubst du, was es dem Herz einer Mutter antut zu sehen, wie ihr Sohn gezwungen ist, die Frau aufzugeben, die er liebt? Und warum das alles? Ha, um eine *Kaufmannstochter* zu heiraten!" Sie spuckte dieses Wort geradezu aus. „Dein Vater und sein Vater vor ihm brauchten nicht weniger Geld als du, und doch haben sie Töchter des Adels geheiratet. Sie wussten, was sie ihrem Namen schuldig waren!"

Lord Washbourn sprang förmlich von seinem Stuhl auf und begann, ruhelos hin und her zu gehen. „Mit anderen Worten, sie schlossen die Augen vor der drohenden Katastrophe, und gratulierten sich dabei noch zu ihrer erhabenen Abstammung!"

„Ja, sie heirateten, wie es ihnen gefiel und wählten Frauen, die ihres erhabenen Ranges würdig waren", beharrte die Witwe. „Meine Mitgift war vielleicht nicht groß, aber man hielt mich in meinen jungen Tagen für eine große Schönheit und ich stamme von den Hampshire-Framptons ab, deren Vorfahren mit dem Eroberer nach England kamen! Warum solltest unter all den Washbourns gerade du gezwungen sein, dich zu opfern? Das war nicht fair, das war nicht richtig!"

Inzwischen war er am Ende des Zimmers angelangt und wirbelte herum, um sie anzusehen. „Nicht richtig, Mama? *Nicht richtig?* Was bitte ist ‚richtig', wenn man eine junge Frau heiratet, sich in den Besitz ihrer Erbschaft bringt und dann ihren Tod plant, um frei zu sein und mein unrecht erworbenes Gut einer anderen Frau zu Füßen zu legen? Was ist daran ‚fair'? Nein, unterbrich mich nicht", sagte er rasch, als sie den Mund öffnete, um zu antworten. „Da du das Gefühl hast, dass meine Frau so weit unter deiner Würde ist, werde ich dich nicht zwingen, in ihrer Nähe zu bleiben. Wenn du dich daran erinnerst, habe ich einen kleinen Besitz in Schottland, eine Burg in den Äußeren Hebriden, die für dich sehr passend sein dürfte. Wenn ich mich recht erinnere, kam sie durch die Heirat meines Urgroßvaters mit der Tochter des Laird in die

Familie; ich bin sicher, du wirst die darin liegende Ironie zu schätzen wissen."

„Bitte um Verzeihung, Euer Lordschaft", warf Pickett ein, „aber der einzige Ort, an den Eure Mutter gehen wird, ist Newgate."

Die Witwe rang die Hände und der große, rote Stein an ihrem Finger blitzte irrlichternd auf. „Oh nein! Ich werde nicht ins Gefängnis gehen und mich auch nicht auf eine Ruine ins Exil verbannen lassen, während dieses ordinäre kleine Geschöpf meinen Platz einnimmt!"

Bevor irgendjemand erkannte, was sie plante, drehte sie den Edelstein zur Seite, legte den Kopf in den Nacken und goss die pulverförmige Substanz, die in diesem Ring versteckt gewesen war, in ihre Kehle. Pickett sprang zu ihr, obwohl er die Sinnlosigkeit seines Eingreifens erkannte. Innerhalb von Sekunden würgte die Witwe und schnappte nach Luft, obwohl der Earl hektisch auf ihren Rücken schlug; innerhalb von Minuten lag sie von Krämpfen geschüttelt auf dem Boden in den Armen ihres Sohnes und reagierte nicht auf seine Versuche, sie wiederzubeleben. Schließlich lag sie still und Schweigen breitete sich im Raum aus, das Schluchzen der Gräfin war das einzige Geräusch.

„Psst, Liebes, weine nicht!", tadelte Lord Washbourn sie sanft. Er ließ den Kopf seiner Mutter vorsichtig auf den Boden gleiten, erhob sich und zog seine zitternde Frau in

die Arme. „Vielleicht ist es besser so. Wir werden lange
genug zur Abbey zurückkehren, um dafür zu sorgen, dass
Mama neben Papa im Mausoleum der Familie zur Ruhe
gebettet wird und dann werden wir uns auf die Reise nach
Konstantinopel vorbereiten. Bis wir nach England
zurückkehren, hoffe ich, dich dazu überredet zu haben, mir
meine Blindheit zu verzeihen."

„Es gibt nichts zu verzeihen", betonte sie, „zumindest
nicht von dir. Niemand könnte seine Mutter wegen so
etwas verdächtigen oder sie auch nur dessen für fähig
halten."

„Vielleicht nicht, aber ich habe deine sehr ernsthaften
Ängste als nichts als alberne Einbildung abgetan und du
hättest diese meine Dummheit leicht mit dem Leben
bezahlen können. Das werde ich mir selbst nicht so bald
vergeben."

„Wenn Ihr mir die Unterbrechung verzeihen wollt",
warf Pickett ein, „darf ich vorschlagen, nach dem
Untersuchungsrichter zu schicken?"

„Was? Ja, ich fürchte, da führt kein Weg daran
vorbei", sagte der Earl mit einem Seufzer, als er sich an
seine Pflichten erinnerte. „Aber wie Mama das gehasst
hätte!"

Pickett blickte auf die Leiche der Frau hinab. Ihr
Gesicht hatte einen unnatürlich rosigen Farbton
angenommen und er hatte keinen Zweifel daran, dass er,

wenn er sich über sie beugte, den Geruch von bitteren Mandeln wahrnehmen würde. Aber er blieb entschlossen aufrecht stehen. Während er ausgezogen war, um Gerechtigkeit für Annie Barton zu finden, empfand er keinen solchen Drang, soweit es die verwitwete Gräfin anging. Sie hatte sich ihre Probleme selbst zuzuschreiben und seiner Meinung nach würden ihr Sohn und ihre Schwiegertochter umso besser dran sein, je eher sie beginnen könnten, den Schaden, den die alte Frau ihrer Ehe zugefügt hatte, zu reparieren. Lord Washbourns Ernennung an die britische Gesandtschaft in Konstantinopel schien ein guter Ort, um damit zu beginnen.

„Es ist nicht ungewöhnlich, dass Menschen im Alter der Gräfinwitwe einen Schlag erleiden", bemerkte Pickett ausdruckslos. „Schließlich sah sie sich der Aussicht gegenüber, in England allein zu bleiben, während ihr geliebter Sohn und seine Familie die nächsten Jahre im Ausland verbringen würden. Wenn Ihr den Untersuchungsrichter darauf aufmerksam macht, bin ich sicher, dass Ihr von Mr. Bagley keinen Widerspruch hören werdet."

„Aber Ihr wisst, dass es nicht wahr ist, Mr. Pickett", widersprach Lady Washbourn.

Pickett zuckte mit den Schultern. „Ich werde nicht hier sein, um gegen eine solche Schlussfolgerung zu protestieren. Abgesehen davon, dass Mr. Bagley sich nicht freuen würde, mich hier vorzufinden, glaube ich, dass ich Eure Gastfreundschaft schon überreichlich in Anspruch genommen habe."

„Ich verstehe", sagte der Earl und die Falten auf seiner Stirn glätteten sich etwas. „Vielen Dank, Mr. Pickett. Meine Frau und ich stehen sehr in Eurer Schuld."

„Oh, das hätte ich fast vergessen", rief Lady Washbourn aus, die sich an den Vorwand erinnerte, mit dem sie seine Dienste zuerst erbeten hatte, „was ist mit den Rubinen, Mr. Pickett?"

„Ich werde sie …" Er unterbrach sich plötzlich. Über der Lösung des Falles, dem Tod der Witwe und der Versöhnung von Lord und Lady Washbourn hatte er, wenn auch nur für kurze Zeit, vergessen können, dass seine eigene Ehe in Scherben lag. Er konnte keinen Diener mit den Rubinen zum Grosvenor Square schicken oder sie selbst zurückbringen; er würde nicht in die Curzon Street zurückkehren, nie wieder. Er fragte sich, ob einer der Washbourns inmitten all der Vorbereitungen für die Beerdigung der Witwe und der Abreise ins Ausland danach sich an die Belohnung erinnern würde, die man ihm versprochen hatte, und stellte fest, dass es ihm gleichgültig war. Durch seine eigene Unfähigkeit hatte er etwas verloren, was weit mehr wert war als fünfzig Pfund. Nichts anderes schien mehr eine Rolle zu spielen. „Wenn

Ihr morgen früh bei meiner Frau vorsprecht, wird sie sie Euch zurückgeben."

Die Washbourns dankten ihm noch einmal und verabschiedeten sich von ihm. Pickett sagte alles, was sich gehörte (das hoffte er jedenfalls; er konnte sich später nie mehr daran erinnern) und stolperte dann in die Nacht hinaus, unsicher, wohin er gehen oder was er mit sich anfangen sollte. Da er sich daran erinnerte, dass er schließlich gerade einen schwierigen Fall gelöst hatte, beschloss er, Mr. Colquhoun von seinen Erkenntnissen zu informieren und machte sich zu diesem Zweck auf den Weg zum Hause des Richters.

Mr. Colquhoun war recht überrascht, zu so später Stunde einen Besuch von seinem jüngsten Läufer zu erhalten, doch er wies den Butler an, den Besucher einzulassen und lauschte aufmerksam Picketts Bericht von seinem Besuch in Washbourn Abbey und den Folgen. Am Ende dieses Berichts schüttelte er den Kopf.

„Es gefällt mir nicht, Mr. Pickett", knurrte er. „Ihr hättet bis zum Morgen warten, Euch einen Haftbefehl verschaffen und das richtige Verfahren einhalten sollen. Die Witwe hätte vor Gericht gestellt werden müssen. Stattdessen gelang es ihr, den Henker zu betrügen, und das mit Eurer Hilfe. Das habt Ihr nicht gut gemacht."

„Bitte um Verzeihung, Sir, aber dem kann ich nicht zustimmen. Wer will sagen, ob sie nicht heute Nacht, während ich darauf wartete, das richtige Verfahren einzuhalten, einen neuen Versuch gemacht hätte, Lady Washbourn zu töten – und diesmal vielleicht mit Erfolg? Was das Fehlen eines Gerichtsverfahrens angeht, nun, sie ist auf jeden Fall tot, ist es also noch wichtig? Außerdem soll Seine Lordschaft eine Position im diplomatischen Dienst antreten; sicher würde ein solcher Flecken auf dem Ruf seiner Familie nicht dazu beitragen, die Beziehungen unseres Landes mit den Türken zu verbessern. Es tut mir leid, Euch enttäuscht zu haben, Sir – ich bin mir sehr wohl bewusst, wie hoch ich in Eurer Schuld stehe – aber, wenn ich es noch einmal zu tun hätte, kann ich nicht ehrlich sagen, dass ich nicht dasselbe tun würde."

Der Richter musterte ihn eine Weile prüfend. „Ihr seid erwachsen geworden, John", sagte er schließlich. „Um Ihnen die Wahrheit zu sagen, ich bin mir nicht ganz sicher, wie ich das finde. Ja nun, es wird spät und wir müssen beide morgen früh wieder in der Bow Street sein."

Mr. Colquhoun erhob sich im Sprechen von seinem Stuhl, und gab Pickett zu verstehen, dass das Gespräch zu Ende war. Da dieser keinen Grund hatte, sein Gehen weiter hinauszuzögern, verabschiedete er sich vom Richter und trat aus der Wärme des Hauses in die dunkle und unfreundliche Nacht. Er wandte sich nach Osten, ohne ein besonderes Ziel im Auge zu haben, bald fand er sich in der Nähe von Covent Garden wieder, wo er als Junge

Taschendiebstähle begangen hatte. Das Theater war anscheinend erst vor Kurzem zu Ende gegangen, denn eine Menge gut gekleideter Gäste tummelten sich in den Straßen, wo ihre Anwesenheit im starken Gegensatz zu den Mitgliedern der unteren Stände bildete, die Blumen feilboten, sich als Sesselträger verdingten oder ihren Lebensunterhalt durch weniger legale Tätigkeiten fristeten. Es war schwer zu glauben, dass nur ein paar Tage zuvor er zu der ersten Gruppe gehört hatte, nachdem er seine Jugendjahre in der zweiten verbracht hatte. Jetzt, sinnierte er trübe, gehörte er zu keiner der beiden. Die Aristokraten ignorierten ihn und die Blumenmädchen und Sesselträger, von denen einige alte Bekannte waren, schienen ihn nicht länger zu erkennen. Die Gewohnheit alter Jahre kam zurück und er ertappte sich dabei, wie er die zu so später Stunde auf der Straße herumlungernden Menschen musterte, um einzuschätzen, welcher das leichteste Opfer für jemand seines früheren Handwerks wäre. Plötzlich stieß ein Junge mit ihm zusammen, ein dünner Bursche mit lockigen braunen Haaren, die unter eine formlose Mütze gestopft waren.

„Schulligung, Chef." Der Junge warf ihm ein verschmitztes Grinsen zu und verbeugte sich ungeschickt. „Meine Schuld."

„Ja, allerdings", stimmte Pickett zu, packte sein Handgelenk und drehte ihm den Arm auf den Rücken. „Ich wäre dir dankbar, wenn du mir zurückgeben würdest, was auch immer du gerade aus meiner Tasche geklaut hast."

Der Junge hob feuchte braune Augen zu ihm. „Ich hab' nie nix genommen! Ich bin unschuldig, ich sag' es Euch!"

„Und ich bin der Zar aller Reußen", spottete Pickett. „Wenn du das nächste Mal beschließt, jemandem die Taschen auszuräumen, könntest du dir einen besseren aussuchen als einen Bow Street Läufer. Also, gibst du mir jetzt zurück, was mir gehört, oder muss ich dich zum Richter schleppen?"

Widerwillig öffnete der Junge seine Hand. Drei Halfpennys und ein Farthing lagen in seiner schmutzigen Handfläche. „Woher wusstet Ihr es?", fragte er mit widerwilliger Bewunderung.

„Weil ich lange genug hier auf der Straße war, noch bevor du auch nur geboren warst", antwortete Pickett und rutschte leicht in die Sprechweise des Jungen zurück. „Und ich habe mich dabei besser angestellt als du. Ich habe drei Guineen bei mir und trotzdem hast du nur eine Handvoll Kupfermünzen erwischt."

„Na, woher sollte ich das denn wissen?", gab der Junge zurück. „Ihr hättet ja wohl nicht stillgestanden, während ich Eure Taschen ganz ausräumte, oder?"

„Man lernt, das zu fühlen", antwortete Pickett ungeduldig. „Ich kann sehen, dass du nicht bei meinem

Vater in die Lehre gegangen bist! Er hat mich mit Augenbinde blind üben lassen, bis ich nur mit den Fingerspitzen eine Münze von der anderen unterscheiden konnte – und mir jedes Mal auf die Finger geschlagen, wenn ich falsch riet. Du wirst eines Tages an einem Seil tanzen, wenn du deine Technik nicht verbesserst."

Es fiel ihm ein, dass Mr. Colquhoun es kaum gutheißen würde, dass er einem jungen Mitglied seiner früheren Zunft gute Ratschläge gab, doch schließlich wusste er besser, dass die unredlichen Machenschaften des Jungen aller Wahrscheinlichkeit nach weniger auf moralische Schwächen denn auf die Not, seinen Bauch mit etwas Essbarem zu füllen, zurückzuführen war. Er selbst hatte Glück gehabt; denn für die meisten jungen Verbrecher gab es keinen Mr. Colquhoun, der daran interessiert war, sie auf eine bessere Bahn zu bringen.

„Wenn ich es mir recht überlege, hier." Er nahm die Hand des Jungen und lief die Münzen wieder hineinfallen. „Geh und besorge dir etwas zu essen. Keinen Gin, wohlgemerkt, sondern etwas Gutes – damit du satt wirst."

Der Junge musterte ihn misstrauisch. „Warum? Damit Ihr mich in die Bow Street schleppen und dem Richter sagen könnt, dass ich es gestohlen habe?"

„Nein, sondern damit du keine Taschen mehr ausräumen musst, jedenfalls heute Nacht nicht." Seine Miene wurde milder und er fügte etwas sanfter hinzu: „Ich kann mich daran erinnern, wie es ist, weißt du – hungrig schlafen zu gehen."

Seine Worte trafen nur die leere Luft, denn der Junge hatte die Beine in die Hand genommen, als ob er Angst hätte, sein unerwarteter Wohltäter könnte seine Meinung ändern. Er hätte sich keine Sorgen machen müssen. Pickett hatte sich selbst ein wenig in dem jungen Taschendieb wiedergefunden, etwas von dem Jungen, der er einmal gewesen war. Vor zehn Jahren, sinnierte er, hätte er es sein können, bis hin zu dem lockigen braunen Haar und den großen braunen Augen, die ihr Bestes taten, um unschuldig auszusehen.

Vor zehn Jahren ... Es war fast elf Jahre her, seit sein Vater nach Botany Bay deportiert worden war, aber wenn Moll – die Frau, mit der Pa lebte und sozusagen seine Stiefmutter – ein Kind empfangen hätte, kurz bevor er aufs Schiff gebracht worden war ...

Pickett schüttelte den Kopf, als wollte er diese Gedanken, die zu nichts führten, abschütteln und machte sich an die dringendere Aufgabe, eine Unterkunft zu finden. Es war vielleicht unvermeidlich, dass seine Schritte ihn schließlich in die Drury Lane führten, wo er einmal in einer Zwei-Zimmer-Wohnung über dem Laden einer Kerzenzieherin gewohnt hatte. In der Tat hatten er und Julia in dieser wenig einnehmenden Umgebung ihre irreguläre schottische Ehe vollzogen und damit den bereits gemachten Plänen für eine Annullierung ein Ende bereitet. Bei der bittersüßen Erinnerung stieg ein dumpfer Schmerz in seiner Brust auf und sein Blick glitt die Gasse entlang, am *Cock and Magpie* vorbei zum Kerzenzieherladen dahinter und dann hoch zu der Wohnung, wo im Fenster ein Licht wie ein Leuchtfeuer brannte.

Er erstarrte. Ein Licht! Sie war zu ihm zurückgekommen! Er rannte die Straße hinab bis zum Laden, suchte nach dem über dem Rahmen versteckten Schlüssel, schloss die Tür auf und lief die Treppe zwei Stufen auf einmal hinauf, bis er die Tür am oberen Ende erreichte. Er hätte auch diese aufgerissen, aber sie war ebenfalls verschlossen. Er war froh darüber; dies war für eine Lady allein kaum eine gute Umgebung. Er pochte an die Tür, bis er hörte, wie der Schlüssel klickend im Schloss gedreht wurde und sie sich einen Moment später öffnete. Im Eingang stand eine verhärmt aussehende Frau mit einem Baby auf der Hüfte, während ein Kleinkind sich an ihre Röcke klammerte. Pickett hatte sie noch nie in seinem Leben gesehen.

„Nun?", fragte sie ungeduldig. „Was wollt Ihr?"

„Es – es tut mir leid", stotterte Pickett. „Ich dachte, Ihr wäret – ich hoffte – ich bitte – es war mein Fehler."

Das Baby begann zu weinen und sie wandte ihm ihre Aufmerksamkeit zu und schloss die Tür vor Picketts Gesicht. Er wandte sich ab und taumelte die Stufen hinab;

der Schmerz der enttäuschten Hoffnung durchfuhr ihn wie ein Messer. Er hatte gedacht, es müsste Julia sein, hatte einen kurzen, hell leuchtenden Moment geglaubt, dass sie so unglücklich gewesen wäre wie er und in der Wohnung, wo sie einmal so glücklich gewesen waren, auf ihn warten würde. Er stapfte zur Strand hinab und blieb an einer Ecke stehen, ratlos, wohin er gehen oder was er in dieser Stadt, die er so gut kannte, tun sollte. Die Luft war schwer und feucht mit einer Vorahnung von Regen und dem fischigen Geruch der Themse, die hinter Somerset House gerade außer Sichtweite lag.

Er war sich nicht bewusst gewesen, dass er dem vertrauten Geruch folgte, doch schließlich fand er sich am Kai wieder, von wo er auf das Wasser schaute. Die Dunkelheit wurde in Abständen von den Laternen der Boote durchbrochen, die vor Anker lagen; ihre schwachen Lichter tupften goldene Flecken auf jede winzige Welle. Bald, das wusste er, würden die Kähne mit Kohle aus Newcastle ankommen und im Morgengrauen würden die Schauerleute mit ihren Schaufeln und Säcken an Bord schwärmen, bereit, die Karren zu füllen, die den Brennstoff ausliefern würden, der die Häuser Londons wärmte. Er sollte es wissen; er hatte fünf Jahre seines Lebens mit dieser Knochenarbeit verbracht und hätte noch immer dort sein können, wenn nicht Mr. Colquhoun Möglichkeiten in ihm erkannt und Interesse an ihm gezeigt

331

hätte.

Vielleicht, dachte er bitter, wäre es besser für ihn gewesen, wenn Mr. Colquhoun ihn dort gelassen hätte. Er war zu jener Zeit nur zu gern bereit gewesen, das Haus der Grangers zu verlassen, doch der Schmerz über Sophys Abweisung war nur ein Kinderspiel gewesen im Vergleich zu dem, was er jetzt empfand. Sicher wäre es besser gewesen, Julia nie getroffen zu haben, als ...

Mit Schrecken erkannte er, dass, wäre er nie in die Bow Street gekommen, Julia – Lady Fieldhurst, wie sie damals hieß – wegen des Mordes an ihrem Mann sehr wohl hätte gehängt werden können. Dann wäre sie jetzt seit fast einem Jahr tot und er hätte keine Ahnung davon gehabt. Nein, er konnte es nicht bedauern, sie kennengelernt, sie geliebt zu haben, auch wenn er jetzt wusste, wie es enden musste.

Er schaute zu dem schwarzen Wasser zu seinen Füßen. Die Flut begann gerade, sich zurückzuziehen, und bei Sonnenaufgang würde das schlammige Ufer sichtbar sein. Zu seinen frühesten Erinnerungen gehörte es, bei Ebbe im Schlamm der Themse-Ufer herumzusuchen und jedes Stück Knochen oder Metall, das gegen Geld eingetauscht werden konnte, einzusammeln. Es wäre irgendwie passend, wenn sein Leben hier enden würde, wo er so viel davon verbracht hatte. Und Julia wäre frei von ihm, aber zu seinen Bedingungen, ohne die Gunst des

Anwalts der Fieldhursts.

Beim Gedanken an Julia runzelte er die Stirn. Wie unbefriedigend sie ihn als Ehemann auch gefunden hatte, er musste daran glauben, dass sie ihn einmal geliebt hatte. Er würde es wie einen Unfall aussehen lassen müssen, um ihretwillen. Sein Richter würde jedoch schwieriger zu täuschen sein. Julia würde sich fragen, aber Mr. Colquhoun würde *wissen*, oder doch sehr schnell erraten, was geschehen war und Julia die Schuld daran geben, auch wenn das unfair war. Pickett hatte nicht den Wunsch, dass sein Tod für die beiden Menschen, die er auf der Welt am meisten liebte, zum Zankapfel würde. Er stieß einen abgehackten Seufzer aus. Es schien, dass selbst diese letzte Tür ihm verschlossen war.

Und dann, gerade, als er dachte, es könnte nicht schlimmer werden, öffnete der Himmel seine Schleusen und es begann, in Strömen zu regnen. Er zog seinen Hut herab, um den Regen von seinen Augen fernzuhalten und schauderte, als das kalte Wasser ihm in den Nacken lief, wo sein Zopf zu sein pflegte. Mit gesenktem Kopf konzentrierte er sich darauf, einen Fuß vor den anderen zu setzen, fast ohne zu wissen oder sich darum zu kümmern, wohin er ging, bis er auf einer vertrauten Vordertreppe stand. Er klingelte und wurde einen Moment später in den Salon geführt.

Der Herr des Hauses saß in Pantoffeln vor dem Feuer

und las eine Zeitung, doch beim Eintritt eines Geschöpfs, das einer ertrunkenen Ratte mehr ähnelte als einem menschlichen Wesen, warf er seine Zeitschrift weg und schoss hoch. „John? Lieber Gott, Mann, was ist passiert?"

Der Blick, den Pickett ihm zuwarf, war voller Verzweiflung. „Ich – ich glaube, ich habe meine Frau verlassen."

18

*In dem Julia Fieldhurst Pickett
die Sache selbst in die Hand nimmt*

Mr. Colquhoun schalt wie eine Glucke, hatte Pickett aber bald aus seinem durchnässten Rock heraus und führte ihn zu einem, vor das Feuer gezogenen, Stuhl, wo er sich aufwärmen und trocknen konnte.

„So", sagte er schließlich, nachdem er den Butler nach Brandy geschickt hatte, „was soll dieser Unsinn mit Euch und Mrs. Pickett?"

Pickett schüttelte den Kopf. „Ich bin sicher, Ihr habt Euer Bestes gegeben, Sir, aber es sieht so aus, als wäre ich immer noch der Sohn meines Vaters." Außer natürlich, dass die Untreue des älteren Pickett darauf zurückzuführen war, dass er zu attraktiv für Frauen war; der jüngere, so schien es, konnte nicht einmal der einen Frau gefallen, die er liebte und die sich dazu bekannt hatte, ihn ebenfalls zu lieben. Selbst die Liebe, so schien es, hatte ihre Grenzen.

„Unfug!", antwortete sein Mentor scharf. „Selbst die verliebtesten Paare haben manchmal Streit. Das ist nicht das Ende der Welt."

„Nein", sagte Pickett düster. „Nur das Ende einer Ehe."

Der Richter ersparte sich einen Kommentar. Er hatte diesen Bruch seit dem Hochzeitstag des Paares kommen sehen, als er rein zufällig entdeckte, dass John Pickett sich in dem Irrglauben befand, die Leibrente seiner Frau würde bei ihrer Wiederverheiratung enden und dass er völlig in der Absicht handelte, sie, so gut er konnte, von seinem eigenen mageren Lohn zu ernähren. Mr. Colquhouns Bedenken waren um ein Vielfaches gewachsen, als er mit der Lady selbst gesprochen hatte und erkannte, dass sie nicht die geringste Ahnung hatte, welchen Schlag die Wahrheit dem Stolz ihres jungen Mannes versetzt hatte, geschweige denn die Notwendigkeit sah, diesen so weit wie möglich zu mildern. Als die unvermeidliche Konfrontation stattfand, musste sie offenbar sehr bitter gewesen sein.

„Aber wo ist Eure Tasche?", fragte er vorsichtig. „Ihr seid doch sicher nicht nur mit den Kleidern, die Ihr am Leib habt, nach Croydon gereist!"

„Nein, Sir", sagte Pickett und starrte trübe in die Flammen. „Ich hatte einen Koffer, aber ich habe ihn im Swan gelassen und versprochen, ihn später abzuholen. Sie hatten keine Zimmer mehr und ich – ich wusste nicht, wohin ich sonst gehen sollte."

„Ich schicke einen Diener danach und lasse die Haushälterin ein Zimmer für Euch zurechtmachen."

„Danke, Sir. Es tut mir leid …"

Seine Entschuldigung stieß auf taube Ohren. Mr. Colquhoun verließ den Raum, machte aber keine erkennbaren Anstalten, seine Haushälterin zu rufen. Stattdessen ging er durch den Gang zu seinem Arbeitszimmer, wo er eine kurze Nachricht verfasste, in der Picketts Koffer jedoch überhaupt keine Erwähnung fand. Nachdem er Sand über diese Notiz gestreut, sie zusammengefaltet und mit einer Oblate versiegelt hatte, klingelte er nach einem Diener und übergab ihm den Brief mit sehr genauen Anweisungen über seine Auslieferung.

„Ihr wollt, dass ich die Kutsche nehme, Sir?", fragte der Diener dumm, den die Erfahrung – ebenso wie seine Stellung – seit Langem gelehrt hatte, dass solche Aufträge meistens daraus bestanden, durch die Stadt zu laufen, selbst inmitten eines Regengusses wie diesem.

Sein Dienstherr hob eine buschige weiße Augenbraue. „Habe ich das nicht gerade gesagt?"

„Ja, Sir. Aber – aber soll ich auf Antwort warten?"

„Wenn ich mich nicht irre", prophezeite der Richter, „wirst du auf einen Passagier warten müssen."

* * *

Er kam nicht wieder. Während sie aus dem Fenster in die Dunkelheit der Curzon Street um Mitternacht starrte, gab Julia schließlich sich selbst gegenüber zu, was sie befürchtet hatte, seit er am Morgen zuvor abgereist war. Sie hatte den ganzen Tag nicht gewagt, das Haus zu verlassen, aus Angst, fort zu sein, wenn er zurückkäme, und sie hatte lange begonnen, auf seine Schritte im Gang zu lauschen, bevor sie vernünftigerweise erwarten konnte, sie zu hören. Doch der Nachmittag war zum Abend geworden und der Abend zur Nacht, ohne eine Spur von ihm, und sie hatte schließlich ihren Teller beim Diner weggeschoben und Thomas nach Cheapside geschickt, um zu fragen, ob die Postkutsche aus Croydon und dem Süden schon angekommen wäre. Thomas war einige Zeit später mit der Information zurückgekehrt, dass die Postkutsche tatsächlich drei Stunden zuvor in London angekommen war („sicher und pünktlich", hatte der Kartenverkäufer stolz berichtet) und dass ein Passagier, der Mr. Picketts Beschreibung entsprach, kurz vor Einbruch der Dunkelheit ausgestiegen war und seinen Koffer im Gasthaus gelassen hatte, bis er ihn abholen würde.

„Hätte ich ihn mitbringen sollen, nachdem ich schon dort war?", fragte Thomas unsicher. „Das hätte ich fast getan, aber ich dachte, vielleicht würde er nicht gern kommen und sie nicht mehr vorfinden."

„Nein, das hast du richtig gemacht." Julia wandte sich

vom Fenster ab und zwang sich zu einem schwachen Lächeln. „Wenn er andere Pläne gemacht hat, würde er es uns sicher nicht danken, wenn wir uns einmischen."

Julia entließ Thomas und wandte sich wieder dem Fenster zu, beobachtete, wie der Regen an die Scheiben schlug, unaufhörlich, wie die Tränen einer Witwe. Sie ließ in ihrem Kopf jedes Wort, jede Geste des Streits, der darin gegipfelt hatte, dass er fortgegangen war, ohne sich auch nur zu verabschieden, Revue passieren. Sie hatte im Zorn gesprochen, dachte sie verzweifelt, sie hatte nichts davon so gemeint. Sicher musste er das gewusst haben! *Oh, musste er das?*, flüsterte eine leise Stimme anklagend. *Wie? Wie hätte er das wissen sollen?* Anders als sie selbst war er nie verheiratet gewesen, hatte nie zuvor eine längere Liebesgeschichte erlebt, wenn man die treulose Sophia nicht rechnete. Sie war sich dessen wohl bewusst gewesen, dass er fürchtete, sie könnte ihre Ehe vielleicht eines Tages bereuen; vielleicht hatte er geglaubt, seine schlimmsten Befürchtungen hätten sich bewahrheitet und er hatte den Rest seines Stolzes wahren wollen, indem er sie verließ, bevor sie ihn wegschicken konnte.

Jetzt war er irgendwo dort draußen in der Dunkelheit und sie hatte keine Ahnung, wo er war oder ob er genug Geld nach seiner Reise hatte, um sich für die Nacht ein Dach über dem Kopf zu verschaffen. Jeder Instinkt in ihr schrie danach, ihm nachzulaufen, jede Straße und Gasse

Londons zu durchsuchen, bis sie ihn gefunden hätte, doch es war nicht sicher für eine Frau, zu einer solchen Stunde in der Stadt herumzulaufen, selbst wenn sie eine Vorstellung gehabt hätte, wo sie nach ihm suchen sollte. Sie legte eine Hand auf ihren Unterleib. Hätte nur ihre eigene Sicherheit auf dem Spiel gestanden, würde ihr keine Gefahr zu groß oder zu riskant gewesen sein. Jetzt jedoch musste sie auch an das Wohlergehen eines anderen denken, an jemanden, dessen Existenz das Einzige sein könnte, das sie über ihren Verlust hinwegtrösten konnte.

In ihrer Magengrube entstand ein Gefühl der Leere bei dem Gedanken an das neue Leben, das sie trug. Eines Tages, wenn das Kind alt genug war, würde sie ihm von seinem Vater erzählen müssen: Wer er war und wie sehr sie ihn geliebt hatte – und wie sie ihn schließlich vertrieben hatte. Sie drückte ihre Stirn gegen das kühle Glas und schloss die Augen, um die drohenden Tränen zurückzuhalten.

Ihre trostlosen Gedanken wurden von einem leisen Kratzen an der Tür unterbrochen.

„Verzeihung, Madam", sagte Rogers entschuldigend, „aber solltet Ihr Euch nicht besser zurückziehen? Es ist schon spät, wisst Ihr, und der junge Herr würde nicht wollen, dass Ihr Euch beim Warten auf seine Rückkehr ermüdet. Ich bleibe gern auf, um ihn selbst hereinzulassen oder eine Botschaft von ihm entgegenzunehmen – in welchem Fall ich Euch natürlich sofort benachrichtigen würde."

Sie warf einen langen, wehmütigen Blick auf die regennasse Straße, bevor sie sich widerwillig vom Fenster abwandte. „Ja, ich denke, das sollte ich tun. Aber Ihr müsst nicht aufbleiben und warten, Rogers." Sie schenkte dem Butler ein trostloses, schwaches Lächeln. „Ich glaube nicht, dass wir Mr. Pickett wiedersehen werden."

„Mrs. Pickett – Madam ..." Der vergebliche Versuch eines Trostes blieb ihm durch das Geräusch eines anhaltenden Wagens vor der Haustür erspart. „Verzeihung, Ma'am", sagte er und entließ sich mit einer Verbeugung aus dem Raum, als jemand draußen von der Straße mit Nachdruck den Türklopfer betätigte.

Der Anstand erwartete natürlich, dass sie geduldig im Salon wartete, bis Rogers käme, um den Besucher anzukündigen, oder bis (was sie bei Weitem vorgezogen hätte) ihr Mann zu ihr käme und sich für seine Verspätung zerknirscht entschuldigte. Doch der Anstand berücksichtigte nicht die Qualen einer Frau, die sich für mehr als sechsunddreißig Stunden von ihrem Mann entfremdet hatte, von denen sie die letzten vier mit zunehmend düsteren Szenarien in ihrer Vorstellung verbracht hatte, die von einem dauerhaften, irreparablen Bruch bis zu der Entdeckung seines leblosen Körpers in einer Seitengasse der Drury Lane reichten.

„Oh, *verflucht* soll der Anstand sein!", murmelte sie in sich hinein.

Sie raffte ihre Röcke, rannte aus dem Zimmer und die Treppe hinab, sodass sie das Foyer gerade erreichte, als Rogers die Tür öffnete, um den Besucher einzulassen. Es war nicht, wie sie gehofft hatte, ihr Ehemann, der ins Haus trat, sondern ein Fremder in der Livree eines Dieners, der dort mit einem Brief in der Hand stand. Rogers sprach leise mit ihm, nahm dann die Nachricht entgegen und überreichte ihn seiner Herrin.

„Von Mr. Colquhoun, Madam", murmelte der Butler.

Sie erbrach mit bebenden Händen das Siegel und entfaltete das einzelne Blatt. *In meinem Haus befindet sich ein sehr unglücklicher junger Mann,* stand da. *Wenn Ihr ihn wollt, kommt bitte und holt ihn ab. P. Colquhoun, Esq.*

„Gibt es eine Antwort, Ma'am?", fragte der Diener, während er ihre funkelnden Augen und erröteten Wangen betrachtete.

„Ja, allerdings", sagte sie entschlossen. „Aber ich werde sie persönlich überbringen. Ich komme mit Euch!"

Sie stieg kurze Zeit später vor dem Haus des Richters aus. Ohne auf den kalten Regen zu achten, der jetzt in Strömen fiel, eilte sie die Stufen zum Portikus hinauf, mit solcher Geschwindigkeit, dass der Diener es kaum schaffte, die Vordertür vor ihr zu erreichen. Er riss sie auf und sie stolperte über die Schwelle ins Foyer, wo Mr.

Colquhoun wartete.

„Wo ist er?", fragte sie ohne Vorrede.

Er nickte in Richtung einer geschlossenen Tür, die auf den Flur ging. „Soll ich das so verstehen, dass Ihr gekommen seid, um ihn nach Hause zu holen?"

„Ja." Jetzt, als der Augenblick der Wiedervereinigung nahe war, zögerte sie. „Ich habe Euch viel zu danken, Mr. Colquhoun, und viel, wegen dem ich Euch um Verzeihung bitten muss. Ihr hattet versucht, mich zu warnen, aber ich wollte nicht zuhören." Sie warf einen Blick auf die stumme Tür. „Wenn er sich weigert, mit mir zu kommen, kann ich nur mir selbst die Schuld geben."

Die buschigen Augenbrauen des Richters wanderten zu seinem Haaransatz. „So schlimm kann es doch nicht sein!"

„Ich war wütend und verletzt", sagte sie und ließ beschämt den Kopf hängen. „Ich habe – ich habe etwas Unverzeihliches gesagt."

„Meiner Erfahrung nach gibt es nur sehr weniges, was unverzeihlich ist, vorausgesetzt, dass man sich liebt", sagte er sanfter als gewöhnlich.

„Ja, aber ich wusste, dass er – dass er nicht …"

„Mir scheint, Mrs. Pickett, dass Ihr diese Selbstbeschuldigungen sich besser an den jungen Mann hinter dieser Tür richten solltet", schlug der Richter vor.

„Ja." Sie holte tief Luft, um sich zu beruhigen. „Ja, da

343

habt Ihr sicher recht."

Sie ging langsam durch das Foyer und legte ihre Hand auf die Täfelung. Sie blickte über ihre Schulter zurück zu Mr. Colquhoun und dann, als sie ein beruhigendes Nicken erhalten hatte, stieß sie die Tür auf und trat ein.

Er hatte seinen Rock ausgezogen und saß jetzt in Hemdsärmeln vor dem Kamin, den Rücken zur Tür gewandt. Sie konnte sein Gesicht nicht sehen, doch seine hängenden Schultern, die sich scharf unter dem feuchten Leinen seines Hemdes abzeichneten, sagten genug. Sie trat vorsichtig in den Raum und schloss sanft die Tür hinter sich.

„Es tut mir leid, Euch um diese Zeit lästig zu fallen, Sir", sagte er, ohne sich umzusehen. „Wenn Ihr mich nur für die Nacht unterbringen könnt, werde ich mich gleich morgen darum kümmern, einen Schlafplatz für mich zu finden. Jemand anders wohnt jetzt in meiner alten Wohnung und, nun, ich wusste nicht, wohin ich sonst hätte gehen sollen."

„Du könntest immer noch zu deiner Frau zurückgehen", sagte sie leise.

Er wirbelte herum, starrte sie an und sein ausdrucksstarkes Gesicht enthielt eine solche Mischung aus Sehnsucht und Angst, als ob er seinen eigenen Augen nicht zu trauen wagte.

„Bitte, John – es tut mir so furchtbar leid …"

Sie kam nicht weiter. Er durchquerte den Raum in drei Schritten, zog sie in seine Arme und begann, hektische Küsse auf ihre Lippen, Wangen, Augen, Haare und alles andere zu drücken, womit sein Mund in Kontakt kam.

„Oh John, ich habe mir solche Sorgen gemacht – mach so etwas nie – *niemals* wieder!", sagte sie zwischen heißten küssen und linderte diesen Tadel, indem sie sich noch fester an ihn klammerte.

„Nein – werde ich nicht – es tut mir leid – es tut mir so leid ..."

„Es war nicht deine Schuld. Es war meine, nur meine", beharrte sie und als die Leidenschaft der Versöhnung sich gelegt hatte und ein geordnetes Gespräch möglich wurde, ergänzte sie diese Worte. „Du hast versucht, es mir zu erklären, selbst Mr. Colquhoun hat versucht, mich zu warnen, aber ich wollte nichts hören. Ich war so glücklich, dass ich nicht denken wollte, dass du – es nicht warst."

„Aber nicht deinetwegen, Mylady – niemals deinetwegen. Von dem Augenblick an, als wir uns zuerst begegnet sind, Julia, warst du mein ganzes Herz, aber ich kann nicht der Mann sein, den du verdienst. Du wirst mir sagen müssen, was ich tun soll – was du willst ..."

Ihr Gesicht war in der Vorderseite seines Hemdes vergraben gewesen, doch hierbei sah sie auf. „Liebling, wovon sprichst du?", fragte sie, ängstlich besorgt, dass sie die Antwort schon wissen müsste.

„Ich gefalle dir nicht." Der Schmerz, der in diesen vier schlichten Worten lag, stand deutlich auf seinem Gesicht zu lesen.

Sie holte zittrig Atem. „Also hatte ich recht mit dem Gedanken, dass es das war, was dich weggetrieben hat. John, zu sagen, dass ich mich bei dir entschuldigen muss, ist nicht annähernd genug. Als ich gestern nach Hause kam und dich beim Packen fand, war ich innerlich immer noch am Kochen wegen – wegen einer unangenehmen Begegnung, die ich im Park gehabt hatte. Dann wurde mir klar, dass du fortgehen und mich der Gnade solcher Leute ausliefern wolltest ..." Aber diese Episode schien ein ganzes Leben her zu sein und es war jetzt absurd, sich vorzustellen, dass sie sich auch nur zeitweise wegen etwas so Unwichtigem entzweit hatten. „In dem Moment wollte ich verletzen, so wie ich verletzt worden war – und das tat ich. Ich sagte etwas Grausames und Dummes, etwas, das nicht einmal wahr war. Das Wissen, dass du noch nie mit einer anderen Frau als mir zusammen warst, ist mir sehr kostbar, und wie unerfahren du auch gewesen sein magst, als wir heirateten, kann ich völlig ehrlich sagen, dass ich noch nie solches Glück gekannt habe, wie ich in deinen Armen gefunden habe. Du magst dem Zeitablauf nach mein zweiter Ehemann sein, aber in meinem Herzen bist du der erste und wirst das immer sein. Und *das*, mein

346

Liebling, ist die Wahrheit."

Pickett fand keine Worte, um auf diese Erklärung zu antworten. Es gab jedoch eine Geste, eine, der er einmal halb im Scherz versprochen hatte, doch es schien die einzige Reaktion zu sein, die auch nur annähernd die Gefühle in seinem Herzen würde ausdrücken können. Und daher fiel er auf die Knie, hob den unteren Rand ihres Gewands, beugte dann den Kopf und drückte ihn an seine Lippen.

„Nein, John, nicht", protestierte sie und zupfte an seiner Schulter. „Wir sind uns in jeder wesentlichen Hinsicht gleich. Außerdem gibt es etwas, das wir diskutieren müssen. Es – es geht um die Finanzen. Ich wusste, dass es dich störte, aber mir war niemals klar, wie sehr."

Auf ihr Drängen erhob er sich. „Julia, ich werde mich nie ganz damit abfinden, dass ich meine Frau nicht so versorgen kann, wie sie es gewohnt ist, aber ich möchte auch nicht, dass du noch mehr aufgibst, als du es durch die Ehe mit mir bereits getan hast. Wenn das der Preis ist, den ich zu zahlen habe, will ich das gern tun."

„Trotzdem möchte ich dir einen Vorschlag machen. In den nächsten sechs Monaten werden wir leben, wo immer du willst: in der Drury Lane, in Covent Garden, oder unter einer Brücke, wenn das das ist, was du möchtest …"

„Ich denke, die Brücke können wir vergessen", warf er ein.

„Unterbrich mich nicht", sagte sie und drückte ihm den Finger auf die Lippen. „Wie gesagt, in den nächsten sechs Monaten werden wir in irgendeiner Wohnung leben, die wir uns mit fünfundzwanzig Schilling pro Woche leisten können. Aber danach muss ich darauf bestehen, dass wir einen anderen Ort finden – wenn nicht Curzon Street, dann ein anderes Haus, das wir zusammen auswählen werden. Dabei werde ich keinen Kompromiss eingehen."

„Dein Vorschlag klingt bemerkenswert wie ein Ultimatum, Mylady", sagte er, obwohl die Zärtlichkeit in seiner Stimme seinen Worten jede Aggressivität nahm.

„Ja? Liebe Güte, ich fürchte, du hast recht", gestand sie zerknirscht. „Aber du musst doch zugeben, dass deine Wohnung in der Drury Lane ziemlich klein für drei Leute ist."

„Im Gegenteil, ich könnte dir ganze Familien zeigen, die in – warte – wie – drei? Wer …?"

Das Strahlen auf ihrem Gesicht hätte der Sonne Konkurrenz gemacht. „Du wirst Vater, John Pickett."

Er trat einen Schritt zurück und starrte sie an. „Aber – aber das ist unmöglich!"

„Ja – nur, dass es das nicht ist."

„Du hast mir gesagt, dass du keine Kinder bekommen kannst", betonte er, „dass in sechs Jahren mit Lord Fieldhurst …"

„Mit Fieldhurst, ja. Es stellt sich heraus, dass der Makel nicht meiner war, sondern seiner – ein Makel, den mein zweiter Mann nicht hat."

„Ein Baby", sagte Pickett dumm und versuchte immer noch, es zu fassen. Ein Baby, das bedeutete, dass ein Kinderzimmer eingerichtet und ein Kindermädchen engagiert werden musste, und vielleicht auch eine weitere Wäscherin, um alle Windeln zu waschen, die das Baby jeden Tag verbrauchen würde, und dann, wenn das Kind älter war, käme die Frage der Schule – nichts davon konnte mit 25 Schilling pro Woche bezahlt werden, nicht in einer Weise, die dem Kind seiner Frau angemessen war. Und doch schien es irgendwie nicht mehr so wichtig zu sein, nicht, als er in ihr leuchtendes Gesicht schaute. Er hatte ihr das eine gegeben, was ihr erster Mann, bei all seinem Reichtum und seinem Rang, ihr nie hatte geben können. Und vielleicht, nur vielleicht, war das genug. „Wann …? Wie bald …?"

Überraschenderweise hatte Julia keine Mühe, diese unzusammenhängenden Fragen zu verstehen. „Dezember – sehr wahrscheinlich vor Weihnachten." Sie lächelte ihn an. „Gar nicht schlecht für eine Frau, die angeblich unfruchtbar war, und für einen Mann, der angeblich impotent sein sollte."

Verblüfft, wie er war, war Pickett immer noch in der Lage, eine einfache mathematische Berechnung durchzuführen. „*Dezember*? Das – das hat nicht lange gedauert!"

„Nein, wirklich nicht." Sie hob sich auf Zehenspitzen, um ihre Lippen auf seinen offen stehenden Mund zu drücken. „Also lass uns nie wieder über deine Unzulänglichkeiten als Ehemann reden."

Was auch immer er dazu hätte sagen können, wurde von einem leisen Klopfen an der Tür unterbrochen. Sie öffnete sich leicht und Mr. Colquhoun steckte den Kopf herein. Er betrachtete die Lage mit einem abschätzenden Blick und bemerkte, dass sein Protegé leicht benommen wirkte, doch der Zustand der Krawatte des Jungen – ganz zu schweigen von den Haaren der Lady, die sich größtenteils aus ihren Nadeln gelöst hatten – reichte aus, um dem Magistrat klarzumachen, dass die Versöhnung alle Wünsche des Jungen erfüllte.

„Verzeiht die Störung", sagte er, „aber ich habe einen Kutscher und eine Haushälterin, die auf Anweisungen warten."

„Sir, wie bekommen ein Baby!", platzte Pickett heraus.

„Nun, aber bitte nicht hier", empfahl Mr. Colquhoun. „Das Angebot für ein Zimmer für die Nacht steht noch, aber ich schätze, es wird wohl nicht mehr gebraucht, stimmt das?"

„Das – das stimmt", sagte Pickett, ergriff Julias Hand

und sah mit einem ziemlich törichten Lächeln zu ihr hinab. „Ich glaube, wir sollten jetzt am besten nach Hause fahren, meine Frau und ich."

„Wie Ihr wünscht." Mr. Colquhoun wandte sich ab, um seinem Kutscher Order zu geben, und Julia nahm Picketts noch feuchten Rock hoch und hielt ihn hin, damit er seine Arme in die Ärmel stecken konnte. Es würde neue Missverständnisse geben, das wusste sie – sogar neuen Streit – aber beim nächsten Mal würden sie besser vorbereitet sein. Wie Mr. Colquhoun gesagt hatte, die Liebe war da, und sie würde ihnen durch alle Stürme helfen.

Draußen hatte der Regen aufgehört und die Kutsche wartete auf der frisch gewaschenen Straße. Der Kutscher öffnete die Tür und klappte die Stufe herab, doch es war Pickett, der Julia hineinhalf. Nach dem Einsteigen hielt sie jedoch inne und drehte sich zu ihm.

„Aber wo *ist* zu Hause, John?", fragte sie. „Hast du dich entschieden?"

Er sah sie an und sah seine ganze Welt in ihren Augen liegen. „Heim ist, wo du bist", sagte er schlicht und wandte sich zum Kutscher. „Curzon Street. Nummer zweiundzwanzig", sagte er, stieg dann hinter ihr in die Kutsche und schloss die Tür.

Warten Sie! Es gibt noch mehr!

Bleiben Sie, es gibt eine kostenlose Kurzgeschichte. Das ist meine Art und Weise, mich zu bedanken, weil Sie John Picketts Abenteuern gefolgt sind. Es gibt eine Menge Bücher, die sie wählen könnten, und Sie haben sich dazu entschlossen, Ihre Zeit, ihre Fantasie und ja, auch Ihr Geld in meine zu investieren. Das ehrt mich mehr, als ich sagen kann.

AUS DER SCHULE GEPLAUDERT

Eine weitere John Pickett Kurzgeschichte

„Du bist früh zu Hause", bemerkte Julia Pickett bei der Rückkehr ihres Mannes aus der Bow Street.

„In London scheinen sich alle zur Abwechslung einmal zu benehmen." Pickett überreichte Hut und Handschuhe Rogers, der – ausgezeichneter Butler, der er war – diskret wegschaute, als sein Herr und seine Herrin sich mit aller Leidenschaft eines frisch verheirateten Paares begrüßte, das seit dem Mittag voneinander getrennt gewesen war.

„Und du freust dich nicht besonders über dieses ausufernde gute Benehmen", bemerkte Julia, die in den drei Monaten seit ihrer Hochzeit gelernt hatte, seine Stimmungen mit einiger Genauigkeit zu verstehen.

„Ich hätte lieber etwas zu tun", gab er zu. Zugegeben, er erhielt immer noch seine fünfundzwanzig Schilling pro Woche, selbst wenn er nicht aktiv an einem Fall arbeitete, aber darin lag ein Teil des Problems. Ohne einen Fall gab es keine Möglichkeit, mehr als diese fünfundzwanzig Schilling zu verdienen, weder durch private Aufträge noch als Belohnung für strafrechtliche Verurteilungen, die sich aus seinen Bemühungen ergaben. Doch er wollte sie nicht mit diesen Überlegungen belasten; über dieses Thema war schon mehr als genug gesagt worden.

„Ich habe heute einen Brief von Claudia bekommen", fuhr sie fort. „Sie und Jamie haben jetzt die kleine Caroline ständig bei sich und sie scheint sich gut eingewöhnt zu haben – Caroline, meine ich. Sie hat einen ziemlichen Narren an Jamie gefressen und läuft ihm hinterher wie ein Hündchen."

„Claudia oder Caroline?"

Julia schnappte sich einen seiner Handschuhe vom Tisch neben der Tür und gab ihm damit einen Klaps auf den Arm. „Wahrscheinlich beide, aber ich sprach von Caroline. Oh, und Claudia sagt, Papa hat Caroline ein Pony gekauft. Trotz Jamies dreizehn Jahren als Kavallerieoffizier kann man seinem Wissen über Pferdefleisch nicht trauen, wenn es um ein geeignetes Reittier für Papas erstes Enkelkind geht."

„Wenigstens hat er nicht vor, sie auf Luzifer zu setzen", sagte Pickett mit einer Grimasse bei der Erinnerung an die zu recht teuflisch benannte Kreatur, die sein Schwiegervater für ihn ausgewählt hatte. „Andererseits hebt er vielleicht Luzifer für unseres auf."

„Nein, denn er hat die feste Absicht, nach London zu kommen und für unseres ein Pony bei Tattersall zu auszusuchen." Sie warf ihm einen entschuldigenden Blick zu. „Das macht dir doch nichts aus, oder? Es hat nichts damit zu tun, ob du es bezahlen könntest; es liegt nur daran, dass die Ankunft von Enkelkindern Papa eine Ausrede gibt, seinen eigenen Neigungen zu frönen."

„Wenn Jamie ein solches Angebot annehmen kann, kann ich wohl keine Einwände erheben", räumte Pickett ein und wurde von dem Ausdruck der Dankbarkeit auf dem Gesicht seiner Frau belohnt.

„Aber wenn wir gerade von Papa sprechen" – sie drehte sich um, um die Post auf dem silbernen Tablett neben seinen Handschuhen zu sortieren – „da ist ein Brief für dich, der seine Handschrift zu tragen scheint."

„Für mich? Warum sollte dein Papa mir schreiben?"

Als sie den Brief fand, den sie suchte, nahm sie ihn von dem kleinen Stapel und reichte ihn ihm. „Das habe ich mich auch gefragt, weil Papa kein begeisterter Briefschreiber ist. Ich schätze, du wirst es erfahren, wenn du ihn liest. Aber kann das bis nach dem Essen warten? Ich bin am Verhungern!"

Um diese Aussage zu unterstreichen, drückte sie eine Hand auf ihren noch flachen Leib. Pickett, der in den letzten Wochen etwas über die Launen einer Frau in den frühen Stadien der Schwangerschaft gelernt hatte, interpretierte diese Geste als Beweis dafür, dass sie ihr Frühstück wieder nicht lange bei sich behalten hatte.

„Wenn du das Dinner servieren lässt, gehe ich nach oben und wasche mich. Ich werde gleich wieder unten sein", versprach er, stopfte dann den Brief in die Innentasche seines Rocks und ließ seinen Worten die Tat folgen.

Er zog sich zum Abendessen nicht um – dies war tatsächlich einer von mehreren Streitpunkten zwischen ihnen gewesen, bis sie sich bereit erklärt hatte, ihm in dieser Angelegenheit nachzugeben – sondern wusch sich Gesicht und Hände, bevor er zu ihr ins Esszimmer ging. Nachdem Rogers und der Diener das Essen serviert hatten und in die Küche zurückgekehrt waren, zog er den Brief aus der Tasche und erbrach das Siegel.

An meinen Schwiegersohn John, las er und entzifferte mit Mühe das Gekritzel eines Mannes, der seine Feder nur dann zur Hand nahm, wenn die Umstände ihn dazu zwangen. *Dies soll Euch mitteilen, dass ich mich mit meinem Anwalt beraten habe und gewisse Änderungen an meinem letzten Willen und Testament vornehmen werde. Als ich dachte, Julia wäre mein einziger überlebender Abkömmling, war mein Testament so abgefasst, dass sie (und daher Ihr, da jedes solche Erbe von ihr per Gesetz unter Eure Kontrolle fallen würde) alles nach meinem Tod erben würde.* Pickett las weiter, während er versuchte zu begreifen, wie viel er seiner Frau, diesmal durch ihre Familie, schuldete. *Jetzt, da wir wissen, dass dies nicht der Fall ist (und ich möchte Euch noch einmal meine Dankbarkeit zum Ausdruck bringen, dies zu einem so guten Ende gebracht zu haben), ändere ich mein Testament, damit Claudia nicht enterbt wird. Anstatt Runyon Hall meinen beiden Töchtern zu überlassen und Euch zu zwingen, entweder das Anwesen zu teilen oder den einen zu zwingen, den Anteil des anderen daran aufzukaufen, überlasse ich das Anwesen in seiner Gesamtheit Claudia und Jamie, da seine Grenzen entlang seines Anwesens verlaufen und da Ihr Euch auf jeden Fall dauerhaft in London niedergelassen zu haben scheint. Da sie das Anwesen bekommen, werde ich Julia (und damit Euch) einen Geldbetrag in Höhe der Hälfte des jeweiligen Werts des Besitzes zum Zeitpunkt meines Todes hinterlassen – während ich dies schreibe, sind das £22.500. Dies gilt natürlich zusätzlich zu ihrem halben Anteil an beweglichem Eigentum, das ich hinterlasse, wie etwa weitere Gelder, Anteile an Fonds usw. Ich finde es nur fair, Euch darüber zu informieren, wie Claudias Rückkehr Eure eigenen Erwartungen mindern wird, obwohl ich Euch das Kompliment machen will zu sagen, dass ich Euch glaube, wenn Ihr behauptet, dass dies Eure Gefühle gegenüber meiner Tochter Julia nicht beeinflusst. Wohlgemerkt, wenn ich gewusst hätte, dass Claudia noch lebt, hätte ich niemals ein Testament ausschließlich zu Julias Gunsten verfasst – obwohl Buckleigh vielleicht klug gewesen wäre, dafür zu sorgen, dass sein eigenes Testament auf dem neuesten Stand war, denn wenn ich ihn in meine Finger bekommen hätte ...*

Na ja, Buckleigh ist jetzt Vergangenheit – de mortuis nil nisi bonum, *und all das, wie Ihr wisst. Grüßt Julia herzlich von mir.*

Immer der Eure

Sir Thaddeus Runyon

Runyon Hall

Norwood Green

Somersetshire

Julia, die den seltsamen Ausdruck auf seinem Gesicht bemerkte, legte ihre Gabel hin. „John? Ist etwas nicht in Ordnung? Mama ...“

„Deiner Mutter geht es gut“, versicherte er ihr schnell. „Zumindest schreibt dein Vater nichts Gegenteiliges und wenn irgendetwas mit Lady Runyon nicht in Ordnung wäre, denke ich, würde er an dich schreiben, nicht an mich.“

„Ja, ich schätze, du hast recht.“ Sie hob ihr Weinglas hoch und nahm einen Schluck. „Wenn nicht Mama, was dann?“ Sie stellte das Glas abrupt ab, als sich eine mögliche Erklärung bot. „Sicher bittet er nicht um deine Erlaubnis, dem Baby schon ein Pony zu kaufen!“

„Wenn er einen solchen Gedanken im Kopf hätte, bezweifle ich, dass meine Erlaubnis eine Rolle spielen würde", sagte er zu ihr. „Tatsächlich hat er mir geschrieben, dass er sein Testament ändert."

„Oh?"

Sie hatten nicht die Gewohnheit eleganter Paare angenommen, an den gegenüberliegenden Enden der Tafel zu sitzen, außer bei der einen Gelegenheit, als sie den Richter Mr. Colquhoun und seine Frau zum Dinner eingeladen hatten, und selbst da waren alle Ausziehplatten des Tisches entfernt worden. Obwohl Julia darauf bestand, dass Pickett seinen Platz am Kopf der Tafel einnahm, saß sie jetzt zu seiner Rechten, sodass er nur seine Hand ausstrecken musste, um ihr den Brief zu reichen.

„Hier, lies ihn selbst. Nachdem Claudia jetzt aus ihrem Versteck gekommen ist, bist du nicht länger seine einzige Erbin."

Da sie mit der Handschrift ihres Vaters besser vertraut war, brauchte sie nicht lange, die Zeilen zu überfliegen. „Armer John! Stört es dich so sehr? Ich gestehe, ich hatte Angst, dir beibringen zu müssen, dass ich alles erben würde. Jetzt bekommen wir wenigstens nur noch die Hälfte. Und da Papa bei bester Gesundheit ist, gibt es keinen Grund, warum er nicht noch zwanzig Jahre oder länger leben sollte."

„Auf ein sehr langes Leben für ihn", sagte Pickett und hob sein Weinglas auf das Wohl seines Schwiegervaters.

„Und für uns alle", stimmte Julia zu und folgte seinem Beispiel.

Kristall klirrte gegen Kristall und das Essen wurde fortgesetzt.

„Was heißt das?", fragte Pickett schließlich. „Der Satz am Ende – *de mortuis* – was auch immer."

„Das ist Latein. Es heißt, man soll von den Toten nichts Schlechtes sagen. Obwohl ich für mein Teil denke, dass Buckleigh alles verdient, was über ihn Schlechtes gesagt werden könnte."

„Dem werde ich nicht widersprechen", stimmte Pickett zu. „Trotzdem hätte ich nie gedacht, dass dein Vater Latein spricht."

Sie überlegte einen Moment. „Ich würde nicht sagen, dass er es wirklich *spricht*. Aber er kann es zumindest teilweise lesen, denn er muss es in der Schule gelernt haben. Griechisch auch, was das angeht. Obwohl ich mir nicht vorstellen kann, dass Papa ein sehr fleißiger Schüler war, nicht wahr? Ich würde meinen, dass er sich weit mehr für Pferde als für Homer interessiert hat, auch schon als Kind."

Und das brachte es auf den Punkt, dachte Pickett. Er konnte sich leicht eine beliebige Anzahl exotischer Sprachen vorstellen, die beispielsweise aus Lord Rupert

Lathams Mund kamen (tatsächlich schien es genau das zu sein, was der Kerl tun *würde*), aber nicht bei Sir Thaddeus Runyon, der in Picketts Augen immer der Inbegriff eines Landjunkers zu sein schien.

Die lässige Verwendung von Latein (ganz zu schweigen von der Annahme seines Schwiegervaters, dass Pickett in dieser Sprache genauso gebildet wäre), gab seinen Gedanken Nahrung – und diese Nahrung saß ebenso unbehaglich in seinem Kopf wie Julias Frühstück in ihrem Magen gelegen hatte. Der Squire war in niemandes Augen ein Gelehrter und doch verstand er genug Latein, um es ohne sichtliche Mühe zu zitieren; zumindest konnte Pickett sich kaum vorstellen, dass Sir Thaddeus in seiner alten Lateingrammatik nachgeschaut hätte, um seinen niedrig geborenen Schwiegersohn mit seinem Wissen zu blenden. Nein, das kam einfach von einer Erziehung als Gentleman. Es war ein Privileg, von dem Pickett entschieden hatte, dass jeder Sohn seiner Lady es genießen sollte, ganz so, als hätte sie einen Mann ihres eigenen Standes geheiratet – und dennoch war es etwas, das für ihn mit hohen Kosten verbunden war, und nicht nur in Pfund, Schilling und Penny

* * *

Die Angelegenheit ging ihm am nächsten Morgen noch im Kopf herum, als er sich in der Bow Street meldete und seinen Lohn für diese Woche erhielt.

Leider waren dies nicht mehr als die fünfundzwanzig Schilling, die sein Grundgehalt ausmachten. Noch schien es, dass es in nächster Zeit etwas geben würde, um es zu ergänzen; wieder gab es keinen Fall für ihn.

„So ist es eben", bemerkte Mr. Colquhoun, der Richter, der zur anderen Seite des Raums sah, wo Picketts Kollegen, Dixon, Griffin und Maxwell, nichts Besseres zu tun fanden, sondern ein Paket Karten herausgeholt hatten und jetzt zu dritt eine Art Poker spielten. „Entweder himmelhoch jauchzend oder zu Tode betrübt. Wohlgemerkt, wenn man bedenkt, dass wir über Verbrechen reden, ist dies vielleicht ein Grund zum Jubeln."

„Ja, Sir", sagte Pickett ohne Begeisterung. „Oh, und Sir …"

„Ja?"

„Ist Euch der Ausdruck bekannt, der beginnt *De mortuis nil …*" Hier versagte Picketts Gedächtnis, denn er konnte sich nicht an den Rest erinnern.

„*De mortuis nil nisi bonum*", ergänzte der Richter. „Ja. Kommt aus dem Lateinischen. Das ganze Zitat ist noch etwas länger, aber es bedeutet, dass man nicht schlecht über Tote reden soll."

„Ja, Sir. Das sagte man mir."

„Gibt es einen bestimmten Toten, den Ihr beschimpft habt?"

Pickett schüttelte den Kopf. „Nein, Sir. Es – es kam nur während einer anderen Diskussion zur Sprache."

Mr. Colquhoun wartete mit hochgezogenen Brauen darauf, dass sein jüngster Läufer näher darauf einging, aber Pickett sagte nur: „Wenn Ihr im Moment nichts Dringenderes für mich zu tun habt, darf ich mich für eine Weile entschuldigen? Ich bleibe nicht lange", fügte er rasch hinzu.

Die buschigen weißen Brauen senkten sich bedrohlich. „Dies würde zufällig keinen ehelichen Besuch bei der wunderschönen Mrs. Pickett bedeuten, oder?"

Pickett tat empört, jedoch nicht, ohne rot zu werden. „Nein, Sir!"

„Nun gut, Ihr dürft gehen. Seid in ..." Er drehte sich um, um die große Wanduhr hinter seiner Bank zu mustern. „... sagen wir in zwei Stunden wieder hier. Wird das ausreichen?"

„Ja, Sir. Vielen Dank, Sir."

Zwanzig Minuten später stieß Pickett ziemlich schüchtern eine Tür auf, durch die er seit mehr als einem Dutzend Jahren nicht mehr gegangen war, und wurde von zwanzig Augenpaaren betrachtet, deren Ausdruck von unruhiger Langeweile bis zu offener Neugier variierten. Mr. Hiram Butterworth, Oberlehrer (eigentlich der *einzige* Lehrer) der Butterworth Charity School, schaute von dem Buch auf, aus dem er der Klasse vorlas.

„Ich – es tut mir leid zu stören", begann Pickett. „Ihr werdet Euch wahrscheinlich kaum noch an mich erinnern, aber ..."

„Johnny Pickett, so wahr ich hier stehe!", rief der Schulleiter aus. „Kommt herein, kommt herein!"

Das tat Pickett und schloss die Tür hinter sich. Das Klassenzimmer sah sehr ähnlich aus wie damals, als er es das letzte Mal gesehen hatte: Die Dielen waren immer noch frei von Lack, die Fenster führten immer noch in einen verlorenen Kampf mit dem Schmutz und dem Ruß der Straße draußen. Die Rücken der Bücher in den Regalen waren noch zerrissener und verblasster als in seiner Erinnerung, doch für den zwölfjährigen John Pickett hatten sie die Möglichkeit bedeutet, wenigstens für ein paar Stunden aus der Trostlosigkeit seines Alltagslebens zu entfliehen.

Mr. Butterworth, der schon damals alt schien, wirkte jetzt uralt: Das graue Haar, an das sich Pickett erinnerte, war schneeweiß, und sein Buckel war noch ausgeprägter. Aber Freundlichkeit und Mitgefühl leuchteten immer noch in den milden blauen Augen und Pickett schämte sich erneut, als er sich daran erinnerte, wie er ihm diese Freundlichkeit vergolten hatte. Er war eigentlich nicht in der Lage, jemanden um einen Gefallen zu bitten, und schon gar nicht diesen Mann.

Der Oberlehrer gab indessen der Klasse eine Schreibübung auf (Pickett erinnerte sich gut daran, da er immer nur darauf gewartet hatte, dass der Lehrer ihm den Rücken drehen würde, bevor er die Feder von seiner rechten Hand in die linke nahm), und wandte dann seine Aufmerksamkeit seinem früheren Schüler zu.

„Es ist schön dich wiederzusehen, Johnny."

„Eigentlich werde ich jetzt ,John' genannt." Außer natürlich von seiner ehemaligen Wirtin, aber er hatte es vor Jahren aufgegeben, Mrs. Catchpole zu berichtigen.

„Du hast dich kein bisschen verändert", sagte Mr. Butterworth und sah ihn scharf durch eine Brille mit Metallrändern an – sicherlich dieselbe, die er vor so vielen Jahren getragen hatte. „Oh, du bist natürlich älter und größer, aber ich hätte dich überall erkannt. Du scheinst etwas aus dir gemacht zu haben."

Pickett war etwas überrascht von dieser Beobachtung, da er den gleichen braunen Sergerock trug, den er seit seiner Beförderung von der Fußpatrouille zum Ermittler vor zwei Jahren fast jeden Tag in der Bow Street getragen hatte. Trotzdem nahm er an, dass selbst dies eine Verbesserung gegenüber dem schmutzigen, zerlumpten Bengel war, an den sich Mr. Butterworth zweifellos erinnerte.

„Ich – ich hatte großes Glück", gab Pickett zu. „Ich habe Ende Februar geheiratet ..." Oder war es Anfang

März gewesen? Seine Erinnerungen an diese Tage waren bestenfalls verschwommen. „… und meine Frau und ich erwarten unser erstes Kind im Dezember."

„Herzliche Glückwünsche!", rief Mr. Butterworth aus und schüttelte ihm warm die Hand. „Ich habe im Laufe der Jahre oft an dich gedacht und mich gefragt, was aus dir geworden ist."

„Tatsächlich?", fragte Pickett, ziemlich überrascht von diesem Geständnis. „Ich war so oft abwesend, ich wundere mich, dass Ihr Euch überhaupt an mich erinnert."

„Ich fand es immer sehr schade, dass du deine Ausbildung nicht lange genug fortsetzen konntest, um dich um ein Stipendium für die höhere Schule zu bewerben."

„Dabei hätte mein Vater auch noch ein Wort mitzureden gehabt", bemerkte Pickett trocken. „Er nahm nicht gern Almosen an." Geld anzunehmen, was eines; es zu stehlen, der Auffassung seines Vaters nach, etwas völlig anderes. Dann war da noch die Vorstellung, dass Pickett seine Zeit damit verschwenden sollte, in einem Klassenzimmer herumzusitzen, wo er doch hätte draußen sein und das zweifelhaft erzielte Einkommen seines Vaters vergrößern können. Nein, es hätte nie funktioniert, und auf jeden Fall waren diese Tage lange vorbei. Es hatte keinen Sinn, darüber zu trauern, was nicht geändert werden konnte.

„Ah gut, ich nehme an, es ist alles Schnee von gestern", sagte der Schulleiter und wiederholte unbewusst Picketts Schlussfolgerung. „Aber sag mir, was bringt dich hierher?"

„Ich bin gekommen, um Euch um einen Gefallen zu bitten", begann Pickett und zögerte dann. Wie sollte er das verständlich erklären? „Ich sagte ja, dass ich vor Kurzem geheiratet habe; was ich nicht erzählt habe, ist, dass meine Frau eine Lady ist. Ich meine das im Sinne des Wortes: bevor sie mich heiratete, war sie Lady Fieldhurst, die Witwe des gleichnamigen Viscounts. Tatsächlich haben wir uns wegen des Mordes an ihrem Mann kennengelernt. Ich war der Bow Street Läufer, dem dieser Fall zugeteilt wurde."

„Das warst du?", fragte Mr. Butterworth ungläubig. „Ich habe den Fall in der *Times* verfolgt und natürlich bemerkt, dass der Name der gleiche war, aber – nun, verzeihe mir, wenn ich sage, dass nichts in deiner Vergangenheit darauf hindeutete, dass du eines Tages eine erfolgreiche Karriere bei Bow Street machen könntest. Und du sagst, du hast die Lady geheiratet?"

„Ich liebte sie von dem Moment an, als ich sie sah, und sie …" Er zuckte die Achseln. „Ich denke, man könnte sagen, sie hatte das zweifelhafte Urteil, meine Zuneigung zu erwidern. Glaubt mir, es überrascht mich ebenso wie Euch."

Der Oberlehrer musterte ihn mit einem langen, ruhigen Blick. „Eigentlich finde ich es nicht so überraschend, wie du zu glauben scheinst. Das Bemerkenswerte ist meiner Meinung nach, dass du es geschafft hast, die Dame davon zu überzeugen, ihren Gefühlen entsprechend zu handeln."

„Sie ‚überzeugen'? Ich konnte sie nicht davon abhalten! Aber das tut alles nichts zur Sache. Die Sache ist, dass ich, nachdem ich über meinem Stand geheiratet habe, ..." Er machte eine Pause und rang erneut nach Worten. „Ich möchte lernen, was gebildete Männer wissen. Selbst mein Schwiegervater, den niemand für einen Gelehrten halten würde, kann Latein zitieren, als ob es seine zweite Natur wäre."

„Also willst du Latein lernen?"

„Und Griechisch."

„Ich verstehe. Und – wenn du mir die Frage verzeihen willst – warum? Es ist unwahrscheinlich, dass du diese Sprachen in der Bow Street brauchen wirst. In der Tat scheint es, dass du recht gut ohne sie zurechtkommst."

„Ja, aber – ich möchte meine Frau nicht in Verlegenheit bringen." Schon, als er die Worte aussprach, wusste Pickett, dass dies nicht das Problem war, zumindest nicht in Gänze. *Oh, zum Teufel,* dachte er, *wer A sagt muss auch B sagen.* Und mit einem tiefen Atemzug fasste er die Angst in Worte, die er noch nie zugegeben hatte, nicht einmal sich selbst gegenüber. „Ich möchte nicht, dass sich meine Kinder für mich schämen."

„Aha." Mr. Butterworth versuchte nicht, ihn mit bedeutungslosen Zusicherungen zu besänftigen, dass kein Kind solch unedle Gefühle gegenüber seinem Vater hegen würde, und Pickett dachte daher nur umso besser über ihn. „Und warum genau denkst du, dass das passieren könnte?"

„Müsst Ihr noch fragen? Gemessen an den Maßstäben des Standes meiner Frau kann ich kaum mehr als lesen und schreiben." Er wartete einen Augenblick, bevor er hinzufügte: „Und da gibt es noch mehr – Dinge, von denen Ihr nichts wisst. Wenn ich nicht im Unterricht war, war ich auf der Straße, habe Taschen geleert und Essen vom Markt in Covent Garden gestohlen. Sogar, als ich hier zur Schule ging, habe ich ..." Er schaute zu den Kindern hinüber, die sorgfältig ihre Buchstaben abschrieben und senkte seine Stimme, bevor er hinzufügte: „... habe ich Euch bestohlen."

Mr. Butterworth nickte. „Ja. Ich weiß."

„Tatsächlich war es mein einziger Grund, zur Schule zu kommen", beharrte Pickett. „Ich habe meinen Vater davon überzeugt, dass ich hier mehr Geld finden könnte, als ich in Covent Garden aus Taschen stehlen konnte."

Mr. Butterworth nahm seine Brille ab und begann, die Gläser am Schwanz seines abgenutzten Rocks zu polieren. „Vielleicht hat dein Vater dich mit dieser Absicht hierher geschickt, aber ich glaube nicht, dass du mit dieser Absicht hergekommen bist."

„Nein. Ich wollte lesen lernen."

„Warum?"

„Ich weiß es nicht genau. Ich glaube, vielleicht hat mir in der Vergangenheit jemand vorgelesen, aber ich erinnere mich wirklich nicht." Er entließ die Erinnerung, wie sie war, mit einem Achselzucken der Ungeduld, entschlossen, den Schulleiter dazu zu bringen, die Tiefen seiner Verderbtheit zu erkennen. „Ihr hattet einen kleinen Vorrat an Münzen in der obersten Schublade Eures Schreibtisches. Ich habe davon gestohlen. Und zwar mehrmals."

„Mein lieber Junge, warum glaubst du, habe ich sie dort aufbewahrt?"

„Ihr – Ihr *wusstet* es?"

Der Schulleiter neigte den Kopf.

„Warum dann …?"

„Warum ich dich nicht am Kragen gepackt und dich zum nächsten Richter geschleppt habe?"

„Es wäre nicht das erste Mal gewesen. Und wohl auch nicht das letzte", fügte Pickett hinzu, der sich an die Begegnung mit Mr. Colquhoun erinnerte, die sein Leben so drastisch verändert hatte.

„Und was wäre dann mit dir passiert? Deine Schultage wären vorbei gewesen, soviel ist sicher." Mr.

Butterworth drehte sich zu seinen Schülern um, die mit unterschiedlichem Fleiß ihre Aufgaben erledigten. „Keiner von ihnen bleibt lange bei mir, weißt du? Ein oder zwei der Jungen haben möglicherweise die Möglichkeit, mit etwas Glück ein reguläres Gymnasium zu besuchen, und finden möglicherweise Arbeit als Schreiber. Ein Stipendium für eine Universität könnte allenfalls für die *crème de la crème* infrage kommen." Ein anderer fremder Ausdruck, den Pickett nicht kannte; war es Latein oder Griechisch, fragte er sich, oder eine ganz andere Sprache? „Der Rest der Jungen wird bei einem Meister in die Lehre gehen und ein Handwerk lernen, während die Mädchen vielleicht Hausangestellte werden. Und für die meisten von ihnen muss dies als Erfolg gelten. Aber du" – er seufzte tief bei der Erinnerung – „du hast nach Wissen gehungert wie andere Kinder nach Brot und Fleisch. Ironisch, nicht wahr? Ich hatte den Schüler, von dem jeder Lehrer träumt, und um ihn zu behalten, musste ich mich bis aufs Hemd ausrauben lassen."

Das Funkeln in seinen hellblauen Augen nahm den Worten jede Kränkung, aber Pickett fühlte sich gezwungen zu stammeln: „Es tut mir leid."

„Aber genug von den alten Geschichten", erklärte der Schulleiter lebhaft. „Wir haben über zukünftige Ereignisse gesprochen und über deine Kinder, die sich ihres Vaters schämen könnten. Sag mir, Johnny – äh, John – lebt dein eigener Vater noch?"

„Ja – zumindest habe ich noch nie etwas Gegenteiliges gehört. Er wurde vor zehn Jahren nach Botany Bay deportiert."

„Und schämst du dich seiner?"

Pickett antwortete, ohne zu zögern. „Ja."

„Warum?"

Pickett stellte bei der Frage die Nackenhaare auf. „Warum sollte ich das nicht? Er hat mich, als ich erst sieben Jahre alt war, auf die Straße geschickt, um zu stehlen! Als ich vierzehn war, wurde er deportiert, und meine ‚Stiefmutter' – obwohl es mir neu wäre, dass sie jemals verheiratet gewesen wären – verlor keine Zeit, mich aus dem Haus zu werfen, damit sie mit einem anderen Mann etwas anfangen konnte."

„Und hast du vor, mit deinem Kind das Gleiche zu tun?"

„Guter Gott, nein!"

„Na also." Als Pickett den Mund öffnete, um zu protestieren, fuhr Mr. Butterworth fort: „Verstehe mich nicht falsch, John. Das Streben nach Wissen um seiner selbst willen ist bewundernswert und ich kann sehen, dass du bemerkenswert gut daran gearbeitet hast, auf der bedauerlicherweise mageren Grundlage aufzubauen, die du hier erhalten hast, aber du darfst sich nicht davon verzehren lassen. Man braucht Jahre, um die klassischen Sprachen zu beherrschen; wenn Ben dort drüben oder Tom das Glück haben sollten, als Stipendiaten in einem Gymnasium aufgenommen zu werden, würden sie große Mühe haben, mit ihren Klassenkameraden mithalten zu können. In deinem Fall, ganz abgesehen von den praktischen Schwierigkeiten, Zeit für Unterricht außerhalb deiner Arbeitsstunden zu finden, scheint mir, deine Mühe wäre besser darauf verwandt, ein guter Ehemann und Vater zu sein, in deinem Beruf aufzusteigen und stolz darauf zu sein, dass du deine Kinder besser behandeln wirst als dein Vater dich behandelt hat."

„Auch, falls – ich meine, *wenn* – sie mich übertreffen?"

Wieder zwinkerten die blassen Augen. „*Besonders,* wenn sie dich übertreffen." Während Pickett über die Bedeutung dieser Aussage nachdachte, fügte der Lehrer mit sachlicherer Stimme hinzu: „Und jetzt, so sehr ich mich freue, dich wiederzusehen, muss ich doch zu meinen Schülern zurückkehren. Ich habe noch Hoffnung, dass der kleine Tim die Feinheiten der Division noch erlernen kann."

„Natürlich", stimmte Pickett zu und stand schnell auf. „Ich hätte Euch nicht so lange aufhalten dürfen."

„Unsinn! Aber fühle dich nicht wie ein Fremder, ja? Komm bald wieder, denn es gibt einen Schüler hier, den ich dir besonders gern vorstellen möchte, auch wenn er heute abwesend ist. Tatsächlich habe ich mich am ersten Tag, als er zu mir kam, gefragt, ob – aber du bist nicht alt genug, denn er ist zehn Jahre alt, obwohl er vielleicht für elf oder sogar zwölf gehalten werden könnte. Aber er erinnert mich sehr an dich – und er hat einen Verstand wie ein Schwamm, obwohl ihm deine Selbstdisziplin fehlt."

In Wahrheit hatte Pickett das Interesse an diesem jugendlichen Gelehrten verloren, denn er hatte sich an eine Verpflichtung erinnert. Er griff in die Innentasche seines Mantels und zog die Geldbörse mit seinem Wochenlohn heraus. „Ich habe keine Ahnung, welche Art von Zinsen in dreizehn Jahren angefallen sein könnten, Sir, aber ich hoffe, Sie werden dies als Anzahlung annehmen."

Mr. Butterworth studierte die bescheidene Schwellung der Geldbörse einen langen Moment, bevor er, nicht ohne zu zögern, nach ihr griff. „Ich denke, ich sollte mich weigern, es zu akzeptieren", gestand er, „aber ich glaube nicht, dass ich das tun werde. Ich werde es in die oberste Schublade meines Schreibtisches legen – natürlich nicht auf einmal, aber nach und nach – für den Fall, dass einer meiner Schüler es brauchen sollte. Ich werde dies zu Ehren eines ehemaligen Schülers tun, der einmal in einer ähnlichen Notlage war, und in der Hoffnung, wieder ein so hervorragendes Ergebnis zu erzielen."

„Danke, Sir", sagte Pickett, der sich eines Gefühls des Stolzes bewusst war, obwohl er sich fragte, wie er Julia erklären sollte, wie er dazu gekommen war, seinen gesamten Wochenlohn zu verschenken, kaum, dass dieser in seiner Tasche war.

Es stellte sich jedoch heraus, dass dies nicht der Aspekt der Ereignisse des Tages war, der sie am meisten beschäftigte. Unsicher, wie sie diese Neuigkeiten auffassen würde, hatte er bis weit nach dem Dinner gewartet, als sie sich nach oben in ihr Schlafzimmer zurückzogen, um ihr dies zu gestehen.

„Und so bist du zu deinem alten Schulmeister gegangen?", fragte sie am Ende seiner stammelnden Mischung aus Erklärung und Entschuldigung. „Ich bin sicher, es war sehr nett von dir, aber warum? Das heißt, warum jetzt, wenn du es jederzeit in den letzten sechs Jahren oder länger hättest tun können?"

„Ich wollte mit ihm sprechen – über Lateinunterricht. Und Griechisch."

„Unterricht in …? Für wen, bitte?"

„Für mich", sagte er, als ob dies offensichtlich hätte sein müssen.

„Aber John, wozu solltest du so etwas brauchen? Ich erinnere mich, dass Jamie sich darüber beschwerte, lateinische Deklinationen auswendig lernen zu müssen, als er sich ziemlich sicher war, dass er so etwas im wirklichen

Leben niemals brauchen würde – und *er* bereitete sich darauf vor, Geistlicher zu werden! Wenn selbst er es als Zeitverschwendung empfand, kann ich mir nicht vorstellen, warum du es für notwendig halten solltest."

„Jaime war es egal, weil er wusste, dass er ein Gentleman war, mit oder ohne das – ob er ein Pfarrer auf der Kanzel von Norwood Green oder ein Offizier in den Niederlanden bei der siebten Kavallerie war. Bei mir ist es etwas völlig anderes. Ich möchte nur dir Ehre machen – dir, dem Baby und allen anderen Kindern, die wir vielleicht haben werden."

„Ich bezweifle, dass es dem Baby etwas ausmacht, ob du Latein sprechen kannst oder nicht", sagte sie mit einem Hauch eines Lächelns.

„Es wird nicht für immer ein Baby bleiben", betonte er mit unbestreitbarer Logik.

Als sie sah, dass er nicht amüsiert war, fügte sie ernster hinzu: „Ich glaube, es ist sehr egoistisch von mir, John, aber ich würde nichts an deiner unanständigen Vergangenheit ändern wollen, selbst wenn ich könnte. Ich weiß, dass es für dich sehr schwierig gewesen sein muss, aber all diese Erfahrungen haben dich zu dem Mann gemacht, der du bist – dem Mann, den ich liebe."

Als Beweis dafür schlang sie ihre Arme um seine Taille und hob ihr Gesicht für seinen Kuss. Er tat ihr nur zu gern den Gefallen und als sie sich schließlich voneinander lösten, rätselte sie: „Nun, wie glaubst du, sagt man ‚Bitte befreie mich von meinen Haarnadeln' auf Latein?"

Trotz seiner Unkenntnis dieser Sprache hatte Pickett keine Schwierigkeiten, diese einfache Bitte zu erfüllen.

Einige Zeit später, nachdem sie ins Bett gegangen waren (nachdem sie sich zu diesem Zeitpunkt von zahlreichen anderen Artikeln befreit hatten, mit nur minimaler Unterstützung durch die gesprochene Sprache in irgendeiner Form), wurde er dazu bewegt, das Thema erneut aufzugreifen. „Was ist mit Mädchen?", fragte er, rollte sich auf die Seite und stützte sich auf einen Ellbogen. „Lernen sie Latein oder Griechisch?"

„Die meisten nicht, obwohl einige vielleicht doch, besonders wenn ihre Väter eine Vorliebe für die Klassiker hatten und kein Sohn, der ihre Interessen teilt."

„Du hast dieses *de mortuis* verstanden – das, was dein Vater geschrieben hat", erinnerte er sie.

„Nur weil ich den Ausdruck schon einmal gehört hatte und wusste, was er bedeutete. So wie du jetzt auch."

„Du sprichst auch Französisch", beharrte er. „Du hast es mit mir gesprochen, als ich den Mord an Lord Fieldhurst untersuchte."

Sie erinnerte sich. Zu der Zeit hatte sie nur darüber spekuliert, was ihre Zofe zu Fieldhurst gesagt haben könnte, bevor sie ihn erstochen hatte: *Tu m'as dit que tu m'aimais.* Oder auf Englisch: *Du hast mir gesagt, dass du mich liebst ...* Oh ja, sie erinnerte sich. Sie erinnerte sich auch daran, wie die einmal übersetzten Worte wie ein greifbares Ding in der Luft zu hängen schienen und wie sie beide, die nur wenige Augenblicke zuvor so kameradschaftlich miteinander umgegangen waren, plötzlich still und verlegen geworden waren – sich vielleicht schon so früh in ihrer Bekanntschaft bewusst, dass sich diese Worte als prophetisch erweisen würden.

„Nun ja, ich spreche Französisch", gab sie zu, als sie bemerkte, dass er auf eine Antwort wartete. „Und wenn wir eine Tochter haben, wird sie sicherlich von ihrer Gouvernante Französisch lernen. Einige Mädchen lernen auch Italienisch. Wieso fragst du? Du hast doch nicht vor, dir auch darüber Sorgen zu machen, oder?"

„Nein, nicht wirklich ‚Sorgen machen'. Es könnte jedoch nützlich sein, eine zweite Sprache zu sprechen – oder sogar eine dritte."

„Oh? Warum denkst du das?"

„Weil" – er machte eine Pause und musste wie gewöhnlich darum kämpfen, auszudrücken, was in seinem Herzen war. „Weil ich dann vielleicht die Worte finden kann, die dir sagen, wie sehr ich dich liebe – und wie es mich erstaunt zu wissen, dass du mich auch liebst."

Sie legte ihre Hand auf seine nackte Brust, über sein Herz. „Dafür brauchst du keine Worte, John."

Und als sie näher kam, um ihn zu küssen, fiel ihm auf, dass sie recht hatte.

Er brauchte keine Worte.

Über die Autorin

Sheri Cobb South ist die preisgekrönte Autorin von mehr als zwanzig Romanen, darunter die John Pickett Krimireihe sowie mehrere Regency-Liebesgeschichten, zu denen das von der Kritik hochgelobte *The Weaver Takes a Wife* gehört. Die in Alabama geborene Sheri, die dort auch lange Zeit wohnte, zog vor Kurzem mit ihrem Mann nach Loveland, Colorado und hat jetzt aus dem Fenster ihres Arbeitszimmers einen atemberaubenden Blick auf Long's Peak. Wenn sie nicht schreibt, liest sie gern, macht Handarbeiten und singt im Kirchenchor. Sie ist auch ein Fan von alten Filmmusicals und BBC-Kostümdramen. Sheri hört gern von ihren Lesern und lädt Sie ein, ihr eine E-Mail an Cobbsouth@aol.com zu senden, ihre Autorenseite auf Facebook zu „liken" und / oder ihre Website unter www.shericobbsouth.com zu besuchen.

www.ingramcontent.com/pod-product-compliance
Lightning Source LLC
Chambersburg PA
CBHW031055260626
47172CB00001B/75